はじめに

私にとって、古墳時代はバーチャル・リアリティーの世界だ。ひとつだけ違うのは、その仮想空間をつくり出しているのが、コンピューターではなく、私自身の空想だということだ。つまり、私はヘンな人間だ。喜寿もすぎたので、お迎えが来る前に、本稿を早く完成しなければならない。

本書は、第一部で、六世紀と七世紀の日本の時代背景を長々と書いている。私が想う古墳時代に、皆さんを無理やり引きずり込みたいからだ。皆さんが学ばれた古墳時代は、日本書紀によるものだ。その歴史観は、今や日本人のＤＮＡにさえなっている。わたしは勉強嫌いの上、へそ曲がりなので、このＤＮＡを持っていない。

このＤＮＡでは、ヤマトは倭国であり、ヤマトは六世紀ころから日本列島の多くの部分と朝鮮半島の一部を支配しており、ヤマトには万世一系の王朝があり、ヤマトにいた単一民族のヤマト人が日本人になる。ということになる。

私の歴史観は、このＤＮＡから無縁だ。つまり、ヤマトは倭国ではなく、大きな支配圏を持ちはじめるのは八世紀前半であり、ヤマトにおける王朝の交代は数度におよび、日常では当たり前のように異国から来た多くの人たちが周りにいて、その人たちは抗争を繰返していた。それが古墳時代のヤマト、つまり大和だった。その景色を映すのが、この物語のバーチャル・リアリティーの世界だと思って頂ければ幸いだ。

有名な大化改新(たいかのかいしん)とは、本当は何だったのか？　白村江(はくちょんがん)の戦いは、何のために行われたのか？　そこに、なぜ駿河になる前の廬原(いほはら)の国の将兵が行かなければならなかったのか？　その戦いでメリットを得た者は、誰だったのか？


そもそも、私は何のために、日本人の常識になっている歴史に逆らうような物語を書くことにしたのだろうか？　答えは、興(きょう)の赴くままに綴ったにすぎないということになる。だが、その興の原点は、これまで読んだ多くの古墳時代の本を、読んだだけにしたくなかったことにある。読んだだけでは著者の方々に失礼だし、そこから自分なりに考えを持たなければ、自分の時間が勿体なかったことになる。

七十歳に近づいたころ、そのことに気がついて、バーチャル・リアリティーによる物語を書きはじめた。それが第二部で、第三部は雑記だ。

余談をひとつ。静岡市内に賤機山（しずはたやま）古墳がある。斑鳩（いかるが）の藤ノ木古墳によく似ている上、出土品もアフガニスタン的だ。

「これは、聖徳太子由来の大月氏（ばくとりあ）人が作った遺跡だ」。はじめて見た時に、私はそう直感した。

千四百年、四千キロの時空を超えて、アフガニスタンと静岡と斑鳩との深い縁（えにし）を感じて、まことに嬉しい。

村上　光（くあう）

目　次

目次

主な登場人物と民族（実在した説がある人物は、＊印）

＊ソーハ　オキナガ家……漢字で息長。ソーハはペルシャの前のパルティア（安息）国の七つの王族のひとつとして実在。白人系。本小説では、オキナガはその末裔で、天の皇子（あめのみこ）の一族。

＊阿佐太子（あじゃでじゃ）……五九〇年代に百済から逃亡。百済王（ぺくちぇわん）恵（へ）と王位係争して敗北した。本小説では日本まで流浪し、五代目の同名阿佐太子が大和（やまと）と廬原（いほはら）に住んだ。

＊吉士長丹（きしのながに）……今の大阪府吹田市一帯に勢力を張っていた吉士一族。先祖の吉士雄成（きしのおなり）は遣隋小使。実在の吉士長丹は遣唐使。本小説では、阿佐太子の舎人（とねり　近習）。

＊軽皇子（かるのみこ）……息長の天の皇子（あめのみこ）になる。謚号（おくりな）は孝徳天皇。有間皇子の父。

＊蘇我馬子（そがのうまこ）……西域の騎馬民族のひとつ丁零（テュルク）系の亀茲（キィゥージ）族の大鉾可汗（おおほこくぁはぁん）の末裔。蘇我蝦夷（そがのえみし）と蘇我倉山田石川麻呂の父。

アタナシオス……パルティアの神の使者。

＊古人大兄皇子（ふるひとのおおえのみこ）。蘇我馬子の孫。田村王の息子。アタナシオスの称号を与えられる。葛城皇子に弑逆された。

＊茅渟王（ちぬおう）……息長家の有力者。

＊タカライカシ媛……息長の天の皇子のひとり。茅渟王の娘。諡号は皇極天皇。ちなみに皇極が重祚したとされる斉明は、本小説では筑紫の女王。

＊アへ……息長の天の皇子のひとり。阿閇（あへ）。諡号は元明天皇。

＊有間皇子……孝徳天皇の皇子。本小説では、イニエの本名を持つアタナシオスのひとり。葛城皇子に弑逆された。

＊吉備津彦命（きびつひこのみこと）……古事記では四道将軍のひとりの大吉備津日子命（おおきびつひことのみこと）。弟は稚武彦命（わかたけひこのみこと）。日本武尊（やまとたけるのみこと）と共に東国征伐に出かけ、廬原の国を征服。本小説では、両河内（ふたつかわち）の国をつくった。

天尊命（あまたけるのみこと）……日本武尊（やまとたけるのみこと）と同一人物。本書では、盧原の国の東の焼津（やきづ）で負傷して、盧原の国の安倍邑（あべむら）に埋葬された。

＊身毛古（みけこ）……盧原の国の盧原邑の長（おさ）。忍凝（にんぎょう）の子。

カニョコリ……身毛古の息子。盧原臣足（いほはらのおみたり）として、朝鮮半島出兵の将軍になる。母は現在の済州島の耽羅（タンラ）出身。

タンラ……朝鮮半島の南の耽羅島（たんらとう）出身のためタンラと名づけられた。絶世の美女。身毛古の父の忍凝に買われて盧原の国に来る。

オサガン……朝鮮半島南端の栄山江（よんさんがん）のコーサーの民。日本の傀儡（くぐつ）にあたる。白村江（ぱくちょんがん）の河口の村の伎伐浦（きぼるぽ）の出身。忍者集団の長。

＊男大迹大王（をほどのおけ）……本小説では、継体天皇に准（なぞらえ）えた。出雲、筑紫の磐井の乱などを制圧、古墳時代の三傑のひとりとした。

＊犬上御田耜（いぬがみのみたすき）……倭の国の遣隋使であり最初の遣唐使。倭は筑紫の王朝。

＊旻（ミン）……僧旻と呼ばれた。倭の国の遣隋使。犬上御田耜が遣唐使の使命を果たし

て帰国した時に同行。

*高向玄理（たかむくのくろまろ）……小野妹子の遣隋使に従って留学。大和の秦（しん）一族の期待を担って、遣隋使になった。大化改新の国博士。

*南淵請安（みなみぶちのしょうあん）……倭の遣隋使。大和の秦一族の期待を担って高向玄理とともに遣隋使になった。隋が唐になって帰国。

*博麻（はかま）……大伴博麻として実在。筑紫の陽咩郡（やめぐん）の富豪の息子。テベレさま……廬原の両河内にある息長家（おきながのいえ）の女性当主。

*薩夜麻（さちやま）……北九州を中心とした倭人の王として実在。北九州を治めていた行政トップは大伴久目大王（おおとものくめのおおきみ）。政が二重構造になっていたと私見する。

*阿知比古（あちひこ）……本小説では吉備津彦が両河内に残した四代目。廬原の国の国主。

鷹（かしこどり）……阿知比古の甥。畏鳥（かしこどり）は鷹の異名。

*前津屋大王（さきつやひこ）……吉備の大王として実在。本小説では桃太郎に准えた。山陽・山陰を支配した、古墳時代の三傑のひとりとした。

*誉田別（ほむたわけ）……応神天皇として実在。本小説では応神天皇と仁徳天皇の二人に

準えた。飛鳥と河内、伊勢などを支配した大王で、古墳時代の三傑のひとりとした。

＊アラカビ……西域のサルマート人の末裔。本書では、物部麁鹿火に準えた。物部麁鹿火は実在。

温羅と鬼神（ウラとリリタ）……中央アジアの匈奴（シアンヌー）族で、先祖は鬼だとして吉備津彦に成敗された。両河内の武人。

＊鎌（なっつ）と足（たいる）……藤原鎌足として実在した人物を、本小説では二人の兄弟にした。鎌（なっつ）と足（たいる）。いずれも百済語。兄弟で大化の改新を企画した黒幕。

カンチェギ……百済語でカササギ。足の手下。

ヘルム……斑鳩に住むソグド（栗特）人の末裔の娘。ヘルムはアムル語で『夢』。

ルワン……両河内の息長の娘だが河内の息長に移る。パルティア語で『魂』。

蝉……伽倻の言葉でマジャーミ。コーサーのひとり。

＊物部秦朴井水海（もののべのはたのえいのおうみ）……本小説では足（たいる）の手先。

＊物部秦朴井田来津・椎子（もののべのはたのえいのたくつ・しび）……物部系の秦の末裔の朴井の一族。水海の兄弟。田久津は白村江の将のひとり。

＊蘇我入鹿（そがのいるか）……蘇我の宗家。父の蝦夷と共に乙巳の変で殺される。
＊葛城皇子（かづらきのみこ）……乙巳の変の主役。後に中大兄皇子。
＊黒歯常之（ふくちさんじ）……百済の将軍。鬼室福信（くいしるぼくしん）、階伯（けべく）と並んで好戦派の将軍。
＊義慈王（ういじゃわん）……百済三十一代にして最後の王。
＊糾解……義慈王の王子のカウケ。ヤマトに居住。豊璋（プングジャン）。翹岐（ケウキ）と兄弟の触れ込み。人質としてヤマトにいた、とされている。
＊翹岐……百済の義慈王のケウキ王子。大和読みで『ぎょうき』。ヤマトに居住。本小説では後に改名して行基。
＊蘇我倉山田石川麻呂（そがのくらやまだのいしかわまろ）……蘇我入鹿の従弟。入鹿亡き後に蘇我宗家になった。
＊蘇我身刺（そがのむさし）……蘇我石川麻呂の弟。本書では、暗殺団である『風』を傘下に持つ。
＊蘇我雄当赤兄（そがのおまさのあかえ）……身刺の腹違いの弟。
聖徳王……本小説では、聖徳太子を准えた。ウマヤドゥの名を持つ。
＊亀茲族（キゥージー）……中央アジアの天山（テンシャン）山脈の騎馬民族の丁零（テュ

リュク）の支族の国。高車（クチャ）族と同一民族との説もある。地域的には現在の庫車（クチャ）地域。仏教文化をはじめ、各地の文化の交流が盛んな国。本小説では蘇我氏など多くの亀茲族の末裔が大和豪族になった。

＊大月氏（ばくとりあ）……中央アジアの名族で国名も同じ。紀元前クシャ王朝があった地域のうち、現在のタジキスタンとアフガニスタンにまたがる。本書では、斑鳩（いかるが）を大月氏の里にした。聖徳太子の幼少名といわれる厩皇子（うまやどのみこ）も大月氏の末裔とした。

＊柔然族（ロウラン）……中央アジアの騎馬民族の雄。ドナウ河中・下流にまで進出したアバール人も支族のひとつといわれる。ジュウジャン、ジュウゼンとも言われ、蠕蠕や芮芮の字も当てられた。

＊丁零族……紀元前三世紀以来、モンゴル高原に現れたテュルュク族のこと。中央アジアの騎馬民族の雄。トルコから新疆（シンチャン）ウイグル自治区まで広域に勢力を張った。

＊大天（おおあま）……中央アジアに覇を唱えた騎馬民族の突厥（トュジュエ）の大王である可汗（くぁはぁん）の実在した阿史那（アシナ）の直系の王族。本書では、日本に来て廬原に住む。改名して大海（おおあま）。

＊草壁王子……実在した天武天皇の嫡子の草壁皇子に准えた。本書では、扶余の言葉で暁の草を意味するセビョク王子。大天の跡継ぎ。

ボム……百済語で『春』。大天の部下。

＊麻斯珠の意加部彦（ましずのおかべひこ）……廬原の国の麻斯珠（ましず）の邑と斯太（しだ）の邑の王。吉備津彦（きびつひこ）の弟、吉備武彦命（きびたけひこのみこと）の息子の意加部彦命（おかべひこのみこと）の末裔。鷹（かしこどり）の従弟。

＊金春秋（きむちゅんちゅ）……新羅（しるら）の武烈王（みゅーよるわん）。若いころは、花郎（ふぁらん）のなかの花郎と言われた美丈夫。花郎とは新羅で十世紀まで続いた軍事・文化教育の青年組織・リーダー。

＊金仁問（きむいんむん）……金春秋の息子。

福（タモルト）……新羅の財政を支える大商人。商人は賈（こ）と言われた。タモルトは漢字で福。

ハナル…タンラの娘。鷹（かしこどり）との間に生まれたと本人は思っている。

＊不比等…藤原不比等（ほぜわらのふひと）。鎌足の息子。藤は日本語でフジだが、百済語でホゼ。

＊藤原鎌足（ほぜわらのかまたり）……元、中臣鎌足。大化改新の立案者。本書では中臣足

が藤原鎌足になる。
＊安曇比羅夫（あずみのひらふ）……朝鮮半島出兵の水軍の将軍。
＊上毛野稚子（かみつけののわかこ）……朝鮮半島出兵の総司令官、陸軍の大将軍。
＊阿倍比羅夫（あべのひらふ）……朝鮮半島出兵の水軍の将軍。
＊巨勢神前訳語（こせのかむさきのおさ）……朝鮮半島出兵の陸軍の将軍。訳語（おさ）は通訳の意味。
＊間人大蓋（はしひとのおおふた）……朝鮮半島出兵の陸軍の将軍。
＊行基（ぎょうき）……社会事業に貢献した法相宗（ほっそうしゅう）の僧。本小説では実在の行基の始祖とした。

第一部　長い序文

古墳の時代

私が住んでいる清水には、魅力あふれる清水港がある。清水港は、貿易金額・貿易量とともに、日本でも有数の国際貿易港だ。海洋開発研究機構（通称ジャムステック）が保有する世界最深掘削能力を持つ地球深部探査船『ちきゅう』の基地でもある。そびえ立つ百二十メートルの『ちきゅう』の巨大な櫓（やぐら）は、まさに清水港のシンボルタワーともいえる。『ちきゅう』がライトアップする冬の薄暮どきには、『ちきゅう』と富士山とが、赤く水面（みなも）に映える。

清水港は、海人（わだつみ）を護る天然の良港である。加えてこの港は何とも美しい。その美しさは、日本三大美港のなかでも抜きんでている。贔屓目ではない。厳かな姿を求めて、数多の超大型豪華客船が、世界中から清水港に寄港し、日の出埠頭に係留する。その数は、年間四十隻を超える。世界中の、生活に余裕がある人たちが、超大型豪華客船の乗船客となって船旅を楽しむ。その人たちは、駿河湾に入る辺りから、富士山を遠望して感嘆する。

船が湾内に入る。富士山に近づくにつれて、海に浮かぶ気高い姿を、乗客は絶賛する。冬、空気が乾いている日には、白雪を戴く富士山の荘厳な姿に、息を呑まない人はいない。船が日の出埠頭に着岸すると、人々は寛ぎ、ゆっくりと富士山の美しさを堪能する。

さて、中世の清水湊に想いをはせる。

清水湊の懐深く、折戸湾に流れ込む主流と多くの細流があった。水流が流れ込む辺りの海岸は、葦原の湿地帯だった。葦原が途切れたところには、白い浜が広がっていたのであろう。主流の巴川沿いに、いくつかの船着き場があった。幕末に次郎長が活躍した清水湊には、巴川の下流右岸に廻船問屋が軒を連ねていた。今の本町辺りである

その向かいの左岸には、戦国時代に甲斐の武田信玄が築いた水城がそびえていたという。大きくて堅固な要塞で、武田水軍の基地だったそうだ。上流には江尻や入江の町があ

る。

さらに時代を遡(さかのぼ)って、古墳時代に話を進める。

巴川には、至るところに蘆原(あしはら)があり、海を支配する入江(いりえ)氏の舟寄せ場が、数多く並んでいたのであろう。川の面(おもて)を埋め尽くすほどの、カノーと呼ばれる小舟の大船団の泊(とまり)があったに違いない。当時、清水はイホハラあるいはイオハラのクニと呼ばれた。律令時代になって、駿河の国の廬原郡(いはらぐん)になった。巴川の河口には、富士山を背景にして、白い砂の浜辺が広がっていたと想像できる。天国を想わせるほど美しかったことであろう。

瞼(まぶた)を閉じれば、清水湊の北側に流れ込む庵原川と興津川が見える。古墳時代には、興津川はウラタ川と呼ばれていたそうだ。この川の上流に、『両河内』という山村がある。今は、リョウゴウチと呼ぶが、第二部の物語の中では、『フタツカワチ』として登場させた。

清水港で客船が停泊する、日の出埠頭の『日の出』という言葉にフォーカスしたい。

日の出は、至ってありふれた名詞で、日本の彼方此方(あちこち)にある。日本だけではない。日の出という固有名詞は、世界中にある。古代のトルコにあった日の出は、小アジア地域に位置する小さな国の名前だった。その日の出国は、『アナドルゥ』と呼ばれていた。アナドルゥはトルコ語で、ギリシャ語では『アナトリア』になる。

『日の出の国　アナドルゥ』は、今では小アジアに含まれる。そこは、地政学的に顕著な特徴を持っている半島国家で、黒海・マルマラ海・エーゲ海・地中海という四つの海に囲まれている。四つの海に囲まれていると言っても、島ではない。半島である。人間が海を四つに分けて、それぞれに別々の四つの名を付けたにすぎない。そのことは、複雑な支配構造があったことを思わせる。

そもそも地政学では、半島には騒乱が宿るという。バルカン半島しかり、朝鮮半島またしかり。アナドルゥも例外ではなく、長い紛争の歴史を持っていた。そのアナドルゥ国は、自衛のために広く世界と交流して、周辺の敵から身を護る術(すべ)を模索していた。

(敵の背後には、どういう国があるのか？　目の前の敵を、背後の国からけん制させよう。敵の敵を味方にするのだ)

彼らは、敵がアナドルゥを攻めにくくなるように知恵を絞った。アナドルゥの生き残りを担った外交官たちは、多くの国々の実情を知るために、世界に雄飛した。彼らは、遠い国々に外交の輪を広げていった。

農耕文明は、人々を争わせた。土地と水と奴隷と女を求めるためだった。東アジアも例外ではなく、紛争の坩堝（るつぼ）になっていた。世界を自分自身の目で見て、国を救うための正しい情報を得ることが、アナドルゥの外交官たちのミッションだった。外交官のなかには、遥々（はるばる）と長い旅をして、日本列島まで渡来した者もいたであろう。倭国やヤマトの朝堂で、外交の指南をしているアナドルゥ人の姿が、私のバーチャル・メガネのなかに見える。

　話を日の出に戻す。聖徳太子が『日出（ひいず）る国』と書いたことが隋の煬帝（やんでぃー）を怒らせた、と言われていることに注目したい。

　この時代の自己紹介の作法は、『私は、どこどこにある何々国の者です』と、星や太陽や大きな山、河、海などを用いて示すことからはじまる。聖徳太子に准（なぞら）えられた優秀な官僚が、隋の皇帝の煬帝宛ての書簡を草稿する。自分の国が、洛陽から最も遠い東の地にあることを彼は知っていた。

　そのことを煬帝に伝えるために、彼が『日出ずる国』と書いたことはごく自然のことであった。『日の出の方角にあるよ』。彼はそう言いたかっただけで、煬帝もそのように受け止めたのであろう。だが、ここで問題なのは、その書簡を書いた国、すなわち倭国という国がどこにあったのか？ということである。

　何気なく倭国（わこく）と書くが、この時代の倭国はヤマトでも飛鳥でもない。
倭国は、九州の那の津、今の博多辺りを中心とする倭人、すなわちウェイノムたちの国だった。ウェイノムは、楽浪郡の漢人の官僚が付けた名で、漢字で倭人と書いた。ウェイノムとは、小さくて剽悍（ひょうかん）で嘘つきで野蛮な人という意味だった。つまり、朝鮮半島南部から九州北部にかけての広域を支配していた海洋民族のことを、漢はウェイノムと蔑称（べっしょう）していた。

古田武彦氏の名著『失われた九州王朝』には、北部九州にあった王朝の大きさと先進性が描かれている。煬帝に書簡を送った者は、九州王朝の官僚であり、遣隋使を送ったのも、九州王朝であったと、私は思う。

希代の天才政治家の藤原鎌足と不比等は、日本書紀の多くの場面で、九州王朝の政（まつりごと）の優れているところを、飛鳥王朝のそれに置き換えている。畿内だけが文明先端地域だと読み手を誘導する。ちなみに、奈良の飛鳥王朝は、ヤマトに倭の文字を当てた時があった。その後、倭が侮蔑的な意味を持っていることを知ったとき、飛鳥朝廷は、慌てて倭を消して大和や日本に変えた。『ヤマト』の語源についても、東漢氏（やまとのあやうじ）の『東（やまと）』がヤマトになったと、私は考える。東漢氏は、後漢の霊帝の曾孫を自称した阿知使主（あちのおみ）の子孫だという。ヤマトの語源を『東』だとすると、どこから見て、どこが東の方角にあったのだろうか？　私は、奈良の葛城（かつらぎ）の邑から見て東にあった飛鳥の邑が、ヤマトだったと思う。『飛鳥は、ウチの邑の東にある邑』という意味で、ヤマトと呼ばれたというのが、私の推理だ。ちなみに、日本人の五感に、『ヤマト』というサウンドは、とても快く響く。

東が『ヤマト』なら、西は『カワチ』だった。西という文字が入っている西文氏は、カワチノフミウジという渡来系の文官だった。カワチが『西』、ヤマトが『東』であることは間違いなさそうだ。

聖徳太子が、隋の煬帝に宛てた書簡のことに戻りたい。その書簡の書き手は、西域人の官吏だった。突厥（トゥジュエ）の人だったのではないかと思うが、ここではアナドルゥ人にしよう。そのアナドルゥ人が書いた書簡のなかで、『恙（つつが）なきや』という文言に注目したい。それは、現代の『拝啓』にすぎない、とも考えられる。拝啓には違いないが、『恙なきや』には、書簡の関係者同士が近しい関係にあることを匂わせるものがある。「近しい」といっても、どんな風に近しいのだろうか？　この書簡に関係したすべての人が、西域の騎馬の民だったということが、『近しい』につながるのであろう。

「オレタチは、同じ騎馬民族なのさ」というサインを送っている。

聖徳太子、と言われた人について考えたい。聖徳太子は達頭（たるとう）だったのではないか、と小林恵子先生は書いておられる。騎馬民族の英雄で、一世（いっせい）を風靡（ふうび）した突厥（トゥジュエ）族の王（可汗（くぁはぁん））の達頭（たるどう）が、日本に来て聖徳太子と呼ばれる人になった、と小林恵子先生が、『聖徳太子の正体』のなかで書かれている。その真偽はともかくとして、この人を中心にして、書簡作成のプロジェクトチームがあった。主なチームメンバーには、アナドルゥ人も入っていたが、リーダーの聖徳太子はバクトリア人（大月氏）だったと、私のバーチャル・メガネには映る。第二部の物語にも、私は、その人を聖徳王という大月氏（ばくとりあ）の人として登場させた。文化と商業の交流が活発なバクトリアは、優れた教養人を生んだ。『ユーラシア東西交渉史研究』を著作された鈴木治先生は、『史記』の匈奴（しあんぬー）を引用されて、匈奴の冒頓単于（ぼくとつぜんう）が漢廷に出した国書に『天の立つる所の匈奴大単于、敬（うやま）って皇帝に問う。恙（つつが）なきや』とあるので、これが太子国書のお手本だった、と書かれている。このことから、プロジェクトチームのメンバーには、匈奴の人も入れたい。

もうひとりいる。その書簡を受け取った煬帝（やうんぐでぃ）である。彼には、騎馬民族の雄（ゆう）である鮮卑（しぇんべい）の血が入っている。隋書にそう記されているから間違いないだろう。おそらく、プロジェクトチームも、このことを知っていたのだろう。その煬帝は、書簡についてなぜ怒ったのかといえば、九州朝廷の倭人（うぇいのむ）の大王ごとき野蛮人が、『天子』を自称したからだ。煬帝は、怒髪天を衝くほど激怒した。天子とは、世界の真ん中にいる、自分だけが使うことを許される尊称だ。煬帝が怒ったということは、プロジェクトチームの手紙を読んだということになる。読んだからには、読める文字と言葉で書かれていたはずだ。書簡の文字は、漢字以外には考えられない、というのが通説だろう。だがそれでは、プロジェクトチームの値打ちが薄れてしまう。書簡は漢字ではなく、アラム語で書かれていたと、私は思いたい。

アラム語とは何か？　飯島紀氏『国際語学社、アラム語』から要点のみ引用させて頂きたい。アラム語は、言語のみならず、楔形文字として紀元前一三〇〇年ころ現われはじめた。紀元前千年ごろには、アッシリア語に置き換わり、その楔形文字はアッシリアの文字として公用語として使われた、という。アラム語には、西アラム語と東アラム語とがあった。西アラム語は、ヘブライ語に混じり、東アラム楔形文字は、ゾロアスター信仰を持つペルシャなどの民に利用されたようだ。

この時代、アラム語文字の普及圏は東方の遊牧騎馬民族にまで及んでいた。ということだから、この書簡の関係者たちは、漢字よりもアラム語文字に精通していた、と考えるのが自然だろう。

さて、海の向こうから日本列島に来た民は、多種多様のユーラシアにいた民だった。パルティア系ペルシャ人をはじめ、様々なトルコ系の匈奴人と突厥人や鮮卑系と、月氏系の代表のバクトリア人や亀茲人。スタン系やスラブ系の人々もいた。彼らを日本に追い込んだのは、後年、白いフン族と呼ばれたエフタルだった。

エフタルは、アフガニスタン北部のトハリスタンで国をつくり、五五七年までは王がいた。カトゥールフォス王といった。その年、彼はペルシャ王ホスロー一世と西突厥大王のシルジブロス可汗(くぁはぁん)の連合軍との戦いに敗れた。エフタルは領土を失うことになる。だが、王と国を失ったエフタルの戦士たちは、トルコ系とペルシャ系を中心とした混成暴れん坊集団となって、周囲の民族と戦い続けた。彼らは、狂ったように戦闘を拡大し、手当たり次第に相手を破り、逃げる獲物を猟犬のごとく追い、遠く高句麗辺りまで足を延ばしていた。このことは、半島諸国と日本の歴史に大きく影響した。追われた民は、日本の東北から北陸地方の沿岸地域に逃げ込んできた。それだけでない。朝鮮半島に逃げ込んで、代を重ねてから、日本に来た民もいた。とにかく、様々な西域の民が三世紀以降、大きな波のように何回にもわたって日本に来た。彼らは、日本を多民族の国にして、互いに抗争した。

彼らがつくったヤマトの朝廷は、肌が白い異邦人をシンボルにすることによって、多民族の統治に役立てた。哀しいことだが、今でも、日本を含む東アジア系の人々は、白人を盲目的に尊ぶ。簡単に言えば、昔も今も、猫も杓子(しゃくし)も白人に弱い。だから、国づくりの節目、節目で白人を使うと、統治しやすかった。西アジアや中央アジアの民族には、黒人系、白人系を含めて、様々な人種がいた。彼らが日本列島に至るつらくて長い旅をしたとき、互いに協力する組織をつくった。それが『運命共同体』だった。飛鳥において、六四五年に起こった乙巳の変は、この運命共同体の飛鳥朝廷に対するクーデターだった。大化改新を進めた新政権は、運命共同体の人々を巧みに利用しながら、弱体化させていった。彼らの中には、体躯が大きく、腕っぷしが強い者や、馬の扱いに優れ、重い弓や鉾などの武器を楽々と扱える者たちがいた。新政権は、彼らを戦いの専門家集団にして、新政権の中で特殊な身分を与えた。それは『比羅夫』（ひらぶ、ひらふ）や尊（たける）、比古（ひこ）などの尊称によって表される。蝦夷征伐の阿部比羅夫をはじめ、日本武尊、吉備津彦命、安曇比羅夫や額田比羅夫などが著名だ。

　雑談を挟む。日本書紀に、額田（部）比羅夫が登場する。

　隋の裴世清が煬帝の特使として、小野妹子の帰国に伴って飛鳥を訪れたときに、額田比羅夫が歓迎式典係を務めたと、書紀が述べている。私は、裴世清が来たのは飛鳥ではないと思っている。書紀は、海石榴市に着いたとだけ書いて、飛鳥に来たことを暗示している。裴世清を接待したのが、額田比羅夫だったと述べているのも、わざとらしい。裴世清が案内された都の様子には、一切触れていないのは、まことに不自然だ。わざわざ『（額田比羅夫が裴世清と）馬を並べて歓待した』と述べていることが面白い。このことは、二人が騎馬民族だったことを、暗示している。何のために、そんなことをしたのか？　それは、隋が騎馬民族の国だったからだ。煬帝も、裴世清も、騎馬の民だった。騎馬の民同士というわけで、額田比羅夫が接待係に選ばれた、という話だ。

さて、裴世清が訪れた都はどこだったのか。バーチャル・メガネを覗くと、倭人の王国、つまり九州王朝の筑紫（ちくし）の国の那（な）の津（つ）と伊都が見える。

第二部の物語の背景に触れたい。

白人を含むユーラシアの民からなる運命共同体が、ヤマトすなわち河内と飛鳥に来て、ヤマトという国体をつくり、先住の纏向（まきむく）などにいた民や物部（もののべ）などの豪族を服従させて、飛鳥王朝を開いた（便宜上、以後は大和とする）。次に、朝鮮半島（隋・唐からは海東と呼ばれた）の人々が、大和に移住して、海東との交流を活発にした。

大和では、先住の運命共同体の民の政（まつりごと）に、朝鮮半島の民が割り込んで権力抗争に入る。それが、『乙巳の変』だった。朝鮮半島系の人々を利用した中臣鎌足が、大化改新に仕上げたクーデターだ。物語ではそれを正当化し、民衆にアピールする手段として、鎌足は先住の息長（おきなが）という白人のファミリーを使った。民衆が、盲目的に白人に従順なことを利用したのだった。この息長が、書紀では天皇家になる。これには、歴史上の前例がある。三国時代の、呉の皇帝になった孫権である。

呉では、朱・張・顧・陸の四姓を中心とする土着の豪族が自立して、皇帝を形骸化させつつあった。これを憂えていた皇帝の孫策は、後宮の白人の女に産ませた孫権を、自分の後継者にした。白人のルックス、容貌・容姿を持った孫権が醸(かも)し出すカリスマ性は、呉の豪族たちを束ねて、呉を巨大国家にすることに役立った。

物語は、乙巳の変からおよそ百年前にタイムスリップする。

北陸・近畿・瀬戸内に三人の英傑が登場した。男大迹大王(をほどのおけ)と誉田別(ほむたわけ)と前津屋大王(さきつやひこ)だ。日本書紀では、男大迹大王が継体天皇(けいたいてんのう)、誉田別が応神天皇(おうじんてんのう)と仁徳天皇(にんとくてんのう)になる。なお、継体や応神などの、何々天皇というのは、諡号(しごう)だ。つまり、崩御されてから称された諡(おくりな)だったから、ご存命のときには、男大迹とか誉田と称していたと思う。もうひとりの、前津屋大王は、あの桃太郎だ。

物語は、天皇を大豪族ではなく、息長家の『天の皇子(あめのみこ)』に准(なぞら)えた。天の皇子は、「天皇」と書かれるようになる。スメラギとかスベラギと読まれ、その後、テンノウに落ち着いた。ちなみに、称号マニアだった唐の則天武后が用いた称号は、二十くらいあったと言われている。短期間だったが、天皇も使った。だが、タイミング的には、日本の方がやや早かったように思う。もし、則天武后が日本の天皇をまねたのであれば面白い。

さらに物語では、日本武尊(やまとたけるのみこと)を天尊命(あまたけるのみこと)として登場させ、廬原の国に葬られたことにした。

カワチの国も二つ登場させた。近畿の河内と廬原国の両河内(ふたつかわち)の二つで、いくつかの共通点を持たせた。ちなみに、高知もカワチである。そこには、小さいながら一言主命(ひとことぬしのみこと)の社もあるというから、深い縁があるのだろう。この物語では、高知も入れたかったが、物語が広がりすぎるので諦めた。

こうして古墳時代を鳥瞰したとき、驚いたことがある。乙巳の変が、明治維新とまさに瓜二つ。まことによく似ている。両方ともクーデターであることに加えて、後付けで大義をつくった。朝鮮半島出兵を企んだこともそっくりだ。乙巳の変の十八年後に、ヤマト政権は、朝鮮半島に侵攻して、「はくすきのえ」とか「はくそんこう」と呼ばれている白村江（ぱくちょんがん）で大敗を喫することになる。明治政府は、維新の後の征韓論にはじまり、日清・日露の勝利に驕（おご）った。その結果は、太平洋戦争の惨めすぎる大敗に行きつく。単純に、歴史は繰り返す、という言葉だけでは片付けられない、何かを感じる。

　白村江の大敗の後、中大兄皇子になっていた葛城皇子は、唐の大軍が日本列島に押し寄せることを危惧して、九州から瀬戸内にかけて、防衛ラインを敷いた。これが、日本史の定説だが、私はそう思わない。中大兄皇子は、唐の来寇に怯えていたのではない。では、何を恐れていたのだろうか？　誰から防衛したかったのか？　唐を恐れていたのであれば、防衛ラインは島根県にも敷かれたはずだし、もっと海岸線に近かったはずだ。バーチャル・メガネを覗くと、中大兄皇子が怖れていたのは、朝鮮出兵という残酷な戦の、日本軍の犠牲者と関係者たちだった。彼らの怨嗟の声に、中大兄皇子は怯えた。犠牲者は、倭人と比羅夫などに代表される西域人の末裔たちだった。彼らと関係者たちの怨恨が、反乱につながることを、中大兄皇子は恐れていた。防衛ラインが、海岸線より内側に入っていることも、敵が海の外からの侵攻だけではないことを窺（うかが）わせる。熊本の鞠智城（きくちじょう）は、海岸から百キロ近い山の上にあるし、福岡の大野城も岡山の鬼ノ城も、かなり内陸にある。

海洋民（わだつみ）にも、中大兄皇子を恨む十分な理由がある。彼らが暮らす水域の内陸側に、防衛ラインを敷いたのは、そのためだった。

さて、鎌足が大化改新で考えていた戦略は、多民族国家の国民をまとめるために、単一の価値観を強制することを基本にしていた。それが、律令制度と中央集権の徹底につながり、富国強兵の実現を可能にする。そのために、多民族を単一民族にすることを考えていた。単一民族をつくるためには、『時（とき）』が必要だった。複数の民族の血を混ぜ続ければ、いずれ単一国民としてのヤマト人が誕生する。だが、鎌足は急ぎすぎた。そのために、哀しい運命と歴史を背負わされた民族も少なくなかった。例えば、アイヌ民族であり、東北のツボケ族や粛慎（みちはせ）の民である。彼らは、蝦夷（えみし）と呼ばれて動物のように討伐された。

単一のヤマト民族をつくるために、邪魔な者たちは、他にもいた。縄文時代から弥生時代にかけて、南アジアから日本列島に漕ぎ渡り、先住のアイヌなどの民を北に追いやった海洋民だった。倭人はそのなかの一部で、主に西日本に住んでいた。さらに、同じ朝鮮半島人でも、『今来の人（いまきのひと）』は邪魔にされた。古墳時代の後半になって近畿地方に来た半島の民は、今ごろ来た人、つまり『今来の人』という烙印を押された。近畿は狭く、土地が不足していたことも一因になった。

その大和の国に君臨した『天の皇子』は、日本書紀では天皇と呼ばれることになった。千四百年の時を経た今、鎌足や不比等が予想した以上に、天の皇子さまは、日本の国民を護る尊い象徴になっている。現代の我々は、万世一系の現人神である天皇が永遠に君臨する万邦無比の神国、などという皇国史観に陥っているわけではない。万世一系でなくてもいい、現人神でなくてもいい。天皇さまは、ヤマト人の象徴として、国民から敬愛されているのだから。

ヤマトはクニのまほろば
ヤマトし麗し
きこしおすクニのまほろばぞ

第一部　おわり

「小説 ハ・ク・ス・キ・ノ・エ」関連図

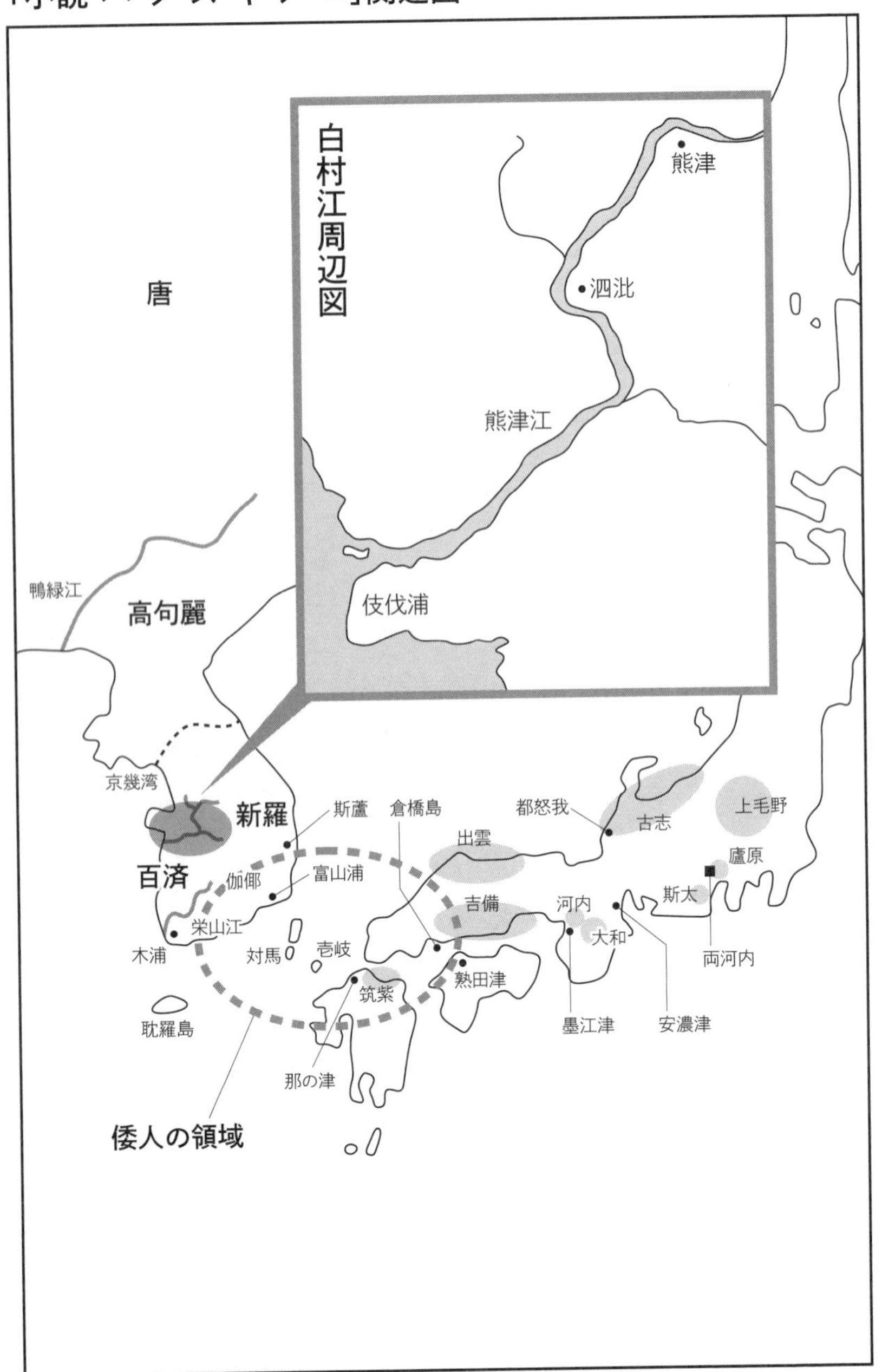

第二部　小説　ハ・ク・ス・キ・ノ・エ

その一　有真香邑

時は、西暦六四〇年。ところは、和泉の国、有真香邑。後に左大臣となる阿倍内麻呂の別邸がここにある。本邸は十市の倉橋にあり、内麻呂がこの別邸に来ることは稀だ。

春爛漫のその日、内麻呂は久しぶりにこの別邸にいた。愛娘の小足媛が、軽皇子の子を宿したのが十月前。そろそろではないかという報せを得て、内麻呂は別邸に来ていたのだった。内麻呂は、生まれてくる赤子が、天の皇子の家である、ソーハ・オキナガに相応しい容姿かどうか？　それを自分の目で確かめたかった。

『息長の血は、ひとつならず』

この言葉が、常に彼の胸にあった。

十年前のことだった。白人の田村王に嫁いだ法提郎女が、灰色の肌の赤子を産んだ。集まっていた息長の者たちは、赤子の肌が白くないことを不吉だと感じた。皆は、息を呑み、顔を見合わせて、不安を目で語り合った。「おじい様の血が出たのね」。おじい様とは、蘇我馬子のことだった。馬子は、濃い灰色の肌の人で、西域の騎馬の民の先祖だった大鉾可汗を偲ばせる、精悍な容姿の勇者だった。日焼けして黒光りする顔。細身のしなやかな長身。颯爽と馬を駆る馬子の姿は、まさに先祖の騎馬の民を彷彿させた。

法提郎女が産んだ灰色の肌の赤子を、茅渟王は「とりわけ懇ろにせよ」と娘たちに言いわたした。「何ゆえに？」と尋ねられた答えは、こうだった。

「この赤子は、吾らと西域の民との強い結束を忘れさせないために産まれた。灰色の肌は、波斯の南、スーサのエブスの民の血によるもの。結束の象徴にせよ」

この話は、内麻呂の耳朶にも残っている。

「波斯のパルティア人の息長と、騎馬の民の丁零人の平群や巨勢、亀茲人の蘇我。他にも数多いる、西域の民たちの結束を固め直さねば、ご先祖さまに申し訳がない。蘇我蝦夷も嘆いている」

茅渟王はそう言って、重い空気を祓った。銀色の髪と灰色の縦長の顔。そのなかにある切れ長の目。緑色の硝子の玉のような両眼が、爛々として相手を射る。

「悪魔とは、あのお方のお顔のようであろうか？」。女たちが、陰でそう囁くことがあった。両耳が尖っている風貌は恐ろしかったが、茅渟王は冷静に世の中を見ることができる人だった。「結束を固め直す」。彼が言った言葉が、内麻呂の腑に落ちて残っている。

飛鳥では、このところ、海東すなわち朝鮮半島から来た民が増えている。

朝鮮半島の朝廷で、官吏（つかさびと）や名だたる物づくりの手人（てひと）だった者も少なくない。

（手人は、良き物をつくる技を持っている。役に立つ民だ。だが、官吏は役に立つのか？）

官吏になった朝鮮の者たちは、着々と飛鳥朝廷の政（まつりごと）のなかで力を付けている。飛鳥では、白人の息長（オキナガ）の者とそれを護る西域（さいいき）の豪族たちが、結束を固めて政の体制を守っている。息長の家が、天の皇子を擁して天のお告げを聞く。豪族たちが土地と財と部民（べのたみ）を持ち、飛鳥の朝堂を営んで政を担っている。息長と豪族は助け合って、共同の運命を持つ。朝堂で実務を行っているのが、太夫（まえつきみ）と官吏（つかさびと）たちだ。

豪族には、先住の民もいた。例えば、物部（もののべ）である。物部は守屋（もりや）が家主（あるじ）の時に、西域の豪族たちと争ったが、守屋の戦死で服従した。その後は、西域の豪族たちと仲良くやっている。だが、近ごろの景色は違う。西域人と物部の抗争はなくなったが、豪族と朝鮮半島出身の官吏との抗争が目立ちはじめている。朝堂の庭や庫裏で下働きをしていた朝鮮半島出身の小者が、いつの間にか吏になっていたりする。さらに出世して、太夫になった者さえいる。本来であれば、官吏は、慣例を守って仕事をしなければならないのだが、唐（もろこし）の流儀を飛鳥の律令に当てはめて、業務を処理する者もいる。それを叱る豪族もいたが、唐に憧れる者もいた。律令の数が足りていないのだから、官吏も仕事がやりにくいのであろう。と、親心を出す者たちだ。その者たちは、「律令を増やせばいいのだ」と事も無げに言う。

律令が増えると、新しい職務が増える。朝鮮半島出身の官吏たちは、その職務の責任者におさまって、派閥の数を増やしていった。蘇我蝦夷と入鹿の親子は、律令を過度に尊重することを是とせず、この傾向を正そうと努めた。蘇我親子が嫌ったのは、律令の字面（じづら）に従ってさえいればよい、という考え方だった。

一方で、朝鮮半島出身の者が吹聴したのは、唐の科挙という官吏の登用制度だった。頭脳明晰な者、つまり科挙の試験に合格した賢い官吏だけが、国の政を支えるべきで、愚かな者が政に係わるべきではないと、彼らは主張した。朝鮮半島出身の官吏は、科挙の制度を飛鳥に導入することを唱えたが、蝦夷と入鹿が断固として許さなかった。なぜ反対するのか？　蘇我蝦夷が豪族たちに語ったことがあった。

「小賢しい者が、律令を武器にして人の心を凌ぐ。律令の字面に従うだけで、善し悪しを裁量する。口先で律令を語る者だけが、官吏に登用される。政がその者たちに握られる。悪しきことだ。心ある者は、朝堂に上がることができない」

しかしながら、豪族の間では、科挙という美名に憧れ、律令を尊ぶ者たちが少しずつ増えていた。「正しい耳、目、心を持て」。蘇我入鹿は、豪族たちに説いた。だが、入鹿は唐の風習を嫌っているだけだ、と反対する豪族も少なくなかった。
「蝦夷と入鹿の言葉は、正鵠を射ている」。茅渟王は、蝦夷と入鹿の考えを支持して皆に語った。勿論、内麻呂も聞いたことがある。

曰く、「律令の字面だけで、政を裁量する者は傲慢である。その者たちは、己だけを賢者とし、他の者を愚鈍として憚らない。そのような者が、良い政をするわけがない」

蘇我蝦夷と入鹿の親子が律令の数を減らすと、朝鮮半島出身の官吏たちは抜け道を探した。鼬ごっこになっている。律令の数が少なくなれば、裁きをする者の裁量が大きくなる。豪族のなかには、まことに愚鈍な者もいた。その者のいい加減な裁きのために悲運を被った者は、蘇我蝦夷と入鹿を恨んだ。律令があれば不当な裁きを受けることはなかった、と思ったからだった。

さて、法提郎女が産んだ灰色の肌の赤子は、古人皇子と命名された。その子が三歳になった時、父親の田村王は古人皇子にアタナシオスの称号を与えた。アタナシオスになる者は、本来は天が指名するのだが、田村王は敢えて自分で決めた。赤子の祖父の馬子の差し金だ、という噂が囁かれた。白い肌でなくても、『天の皇子』になれる。そのことを、馬子が示した、という噂も流れた。

アタナシオス、すなわち『神の使徒』という称号を与えられた古人皇子は、幼少期を過ぎると、ピトイ神殿に籠ることが多くなった。天と語るためだった。

（天の皇子には、白い肌の者がよい。自分は、天の皇子を目指すのではなく、アタナシオスとして、神の使徒の道を歩もう）

古人皇子は、幼い心にそう決めた。蘇我馬子は、そんな孫を不憫に思った。彼は、古人皇子を古人大兄皇子（ふるひとのおおえのみこ）に任じ、田村王の後を継ぐ者であることを皆に示した。息長の家のなかでは、『オビト』という称号が息長の家を継ぐ者に与えられる。田村王は古人皇子をオビトに任じた。田村王は、西域の豪族たちに、古人大兄皇子を、結束の象徴にせよと命じた。

「今より、ワシらの結束を『盟』と呼ぶ。盟は神聖である。盟の仲間は、天に誓って己を律し、身を慎むべし」と田村王は凛として言った。

「飛鳥の外に住む仲間は、如何いたしましょうか？」

「どこにいようと、西域人（さいいきびと）と白人（しろいひと）の血を持っている者たちは、すべて盟に加えて、同じように厳しく身を慎むようにさせねばならん」

内麻呂には、西域人の盟に入る資格がない。だが、盟の力を後ろ盾にしてこれまで生きてきた。盟の家が弱体化していくことは、自分の身の破滅につながる。深刻な問題だった。内麻呂の先祖は、ずっと昔にこの地に入ってきた者で、土地を得て豪族になった。だが、どこから来たのか？　どういう血筋を持っているのか？　伝え聞いていることは何もない。内麻呂は、一族を守るために、一族の娘たちを盟の家の男子たちと娶（めあわ）せてきた。西域の豪族だけでなく、盟の本家の息長（おきなが）一族との婚姻も重ねて、外戚としての地位を得ている。

　このたび、愛娘（まなむすめ）の小足媛（おたりひめ）が茅渟王の息子の軽皇子（かるのみこ）の子を得たことは、内麻呂を安心させた。だが、先の不安が消えたわけではない。近ごろ、朝堂を吾がもの顔で闊歩している半島人たちの、狡賢そうな顔が、内麻呂をいつも不安にする。

　今、内麻呂の目の前で、ひとりの赤子が泣きじゃくっている。

（ワシの孫だ）。澱（よど）んだ権力争いの渦のなかに生れてきたこの孫が、内麻呂には不憫に思えてならない。内麻呂の不安をよそに、一族の者たちは屈託なく、赤子の誕生を祝っている。古人皇子のときとは異なり、灰色の肌でなく、乳のように白い肌の赤子の誕生に、皆が安堵しているのが見てとれる。

（この孫を護るのは、ワシひとりなのか？　誰か一緒に護る者はいないのか）。そう思っている内麻呂の耳に、女たちの談笑が聞こえてきた。

「ソーハ・オキナガの家に相応（ふさわ）しい赤子だわね」。そう言っているのは茅渟王（ちぬおう）の娘のタカライカシ媛（ひめ）だった。後に、皇極（こうぎょく）天皇と諡（おくりな）される方だ。

「安寧の国、安息（ぱるてぃあ）王家の名門、ソーハ一族の尊い血筋ですから…」

「まったく、まったく」

皆のにぎやかなお喋（しゃべ）りに、一石を投じた人がいた。赤子の伯母のアへさまだった。

「白いから？」。皆を見回してそう言ったとき、アへさまの白く長い項（うなじ）に、金色の髪が揺れた。

後に元明天皇と諡されるこの婦人は、内麻呂の憂慮を共有しているのかもしれなかった。世の中の幸せという幸せを、全て集めて産まれてきたこの赤子は、先祖の勇士の名を頂いてイニエと名付けられた。だが、田村王が付けたイニエという名で、この赤子を呼ぶ者はあまりいない。産まれた邑（むら）の名をとって、皆は、有間皇子（ありまのみこ）と呼んだ。有間皇子は、幸せに倍する悲運を背負（しょい）こんで産まれてきたのだが、この時はまだ誰もそのことを知らない。やがて、この皇子が運んできた悲運が、息長の家を襲う。一族の主（あるじ）である田村王、後に舒明天皇と諡される息長（おきなが）の当主が、三年後に急逝した。一族は大黒柱を失った。

その二　阿佐太子（あじゃでじゃ）　冒険のはじまり

　さて、有間皇子の誕生から遡（さかのぼ）ること、七十年前。海東に阿佐太子（あじゃでじゃ）という者がいた。百済（ぺくちぇ）の国の有力な王族だった。彼は、百済の大王の座を叔父と争ったが、大王になり損ねた。玉座を競り合って負けたということは、家族ともども始末されるのが世の常だった。阿佐太子は、難を逃れるため、一族郎党を引き連れて百済を脱出した。倭人（うぇいのむ）の国が良い、と占卜師（うらないし）が言ったことで、倭人の国を目指すことにした。

　百済の南に、栄山江（よんさんがん）の国がある。海洋民（わだつみ）の倭人の国のひとつだ。

　栄山江に辿り着いて落ち着く間もなく、百済の追手が迫っていることを知った。阿佐太子は、山を越えて、木浦（もっぽ）の津を目指して逃げた。だが、彼らは道に迷った。

　海に行けば何とかなるだろう。そう考えた阿佐太子が着いたところは、寂しい漁（りょう）の邑（むら）だった。見るからに貴族の身づくろいをしている阿佐太子たちの突然の来訪に、小さな邑の民たちは驚いた。屯人（むらびと）たちに押し出されるようにして、一人の古老が前に出た。古老が言うには、そこは『みちょほる』という倭人の邑で、朝鮮半島の南の果てにある海洋民の国だということだった。

『みちょほる』。古老は『水湾国』と土の上に書いた。水湾国（みちょほる）には、まだ百済の追討の手が伸びている様子がなかった。

（占卜師が言った、倭人の国とはここのことであろう）

阿佐太子は、水湾国に落ち着いた。だが、ある日、見かけぬ者たちが邸の様子を探っていることを知った。

（百済の追手であろう。ここも去らねばならん）

阿佐太子は、船を探した。「銀粒を払う」と古老に言うと、長（おさ）が舟を用意した。

「倭の竺紫（ちくし）まで行くのか？」と古老が尋ねた。

「ウェイノム？　竺紫は倭人の国か？」と尋ねると、「そうだ。海の向こうの倭人の国だ」。古老は南を指さした。

「百済の国と、盟がある国か？」

「盟？　そんなことは知らん。倭人は倭人同士で組む。倭人でない者とは組まない。昔から、ずっとそうだ」

古老は、銀粒の重さを手で計りながら、そう言った。

阿佐太子は、運を天に任せて、竺紫の那（な）の津（つ）とやらに行くことにした。着いてみると、那の津は、想像をはるかに超えた大きな都だった。銀粒を渡すと、何でも手に入った。那の津では、阿佐太子たちの素性を気にする者は誰もいなかった。広い大路には、様々な国の衣装を着た者たちが行き交っていた。

（身を隠すのにはうってつけの都だ）

阿佐太子はそこに永住したいと思った。だが、百済の追手はしつこかった。

一年後、阿佐太子は、那の津からも脱出することにした。追手らしき百済人（ぺくちぇびと）が近所をうろつきはじめたからだった。追手を避けるために、阿佐太子が行くべきところは、瀬戸の海しかなかった。昔も今も、瀬戸の海は、とんでもない危険地帯で、近づく者は少ない。無数の海賊がはびこり、鎬（しのぎ）を削って縄張り争いをしている。「やめておけ」。相談した人は、皆そう言った。

（危険であればこそ、追って来る者はいない）

そう思って、阿佐太子は、船を雇った。後で分かったことだが、瀬戸の海に船を入れるのは、賊の仲間だけだった。

案の定、瀬戸の海に入った次の夜、船師（ふなし）は阿佐太子を仲間の賊に売った。

阿佐太子たちの装いは、一目で貴人と分かる。賊たちは、金目の物を奪った後、阿佐太子たちを吉備（きび）の大王の前津屋大王（さきつやひこ）に上納した。

阿佐太子たちにとって、連れて行かれた先が、吉備の前津屋大王だったことが幸いした。時宜も良かった。

その三　英雄　前津屋大王

阿佐太子の一行が前津屋大王の前に引き出されたその日は、大王にとって殊更に忙しい日だった。近ごろ、長年の外交成果でヤマトの国との盟が締結されていた。

瀬戸の海の東の突き当たりに、墨江津がある。都は、難波宮だ。そこから山を越えて河内、さらに飛鳥と伊勢にいたるヤマトの国が広がる。そのヤマトを治めている誉田別に、愛娘を嫁がせることが決まってから、まだ日が浅い。慌てることはなかったが、前津屋大王は娘の輿入れの準備を急いだ。時をかけると、掴みかけた幸運が、掌から落ちて、消えてしまうと思ったからだ。彼は、気が急いて落ち着かない日々を送っていた。

前津屋大王は、政に長けた男だった。西から東に、長々と延びている瀬戸の海を制覇すれば、莫大な富が得られることを、彼は良く知っていた。だが、その瀬戸は、のんびりと航行できるような海ではない。危険なのは、狼藉三昧の海賊たちだけではなかった。水の下に隠れている岩礁も油断できなかったし、強く渦巻く潮などが、至るところで水路を妨害していた。

前津屋大王と誉田別が手を結べば、瀬戸の海を東西から挟んで、海人を服従させられる。水路を制覇できるのだった。その瀬戸内の海を渡って、娘を難波の都に送り届ける。誉田別の方からも出迎えの船団が出る。二人の大王が連合した大船団を見せるだけで、瀬戸内の海人たちの反抗心は消えてなくなる。つまり、愛娘の多知波奈媛の婚姻が、前津屋大王の野望を現実のものにしようとしているのだった。

(多知波奈媛の嫁入り支度を華々しくしてやろう。誉田別だけでなく、瀬戸内の民や部下の豪族たちの度肝を抜くものでなければならん。吉備の大王の力を見せてやる)

前津屋大王の心は躍っていた。

護衛の武人や着飾った付き人の女たちと異国の奴隷。

(天から舞い降りたような、きらきらする行列にしてやろう)

前津屋大王は、浮き浮きした気持ちを抑えられなかったものの、時々ふと気になることがあった。

(何か、大事なものが欠けている?)

欠けているものが見つからないまま、日が過ぎた。そんな矢先に、前津屋大王の前に引きずり出されたのが、阿佐太子だった。

百済（ぺくちぇ）の貴人が、自分の前で小さくなって身を屈めている。

（これだ。権威だ）。前津屋大王は、足りなかったものを見つけた。目の前で床に這いつくばり、縮（ちぢ）こまっている百済の王族の服装は、破れたり汚れたりしているとはいえ、権威の象徴だった。前津屋大王は、ひれ伏している阿佐太子の傍らに行き、自ら縄目を解いて、皆に告げた。

「この者たちは、もはや生口（いきくち）ではない」

前津屋大王は、阿佐太子たちが、奴隷から解放されたことを宣言した。

「この者たちは、吉備のクニの官吏（つかさびと）として、ワレと民のために尽くさねばならぬ」

こうして、阿佐太子たちは、晴れて吉備の国の官吏になった。地獄から一転して天国に昇ったようだった。

その数日後、前津屋大王は、自分の考えを阿佐太子に話した。訳語、つまり通訳をしたのは、吉士牟弖利（きしのむてり）という新羅人（しるらびと）と伊太和（いたわ）という百済人（ぺくちぇびと）だった。

前津屋大王は、慎重な男だった。二人が、私心（わたくしごころ）のない訳語をするように、二人を離しておいて、相談できないようにした。前津屋大王にとって、訳語は気を許せない。正しく訳されているかどうか、常に不安が先行した。

吉士牟弓利と伊太和は、新羅と百済の武士（いくさびと）だった。数年前、半島南部で二人は闘っていた。激しい戦闘のなかで、いつの間にか二人の部隊は、金官加羅（くんむぐゎんから）の領土に迷い込んでしまい、金官加羅の兵に捕らえられて生口にされた。金官加羅の将軍（いくさのきみ）は、二人を賈（こ）に売り飛ばした。その賈は、奴隷を商う男で、たっぷりと利を乗っけて、二人を吉備の前津屋大王に売ったのだった。将から奴隷に。哀しい運命が二人を弄（もてあそ）んだ。だが、この度の婚礼が、二人を絶望の淵から救った。婚礼の供の者たちは、多知波奈媛の召使として、誉田別の近くで暮らすことになる。誉田別の様子が手に取るように分かるはずだ。

前津屋大王は、阿佐太子を家令（けりょう）に、牟弓利と伊太和も生口から解放して、護衛の武士として供のなかに加えた。

「誉田別の宮のなかで、多知波奈媛（たちばなひめ）の発言が、誰よりも強くなるようにいたせ」というのが、前津屋大王が三人に下した命令だった。前津屋大王は、その先の計画を三人に説明した。

「誉田別に、瀬戸の海の価値を教えてやってくれ」

ヤマトの国に朝鮮半島や隋の品物を運ぶためには、若狭から山を越えて水（あわ）の海を横切り飛鳥に運ぶ。山を越えるので、運べる品の量は限られる。瀬戸内の航路を使えば、何十倍もの品物を運ぶことができる。この航路を自由に使うためには、瀬戸内の海人(わだつみ)たちを服従させなければならない。海人を海賊と呼ぶ者もいたが、彼らは農夫であり、漁労夫であり、雇われれば水夫(かこ)にもなり、戦士にもなった。海人たちは、激しく渦を巻く瀬戸内の潮や波の下に隠れている、岩礁や巨木などの在りかを熟知している。これまでも前津屋大王は、吉備を中心にした瀬戸内の海人たちを手なずけてきたが、彼の力が及ぶのは、半分の西側だけにすぎない。

墨江津から熟田津(にきたづ)の泊りにかけての航路を確保するためには、誉田別の兵の力が必要になる。東半分の地域にいる海人たちを服従させるのだ。

「だが…。これは、ワレの計画の始まりでしかない」。前津屋大王は話を続けた。彼は吉備の背後にある出雲(いずも)から、西の筑紫(ちくし)を中心とする倭人が住む地域を支配したかった。朝鮮半島の伽倻(かや)を加えれば、広く豊かな地域を支配することができる。そこから得る富はとてつもなく大きい。新羅(しるら)、百済(ぺくちぇ)を経由して、隋(ずい)などの国々との交易を独占できるからだ。

阿佐太子は、前津屋大王の庇護の下(もと)にいれば、百済の刺客も手を出せないと思っていた。しかし、念には念を入れることにして、家督を譲った息子の名前を変えることにした。息子には、身分を証明するために、阿佐太子の名を捨てさせるわけにはいかなかった。だが、日常的にはディンゴンという名を使うようにさせた。幼いころ、西域人(さいいきびと)の月氏（カッシート）の学者が話してくれたことを思い出したからだった。『天上の国の安寧（あんねい）の里はアスカと言い、地上のそれはディンゴンと言う。漢の文字では、飛鳥（あすか）と丁公（でぃんごん）と書く』と。

その四　英雄　男大迹大王（をほどのおけ）

それから二十年の年月がたった。二代目の阿佐太子（あさでじゃ）、すなわち丁公は、吉備の多知波奈媛（たちばなひめ）の家令として飛鳥の朝廷の顔役になっていた。

そのころ古志（こし）の国では、都怒我（つぬが）の男大迹大王（をほどのおけ）という男が、めきめきと頭角を現して近隣を切り従えはじめていた。西域の騎馬の民らしいが、血筋は分からない。ある日、その男大迹大王から前津屋大王に使いが来た。山並みを越えて出雲を攻めてほしい、ということだったが、使者の口上が、前津屋大王を驚かせた。

曰く、「出雲を、前津屋大王に差し上げたい、と男大迹大王が言っています」

「……」

（出雲をワシに？　何を言っているのだ、コイツは）

前津屋大王の驚きにはお構いなく、使者は口上を続けていた。

「男大迹大王は、出雲の津をひとつだけ頂く。そこに砦をつくり、船と兵を置く。そこを新羅や伽羅と古志との交易の中継点にする。倭人を支配して、海の道をつくる、と言っております」

前津屋大王にとって、こんなに上手（うま）い話はなかった。兵を出せば、莫大な財を費やす。その兵を、男大迹大王が出す。前津屋大王も兵を出すが、戦後処理のようなものだという。そのうえ、男大迹大王が求めるものと言えば、湊（みなと）がひとつだけ。

（話がうますぎる。裏があるに違いない）

前津屋大王は、裏を調べることにした。

出雲の豪族はまとまっていない。吉備との昔からの盟を蔑（ないがし）ろにしている者がいる。そんなことは、先刻承知だ。彼らが、朝鮮半島の新羅と盟を結んでいることも分かっている。

（新羅の金（きん）に目がくらんでいるヤツラだ）

新羅の民の祖は、遥か西方からやってきたスキタイという民だと聞いている。スキタイ伝統の美しい金の細工物を作る手人が、新羅に数多（あまた）いるそうだ。数年前から前津屋大王は、出雲の兵が吉備に攻め入ってくる気配を感じている。金で財をつくった豪族が、厳寒の出雲から温暖な瀬戸の海に出ようと企んでいるのだ。

（どうしてくれようか？）

そう思っていた矢先に、この話が来た。

（裏がなければ、ぜひ乗ってみたい話だが、はてどうするか？）

前津屋大王は、飛鳥朝廷にいる丁公に命じて、男大迹大王のことを調べさせた。その結果、意外なことが分かった。男大迹大王という男は、人を裏切ったことがない。とても評判がいい、というのが丁公からの報告だった。前津屋大王は、吉士牟弖利（きしのむてり）の甥の吉士田根（きしのたね）を都怒我（つぬが）に送り、男大迹大王と交渉させた。

帰ってきた吉士田根は、「ありゃ、稀にみる太い心の大王です」と、男大迹大王の貫禄の大きさを褒めちぎった。

「あの大王は、率直に腹の内を明かしてくれました。大王の言葉をお伝えします。『出雲を攻めるのは、竺紫（つくし）の国や朝鮮半島への、海（わだ）の路（みち）を確保するためだ。ワシは、出雲の国を治めるつもりはない。前津屋大王が出雲を治めてくれれば、ワシは海の路の制覇に専念できる。会ったことはないが、前津屋大王は度量の大きな男で、裏がない。無駄な戦を嫌う、と聞いている。誉田別とも絆が強い。盟を結ぶのに、まことに相応（ふさわ）しい相手だと思っている。ワシは、古志から出雲を経て、竺紫の国への海の路をつくる。そして、竺紫の国を攻めとる。竺紫は物成りが豊かだ。財を使って、兵を出す値打ちはある。空も穏やかで明るいそうだ。伽倻に近い。交易に便利だ』。男大迹大王は、事も無げにそう言ったのです。信用できる大王だと思います」。そう言って田根は報告を結んだ。

前津屋大王は、男大迹大王の狙いが自分と同じだと悟った。彼は、男大迹大王と盟を結ぶことを決めた。

（竺紫の国の磐井大王（いわいのひこ）は、目の上の瘤（こぶ）だ。今のうちに始末しておけば、瀬戸の海の道を、竺紫まで延ばせる。その海道は半島につながる。男大迹大王と組めば、この道を少ない財でつくれる）

前津屋大王は、ひとたび決めたら、中途半端にせず、男大迹大王を心底から信じることにした。さもないと、不信感が互いの間に入り込んで、仲を裂くことを知っていたからだ。吉士田根は、再び都怒我に行き、前津屋大王の返事を伝え、しばらく都怒我の国にとどまった。男大迹大王の軍船が出雲に向かったことを、前津屋大王に知らせるためだった。

ある日、都怒我の津々浦々から、男大迹の船団が次々と出港した。吉士田根はそれを確認すると、吉備から持ってきた十羽の鳩を放った。七羽の鳩が、無事に前津屋大王の館（むろつみ）に着いた。鳩の足に巻かれた緋色の糸は、約束どおり船団が西に向かったことを報せるものだった。前津屋大王は、出雲との国境に潜ませていた兵団に、出撃を命じた。

海側から侵攻して、難なく出雲の宮殿を手に入れた男大迹大王だったが、待つ間もなく、前津屋大王の軍団も続々と出雲の浜に姿を現した。男大迹大王の目は、兵団の先頭に立って、山道をおりてきた白人の大男に釘付けになった。その男の馬が、仔馬のように小さく見えるほど、その武人の姿は豊かで勇ましかった。

（話に聞く、蜀の関羽のような偉丈夫ではないか）

男大迹大王の心は高鳴った。彼は、その偉丈夫を帷幕に招き入れて、名を尋ねた。

「百人隊長のアラカビです」。その偉丈夫は、男大迹大王に深々と礼をした。男大迹大王は、アラカビを自分で使ってみたくなった。後日、男大迹大王は、前津屋大王から半ば強引にアラカビを譲り受けた。

前津屋大王にすれば、アラカビを失うことは痛手だった。しかし、男大迹大王の手の内が分かるうえ、男大迹大王との盟が深くなる。アラカビは、西域のサルマート族の末裔で、白人のようにも見える肌を持った男だった。背が高く、彫が深い顔のなかにある茶色い瞳に目力があり、相手を威圧する貫禄があった。

「祖父が言うには、ワレラが最後のサルマート人らしいのです。祖国に残った仲間は、打ち続く戦で死に絶えたと聞いています」とアラカビは事も無げに語った。男大迹大王は、吉備の国の名門、物部(もののべ)の姓をアラカビに与え、物部麁鹿火(もののべあらかび)という将軍(いくさのきみ)に仕立て上げた。

その五　磐井の乱と出雲の国ゆずり

男大迹大王は、物部麁鹿火(もののべのあらかび)を、竺紫(ちくし)の国の磐井(いわい)との戦の総大将に任じた。麁鹿火は、手際よく磐井の王を成敗して、男大迹大王を驚かせた。彼は、磐井大王と争っていた豊(とよ)の国の大伴(おおとも)一族と手を組み、その手引きで、瞬く間に竺紫の国を平定したのだった。男大迹大王は、物部麁鹿火の力量に驚いた。

（この男は、思っていたよりも、はるかに見事にやってくれた）

麁鹿火は、兵を無駄に死なせるような戦をしなかった。男大迹大王は、麁鹿火に絶大の信頼を寄せた。

男大迹大王は、国の名を竺紫(ちくし)から筑紫(つくし)に変え、麁鹿火を自分の代官にして、この国を治(おさ)

めさせた。男大迹大王は、数多（あまた）の筑紫の娘たちに己の子を産ませた。己（おのれ）の血を受けた子に、筑紫の国を治めさせれば、この国を征服した証（あかし）になるからだった。そのために、大王は各地に宮を建て、己の子たちをそこに住まわせて王にした。郡吏（こおりのふみ）という太夫（まえつきのきみ）を麁鹿火の部下として配置し、王たちを補佐させた。

五年後に、赤子たちが幼子（おさなご）になったときに、大王は、数多いる幼子たちのなかから、跡継ぎにする五人の幼子を物部麁鹿火に選ばせた。男大迹大王は、選ばれた幼子たちを自分の手もとにおいて、品定めをした。その結果、五人のなかから、倭人の国々の統治を任せるひとりを決めた。大王が選んだのは、筑紫の朝倉の里の女に産ませた娘だった。その幼い娘が、物部麁鹿火を摂政にして、広く倭人が住む国々を統治することになった。『天豊（あまとよ）の斉明（さいめい）』だった。後に、その娘が斉明天皇と諡されることになるとは、もちろん誰も知らない。成長したその娘は、朝倉（あさくら）の宮から倭人の国を睥睨（へいげい）する女王（ひめのおおきみ）になり、朝鮮にまでその名を轟かすことになる。

さて、筑紫が落ち着いたのを見届けた男大迹大王は、物部麁鹿火と斉明に筑紫を任せて出雲に戻った。しばらくぶりの出雲では、前津屋大王の息子のタハブが、前津屋大王の代理として、出雲を治めていた。タハブの母は、アナドルゥという国の生まれで白人（しろいひと）だった。粟特人の賈が売りにきたのを、前津屋大王が買った。碧く澄んだ目が、魅力的な娘だった。その目で、蜂のように鋭く男を射るので、蜂を意味するデボーラという名前を持っていた。デボーラは、前津屋大王との間に生まれた金髪の息子を、タハブと名付けた。アラムの言葉で金という意味だった。

　そのころ、男大迹大王は、出雲でよく耳にする『ヤマト』という国のことが気になりはじめていた。ある日、男大迹大王は、オオヤシロサマの神官たちを招いた。タハブも同席させて、神官たちの話を聞かせた。神官には、嘘偽りがない、出雲とヤマトの関係を語るように命じた。

「ヤマトには、決して気を許してはなりません。ヤマトという国は、様々な方法でワレラを騙してきました」。神官の話はそこから始まった。「出雲の民はヤマトに騙されて、自分たちの国を盗まれた過去を持っているのです」。神官は、悔しさを顔に滲ませて、次のように語った。

　ヤマトは、出雲のことを昔から綿密に研究した結果、次の二つのことに的を絞った。ひとつは、出雲には豪族たちがいるものの、彼らを束ねる大王がいないこと。二つは、神を崇める民の想いが、とてつもなく深いこと。ヤマトは、そこに付け込むことを企み、まず、使者を出雲の豪族たちに送った。使者が言ったのは、出雲のオオヤシロサマのなかに、ヤマトの神をお迎えせよということだった。出雲には、天を衝くほど背が高い大社(おおやしろ)がある。民がオオヤシロサマと呼んで崇めている建物だ。「馬鹿なことを言うな！」。豪族たちが怒って、申し出を一蹴したのは当然のことだった。

そのころ、『天(あま)の鳥舟(とりふね)』を思わせる形をした箜篌(くご)を担ぎ、華やかな衣装を身にまとった娘たちが、出雲に出没するようになった。娘たちが担ぐ箜篌は、鳳(おおとり)のように長く優美な首を持っていた。胴に張られた糸が、様々に美しい楽を奏(かな)でる、琵琶(びわ)とも言われる楽器だった。箜篌を担いだ娘たちは、皆ひとしく巫女の白い装束に身を包み、邑々の辻で箜篌を奏でて歌った。美しい韓(から)の歌と楽(がく)の音(ね)に、邑人たちは聞きほれた。

だが、優雅な装いとは裏腹に、娘たちが唄う歌の文句は、気味が悪いものだった。

『出雲の民よ、よーく開け
天の大神(おおみかみ)のお声であるぞ
よーく聞くのだ
お怒りの声を
災いがソナタたちを襲う
出雲の民よ

敬(うやま)え、ヤマトの神を
天に償え
鉾(ほこ)や剣(つるぎ)を土に戻して
安らげるのだ
末永く
天に誓うぞ、安らぎを』

民を扇動した罪で、豪族は箜篌の娘たちを捕えた。だが、朝になると娘たちの姿は、いつも消えていた。仲間が逃がしたのだったが、娘たちは天の使いだから、天が助けたのだ、という噂が流れた。この噂はあっという間に広まり、民は箜篌の娘を追いかけて、あちこちで唄と踊りを楽しんだ。娘たちが海から来る、という噂が流れると、出雲の稲佐の浜に民が集まった。娘たちが舟で来て箜篌を奏でると、民は踊り始めた。民の渦は、刻々と大きくなり、稲佐の浜は踊り狂う民の群で埋まった。集まった民は、その歌を皆で唄った。やがて、出雲の民は、憑(つ)きものがついたようになって、唄いつづけ踊りまくった。箜篌の娘たちは、神出鬼没。あちこちに現れて、民を煽った。出雲の豪族たちは、無力だった。見ているだけで、何もできなかった。
そうこうしているうちに、箜篌の娘たちに唆(そそのか)された民は、群になって矢倉を襲い、鉾(ほこ)や剣(つるぎ)を奪いはじめた。鉾や剣や鐸を地に埋める儀式をやる、という噂が広まった。民の群は、天の祟(たた)りを鎮めるためだと怒鳴りながら、鉾や剣を矢倉から勝手に持ち出した。民のなかには、兵たちも交じっていた。もはや、豪族たちも民の暴挙を鎮圧することができなかった。ある日、箜篌の娘たちが現れて、鉾や剣と鐸を土の中に埋める儀式をする、と触れ回った。「大きな蓮沼の横の、小道の奥の斜面に埋めよ」と娘たちは叫んだ。

「鉾(ほこ)よ、剣(つるぎ)よ、鐸(たく)よ、
眠れ、眠れ、土のなか
静かに、静かに、土のなか
眠りを妨げるでない
天が祟るぞ、その者に
日輪がその身を焼きつくす」

民の群は、箜篌の娘たちの音頭で、その歌を唄って踊り狂った。鉾などを埋め終わる

と、箜篌の娘たちは場所を変えた。次のところでも、同じ儀式が繰り返されて、多くの鉾と剣と鐸が、次々と土に埋められた。

時を経ずして、ヤマトの大兵団が山を越えて、出雲に雪崩れこんできた。鉾も剣も土に埋めてしまった出雲の兵は、何の抵抗もできないまま、ヤマトの兵たちに征服された。豪族の家族たちをはじめ、数多の民が捕らえられた。男も女も、縄に縛られて一列に引かれていった。ヤマトの海石榴(つばき)の市に連れていかれ、生口として売られるという噂が流れた。ヤマトの兵団を先導していたのは、あの箜篌の娘たちだった。娘たちは、箜篌をかき鳴らし、狂ったように唄い舞い踊った。

『譲ったのさ
出雲の衆は
国を譲った
ヤマトの国に
国を譲った
万々歳！』

娘たちは、村々を回って、国譲りの話を触れ回った。オオヤシロサマの神官の話が終わった。男大迹大王は、タハブを諭した。

「タハブよ。この話を忘れるな。これこそ出雲の国譲りの真相なのだ。国を譲ったという話は、嘘っぱちだ。負ければ。譲ったと言われてしまう。神を崇めるのも、ほどほどにしないと国を亡ぼす」

男大迹大王は、自分の息子に教えるかのように、タハブに語った。タハブを育てることが、前津屋大王への謝意だと思っていたからだった。

「国譲りの後、出雲はどうなったのか？」と、男大迹大王がオオヤシロサマの神官に尋ねた。

「ヤマトが、大物主命(おおものぬしのみこと)という神のごとき方を送ってきました。その方は、大国主命(おおくにぬしのみこと)とも呼ばれています。民を労わる、とても良き人だったそうで、今なお、大国主命を崇める者が後を絶ちません。出雲の豪族たちは、大国主命の下で纏まりました。数年の後、大国主命がヤマトに帰り、別の命(みこと)がきたのですが、国を束ねることができず、出雲は再びそれぞれの豪族たちが治める国に戻りました」

「そういう出雲だから、ワシらも易々と征服することができたのであろう。豪族たちを束ねるだけの器量がある大王が、現れなかったということだ。タハブよ。ソナタの父の前津屋大王が、数いる息子のなかから、ソナタを選んだ理由が分かるか?」

「金色の髪だから、かと?」

「そういうことだ。つまり、容姿が違うことが、出雲の豪族たちを束ねるのに役に立つ。前津屋大王は、そう考えたのであろう」

「ワシも、薄々そのように感じていました」

「ソナタは、出雲の豪族たちを束ねて強い国にする自信があるか?」

「ワシは、まだ学ばねばならないことが山ほどありますが、必ずや父と男大迹大王さまのご期待に応えることができるようになりたいと思います。先ほど、父が容貌でワシを選んだお話をされました。実は、大国主命も、金の髪と碧い眼と白い肌を持っていた人だったそうです。その容貌が豪族たちを従わせたと言う者もいます。父は、そのことを知っていたのでしょう」

「そうだったのか。だが油断するなよ。金の髪がいつでもソナタを助けてくれるとは限らん。よい機会だから、ワシが考えていることをソナタに教えよう。まず、前津屋大王を喜ばせたいという心は良いが、焦ってはいかん。次に心すべきは、部下の選び方である。甘言の者を近づけることはまかりならん。賢い者だけを重用してはいけない。愚かな者がいるから賢い者がいる。賢い者だけでは、真の政はできない。世が平らなときには、それでもよいのかもしれない。だが、いったん事あるときには、賢い者は役に立たない。愚鈍に見えている者が、難しい時になると、役に立つことがある。真にこの出雲を強くて住みやすい国にしたい、と考えている者。そのことをソナタと堂々と論じ合える者を重く用いよ。民の声を自ら聞け。だが、民に迎合して、民を甘やかしてはいかん。民は平時のときに、あらぬ事を起こして有事にして、国を亡ぼすことがある。箜篌の娘たちが良い例だ。民の声に惑わされてはならん。なすべきこと、なしてはならぬことを、ソナタに進言できる者を選べ。なすべきこと、なしてはいけないことを測るためには、ソナタの心を太くしなければならん。心を鍛えよ」

タハブはひれ伏して、男大迹大王に誓った。

「ワシと出雲の国のために、裏表なく論じ合える者を重く用います。出雲を強い国にします。豊かな国にします。甘い言葉を避けて、部下や民の声を聞き分けられるように、己の心を鍛えることを、お誓いします」

タハブは力強く約束した。

(出雲の国は、タハブが何とかしてくれるであろう。次は、ヤマトだ)

男大迹大王は、ヤマトのことが気になってならなかった。

その六　英雄　誉田別（ほむたわけ）

男大迹大王（をほどのおけ）は、ヤマトについて綿密に調べさせて、三つのことを知った。

一つは、ヤマトが、白人のオキナガという一族を、豪族も民も皆が崇めていること。

二つは、豪族たちは、男大迹大王と同じ西域の騎馬の民の末裔で、結束していること。

三つは、国を治める財が豊かなこと。海石榴（つばき）という市があり、海の向こうからも、大きな取引をする賈が集まっている。


　これらの情報は、男大迹大王にとって、とても新鮮なものに聞こえた。とくに、海石榴という市のことは、彼を興奮させた。海石榴市には、交易のための広場と倉があり、遠隔地から来た者たちが暮らす館もあるという。唐（もろこし）や高句麗、新羅、百済や倭人域などの賈（こ）が集まっている、との報告を受けた。賈は、各地から珍しい品々を集めてきて、ここの市で売りさばく。他の賈が仕入れてきた品を買い、他の国に運んで売る。これを繰り返すことによって、賈は莫大な財をつくる。賈が得る利から、海石榴市は分け前をもらう。市（いち）は大いに賑わい、取引の額はとてつもなく大きい。その一部を海石榴市を営むヤマトの飛鳥朝廷がもらう。その額が、桁外れに大きいと聞いて、男大迹大王は益々海石榴市に憧れた。

　この大きな市のはじまりは、飛鳥で産する朱をつくる辰砂（しんしゃ）だという。辰砂を求めに来た賈の者たちが、様々な品を持ってきた。飛鳥の国は、その品を商いする市を巻向（まきむく）につくった。飛鳥の国は、高倉、つまり倉庫を多くつくって賈に貸した。そのことが、巻向の市を大きくした。飛鳥の国は、賈が長く留守をしていても、飛鳥の朝廷が高倉も邸も、盗難などから安全に護ってくれる。その後、市は巻向から海石榴に移った。西域の敷物、硝子（がらす）の器（うつわ）、高句麗の人参、銅鏡や奴隷なども海石榴市に並び、益々多くの賈が集まっているという。賈は競って飛鳥に邸を持った。飛鳥には多くの賈が集まって賑わい、年ごとに都は大きくなっている。それを聞いて、男大迹大王の胸は益々高鳴った。

　だが、問題があることも分かった。ヤマトには誉田別（ほむたわけ）という大物がいる。飛鳥、河内と伊勢をまとめて、ヤマトという大きな国にして統治している。偉大な大王だという報告が多く集まった。

（敵に回して戦えば、負けるかもしれない。勝ったとしても深手を負って立ち直れなくなる）

　男大迹大王は、確実に勝てる戦でなければ、手を染めたくなかった。結局、彼は待つことにした。多くの者をヤマトに忍ばせて、情報を取るだけで、ヤマトに入る時をじっと待った。

時がたった。待つことに飽きたころ、誉田別が病床に臥し、危篤に陥っているらしいという報告がもたらされた。これこそが、待ちに待った情報だったが、男大迹大王は慎重だった。この報せの真偽について、前津屋大王に確かめるよう頼んだ。前津屋大王は、誉田別の妃になっている娘の多知波奈媛（たちばなひめ）に真偽を確かめるために、舎人（とねり）を多知波奈媛の家令の丁公（でぃんごん）、つまり阿佐太子の息子のところに送った。

「誉田別のご容態がとても悪い、という噂がありますが…」。舎人は率直に尋ねた。丁公は、舎人を庭に案内した。誰かに聞かれることを怖れていることが見て取れた。

「風が言葉を運びますので…」。丁公が殊更に慎重な態度をとっていることこそが、誉田別の容態の悪さを物語っている、と舎人は思った。丁公は呟いた。「媛さまのために、近々湯あみの部屋をつくって差し上げようと思っているのです。これから、長いこと暗いところでお過ごしになるので…」。誉田別が亡くなれば、妃の多知波奈媛は何年かの間、殯（もがり）の宮に籠らねばならない。そのために、湯あみ部屋をつくるのだと、舎人は判断した。

「媛さまにご挨拶できますか？」

「すでに、ここにはおられません。お察しを」と丁公は言って、両手を合わせて頭（こうべ）を垂れた。誉田別の御霊を拝むような仕草だ、と舎人は思った。

この報告を受けた男大迹大王は、大軍を率いて出陣した。ヤマトでは、豪族たちも多知波奈媛と同じように、誉田別が亡くなれば、喪に服すのだろう。そう思った男大迹大王は、軍団を淡の海の水海（おうみ）の津にとどめた。

（誉田別の御霊（みたま）を安んずることが肝要だ。御霊の怒りに触れてはならない）

そう思った男大迹大王は、将兵にも乱暴・狼藉を固く禁じた。そのことが幸いした。ヤマトの豪族たちは、北から押し寄せた大軍のことを知って、右往左往して大騒ぎになっていた。蘇我稲目（そがのいなめ）が豪族たちを纏めて兵を集めたとき、丁公（でぃんごん）が稲目に会った。多知波奈媛の夢のなかに鸞（らん）が現れて一声大きく啼いた、と丁公が話した。鸞は天子を護る神の鳳（おおとり）だ。鸞が啼くということは、天下に安寧をもたらす為政者が、すぐ近くまできていることを報せるという故事がある。鸞の啼き声は、あたかも大きな鐘の音のごとくである、と丁公は語った。稲目は、豪族たちに鸞のことを伝えた。

「北の軍団は、淡の海の水海の津に留まっている。兵は安らかだ。攻めてくるつもりではなかろう。鸞が啼くのは、吉兆だという。あの軍団の長が、安寧をもたらす大王かもしれない。まずは、皆でその者に会おうではないか？」

稲目は、豪族たちに諮った。

朝堂では、鸞の話を漏れ聞いたひとりの官人が、知り合いの者に話していた。

「鸞の声とは、大きな鐘の音のようだと聞いたことがある。こんなものだろうか？」

その男は、大きな鐸(たく)を何度も叩いた。鸞が啼く声には及びもつかない弱い音だったが、鸞の声を聴いたことがない豪族たちは、てっきり鸞が啼いたのだと勘違いした。この話が、瞬く間に国中に広がった。

蘇我稲目と豪族たちは、男大迹大王の帷幕を訪れた。しばらく話し合っているだけで、彼らは男大迹大王の度量の大きさに心服した。息長(おきなが)の天(あめ)の皇子(みこ)も、稲目たちの考えを受け入れた。ヤマトの大王(わけ)の王冠は、巧まずして男大迹大王(をほどのおけ)の頭上に輝くことになった。

その七　ヤマトの国

息長の女たちに会った時に、男大迹大王は、モエシア人の妻によく似ていると思った。

先祖を問うと、息長は、波斯(ぺるしゃ)の安息(ぱるてぃあ)の民の末裔(すえ)だという答えがあった。

「波斯とは、モエシアの近くなのか？　ワシの妃のなかに、モエシアの女がいる。ソナタたちにとてもよく似ている」と男大迹大王が尋ねた。息長の者たちは一斉に驚きの声を上げた。彼らの説明で、モエシアが息長の先祖が出た国の、すぐ北にある国だということが分かった。

「これからも何も変わらない。息長は天の皇子として、天の声を聞いてほしい。飯豊媛（いいとよひめ）よ、ソナタが息長をまとめていかれよ」と男大迹大王は告げた。今までどおりだと知って、息長の人々は安堵した。

蘇我稲目（そがのいなめ）も、男大迹大王の下で飛鳥を治め、物部尾輿（もののべのおこし）も同じように伊勢を治めることが命じられた。河内については、男大迹大王が自分で治めることにした。

男大迹大王は、豪族たちを武力で抑え込むことはせず、まずは誉田別の政（まつりごと）を踏襲することにした。豪族たちの結束を、ほどほどに保つ。治世に皹（ひび）が入らないように、誉田別が色々と配慮していたことが分かってきた。

(ヤマトは、代理の者では治められない。都怒我には帰らないことにして、ワシがヤマトを治めよう)

男大迹大王は、ヤマトに腰を落ち着けることにした。蘇我（そが）をはじめとして、平群（へぐり）も巨勢（こせ）も和邇（わに）も秦（はた）も鴨（かも）も、男大迹大王の治世を受け入れている。

(豪族どもと付き合う術（すべ）を、身に付けねばならん)

男大迹大王は、先住の物部一族の使い方にも、気を使った。

（物部は、もともとこの地の土豪だったという。物部をはじめ、先住の民がいることで、西域の者たちが出すぎずにいる。これからも、この関係を保ってやらねばならない）

ヤマトに住んでみると、あちらこちらで誉田別の偉大さを実感した。例えば、誉田別が造らせた巨大な墓が良い例だった。それを見た時に、男大迹大王は魂が抜かれた。墨江津（すみのえのつ）から船を出して、その墓を海からも仰ぎ見た。それが、瀬戸内の海民（わだつみ）を服従させるために造られたことを、男大迹大王は実感した。その先の、西に延びている瀬戸内の海の航路についても、それがヤマトの財の源のひとつだということは、男大迹大王も頭では分かっているつもりだった。実際に仰ぎ見てみると、この巨大な墓が、瀬戸内の海民を威圧するために造られたことを確信した。

（誉田別は、なすべきことと、なしてはならぬことを、本当にわきまえていたようだ）

男大迹大王は、ヤマトを自ら知るために、国のなかを視察し、民と会い、豪族たちと話し合った。あるとき、男大迹大王は、蘇我稲目に西域のことを聞いた。

「ソナタの家が代々、ヤマトの衆を束ねていると聞いた。まことに重き役目だ。そのような大役を任されていることは、ソナタの祖が、さぞ重き身分の者だったのであろう」

蘇我稲目は、我が意を得たとばかりに胸を張った。

「祖は、丁零の亀茲の可汗でした」

「それは、大したものだ。ワシの祖も丁零らしいが、馬の口取り程度であったであろう。だが、今は立場が変わった。ワシは、ソナタに馬の口取りをさせるつもりはないから安心してくれ」

男大迹大王の一言が稲目を感激させた。

ある日、男大迹大王は、ヤマトから消えた一族がいたことを知った。

それは、ウマヤドゥあるいは、聖徳王と呼ばれた聖人の一族だと分かった。一度だけだったが、息長の飯豊媛が、聖徳王のことを、口に出したことがあった。

「ウマヤドゥという人は、幼いことから飛び抜けて賢く徳が篤い人だった」。媛が漏らした言葉はそれだけだった。

部下に命じて調べさせると、今でも多くの民が聖徳王をこよなく敬っているということが分かった。ウマヤドゥは、大月氏の可汗の末裔で、息長の血と亀茲の血を持ち、斑鳩の邑を治めていた白人だったということだった。

（亀茲は、蘇我と同じ一族だ。なぜ蘇我はウマヤドゥを護らなかったのか？　なぜ消えたのか？　あるいは、消されたのか？）

さらに調べさせると、聖徳王は兵を持つことを嫌った人で、近くに住む契丹（きたい）の民が、自発的に聖徳王の一族を護っていたようだった。

（契丹もいたのか…）

契丹は、勇敢な戦士の民として草原では名高い。契丹の民が、斑鳩の里の外れに吉田（きった）の里をつくって聖徳王を護衛していたようだった。だが今は、その聖徳王の家も吉田の里も、飛鳥の歴史から消えている。聖徳王が病で亡くなると、西域の豪族たちの紛争に巻き込まれて、その一族は滅びたというのが、官吏（つかさびと）の報告だった。

（何か大きな秘密があるようだ。誰も聖徳王と契丹のことに触れないのだから、静かにしておいてやろう。今さら蒸し返しても、詮無いことのようだ）

そう思いつつも、男大迹大王は、斑鳩の里を訪れてみた。その里に入ると、空気が変わったのを感じた。

（厳しい気がここにある…）

不思議な気が、男大迹大王を包んだ。

斑鳩の里の外れに駒を進めると、小さな社（やしろ）があった。『吉田人（きったびと）の社』。木の板に、バクトリアの文字でそう書かれている、と供のひとりが言った。

（吉田人？　キッタとは契丹（きたい）のことではあるまいか？）

その後、男大迹大王は、何度も斑鳩の里を訪れた。不思議な気が、彼を招いているように思った。

ある日、吉田人の社の木札がある土地の近くで、高句麗人（こくりょびと）の手人（てひと）たちが、小さな社を建てていた。尋ねると、テュアルを建てている、という答えが返ってきた。

「テュアル？」

「佛（ほとけ）に祈る場所です」

そう答えた手人が、地面に『寺』と書いた。「ホトケの社か…」と大王が呟くと、手人は「そうだ。ワレラは寺工（てらのたくみ）だ」と答えた。

「誰に頼まれて建てているのだ？」と尋ねると、寺工は首をかしげた。

「それがよく分からないのだ。はじめて見た旅の僧に頼まれた。深い笠に顔を隠していた。銀の板を三枚くれた。三枚で建てられる寺をつくれということだったが、三枚では、ちっぽけな社を建てるのが精いっぱいだ」

「その僧はどこから来たのだ？」

「知らぬ。風のように現れて消えた。名も名乗らなかった」

「そうであるか…。では、その僧の望みをワシがかなえてやろう。寺工たちよ、精いっぱい立派な寺を造れ。財はいくらでもワシが出してやる。あそこからあそこまで縄張りせよ」

男大迹大王は、遠くを指さして、舎人に財を出すように指示した。寺工たちは、その貴人が、男大迹大王だと知ると身をすくめた。

「そのように広いところに、何を建てればよいのですか？」

「決まっているだろう。その僧が望んだテュアルとやらを建てるのだ。寺工たちよ、気張れ。仲間をごっそり呼んでこい。ワシも、テュアルに詳しい学の者を探してこよう。その僧が望んでいたテュアルを建てよう。天にささげる寺を」

そう命じたとき、男大迹大王の脳裏に浮かんだことがあった。

（まさかとは思うが、その僧は、聖徳王の化身だったのではあるまいか？　あの吉田人の社という文字も、バクトリアの文字だ。何が起こったのか知らぬが、聖徳王の恨みが、この地に彷徨っているのではないだろうか？　聖徳王たちを護るために、契丹の民たちが闘って滅びたのかもしれない。彼らにとって、どうしても納得がいかないことが起こったに違いない。聖徳王の化身は、己たちの魂を鎮めてもらいたい、と願っているのだろう。願いに応えて、アノ者たちの霊を丁寧に祀らねばならん）

男大迹大王は、寺工たちに向かって命じた。

「あそこにある吉田人の社も、立派な社にしてやってくれ」

そう言った時、男大迹大王の心のなかで、何かが弾んだような気がした。

（聖徳王の御霊（みたま）であろうか？）

もう一度、何かが弾んだ。

（吉田（きった）は契丹（きたい）であろう。斑鳩の里こそ、彼らの因縁の土地に違いない）

手を合わせて目を閉じると、天に祈る聖徳王の姿と、草原を闊歩する契丹の騎馬兵の戦闘の様子が浮かんだ。


年月が流れた。男大迹大王（をほどのおけ）が帰らぬ人になった。『オケ』と『ヒコ』と『ワケ』の三人の大王が亡くなって、ひとつの時代が終わった。


三代目の阿佐太子は、丁公の名を捨てて、再び阿佐太子の名を使うことにした。先祖の誉（ほまれ）を継ぎたかっただけでなく、百済王の刺客に怯える必要がなくなったからだった。

このころ、大和（やまと）では土地の配分が、官吏の大きな役目になっている。渡来人（とらいびと）が飛躍的に増えたために、飛鳥に近い土地が不足したからだった。土地の権利は、たとえ身分の高い者であっても例外なく検（あらた）められた。土地を求める者はすべて、戸籍と身分を調べられる。三代目の阿佐太子も、百済の王族の太子（でじゃ）だと宮に届け出た。朝廷に登録されている戸籍が、ディンゴンだったので、阿佐太子に変えるために、なお一層複雑な手続きを強いられた。官吏(つかさびと)は、これまで登録されている貴族についても、以前に登記した書類の真偽をあらためて審査した。審査を厳格にすればするほど、官吏の懐(ふところ)が豊かになったからだった。昔の書類の不正を理由に、土地と邸だけでなく、すべての財産を取り上げられた者もいた。「官吏への賂(まいない)を渋ると、あのようになる」という話が巷にあふれた。多知波奈媛さまがご健在だったころに、父が手続きをしておいてくれれば良かったものを、と嘆く気持ちもあった。その多知波奈媛さまも、今はこの世の人ではない。媛さまの子供の吉備津臣(きびつおみ)と稚武彦(わかたけひこ)は、大和朝廷を支える貴族として重い役職に就いていたし、吉備媛(きびつひめ)も大貴族の鴨氏に嫁いでいる。だが、彼らとの交流は、とっくに途絶えている。今さら頼みに行っても、門前払いされるのが落ちだ、と阿佐太子は思っていた。それでも父の代から、稚武彦さまのお屋敷の片隅に、棲家を借りていた阿佐太子だったが、今では舎人(とねり)から立ち退きを迫られていた。

　阿佐太子には、終(つい)の棲家(すみか)が必要だった。笠山(かさやま)の麓の笠縫邑(かさぬいむら)にある祖父の土地に、苫屋(とまや)でも建てたいと思っていた。阿佐太子は、身元と血筋を百済の朝廷が証明している書き付けを朝堂に届け出た。煩雑な手続きのたびに、玉(ぎょく)などの財物を添えて官吏に賂(まいない)をしなければならなかった。ある時は、担当の官吏から、「百済の皇子(みこ)だったのか？　役には立つまい」などと、馬鹿にされたこともあった。財は底をついたが、阿佐太子は、何とか念願の祖父の土地の権利を確保することができた。

雨、露だけを凌げる苫屋ができて、やっと寛（くつろ）いだある夜、阿佐太子は夢を見た。祖父から聞いていた吉備津彦さまが夢に現れた。昔々、爺さまの膝の上で聞いた言葉が、なぜか夢のなかで聞こえていた。

『お小さいころから、吉備津彦さまは、天尊命（あまたけるのみこと）さまと気が合ってな。いつもご一緒に戦（いくさ）ごっこをして遊んでおられたものだ。たくましい若者に成長すると、お二人は大和の将軍（いくさのきみ）になられ、武人（いくさびと）たちを伴って威風堂々と東に向かわれた。東には、お二人と血を分けたご一統の方々がいる。その噂を確かめるために行かれたのだ。勿論、大和の国を広げたいという朝堂の希望もあった。馬にまたがった将軍や武人たちの兜や武具が日輪の下できらきらと輝き、色とりどりの旗が翻っていた。それは美しい行列だった』

後に日本武尊（やまとたけるのみこと）という諡号（しごう）を与えられることになる天尊命（あまたけるのみこと）と吉備武彦命（きびたけひこのみこと）の諡号を贈られることになる吉備津彦は、大和の英雄だった。その吉備津彦命さまが夢に出て、東を指し示された。

（はて、東に何かあるのか？　吉備津彦さまは、夢で何を言いたかったのだろうか？）

夢はそこで覚めた。

ある日、阿佐太子の苫屋に、訪問者があった。

それは、先々代の阿佐太子の舎人（とねり）だった吉士牟弖利（きしのむてり）の孫の吉士烏那羅（きしのおなら）だった。

烏那羅は、執務中に阿佐太子の届け出の記録を見つけて、ここを訪れたのだと言った。

聞けば、烏那羅は戸籍を扱う官吏の長を勤めているという。烏那羅は、太子のことをあらかじめ分かっていれば、自分がすべて手続きをしたのに、と悔やんでいた。

「賂（まいない）のために、さぞ数多の財をお使いになったのでしょう。まことに申し訳がないことでありました」

「気にすることはない。おかげで、ここに居を構えることができた。それよりも、近ごろの大和（やまと）や百済などの様子を教えてくれ」と阿佐太子が言って、烏那羅を労（ねぎら）った。その日以来、烏那羅は度々阿佐太子の苫屋を訪れることになった。

烏那羅は、阿佐太子のために土地を広げ、邸をつくり、下働きの者たちを雇い入れた。阿佐太子が、「そのような財はない」と言ったが、烏那羅は「何の。ご心配を召さるな。太子の財を懐に入れた者たちから、利を付けて返させただけです。ところで…」と烏那羅は『今来（いまき）の者』たちの哀れな状況を語りだした。

大和には、数えきれないほど多くの異国の民族が集まってきている。朝鮮半島からの民が多かったが、波斯（ぺるしゃ）や大月氏（ばくとりあ）、日之出（あなどぅる）など、とてつもなく遠い国々から来た者たちもいた。彼らの多くは、大和に住むことを許されないので、当てもなく遠い地に落ちて行くしかない。帰化を許された者たちでさえも、今来の人（ひと）と呼ばれて、事あるごとに、除け者扱いにされた。身分を偽る者もいたが、万一見破られると、唐で言う奴隷（ぬーりー）、つまり生口（いきくち）の身分に落とされた。技術がある手人だと申告した者が、実際にやらせてみると、何もできないこともあった。悪意で、偽の申告をした者は、生口にされて、市で競り売りにかけられた。

「官吏だけではなく、民も今来の者たちを虐めます。それが人間の性（さが）だと思うと情けない限りです。訳もなく、今来の者たちを嫌い、あること無いことを、官所（つかさどころ）に密告するのです。人間とは、どこまで腐った根性を持っているのでしょうか」

烏那羅は、今来の者たちを、少しでも助けたいと阿佐太子に言った。勿論、ごく一部の者に手を差し伸べることしかできないが、烏那羅の権限で正式な手続きができた。土地を広げて、彼らを住まわせる。阿佐太子の身の回りのこともさせるが、邸の中に食菜や薬草の園もつくらせて自活させる、という話をした。

「手続きが整ったら、ワシもお邸のなかに苫屋をつくらせて頂いて、家族とともに、太子さまの舎人（とねり）として勤めさせて頂きます」と言った。

この物語は、そういう時代の中で進んでいく。

その八　五代目の阿佐太子（あじゃでじゃ）

さて、七十年前の昔話はこれくらいにして、話を進めよう。

ここは、笠縫邑（かさぬいむら）にある一軒の苫屋（とまや）。外では、半日ほど前から、空の唸（うな）りがやまない。風雨は激しく、辺りは暗い。疾風（はやて）と豪雨に叩かれるたびに、竹藪（たけやぶ）が一斉に地を這ってもがく。苫屋のなかでは、二人の男が話し合っている。

「太子（でじゃ）さま、この嵐はいけませんな」

太子さまとは、苫屋の主、五代目の阿佐太子。アジャデジャあるいはアサデジャと呼ばれている。阿佐太子と話をしている男の名は吉士長丹（きしのながに）。産まれたときから共に暮らし、幼いときから阿佐太子に仕えていた。吉士長丹は、鉾（ほこ）の使い手で、阿佐太子の護衛もしている。祖父は、遣隋使として名を馳せた吉士雄成（きしのおなり）の実弟の吉士烏那羅だった。長丹は新羅人（しるらびと）で、阿佐太子は百済人（くだらびと）だったが、二人は共に育った竹馬の友でもあった。

「嵐は西から来ます。泗沘（さび）に使いさせたオサガンの舟が、嵐に巻き込まれていなければよいのですが」

「オサガンは、伽倻（かや）に近い栄山江（よんさんがん）のコーサーの民であろう。この国の傀儡（くぐつ）と同じだ。これくらいの嵐で、行き倒れになることはあるまい」

「おっしゃるとおりですね。コーサーのなかでも、オサガンは折り紙付きの優れ者ですから」

二人が案じていたのは、大嵐だけではない。戦いに明け暮れている朝鮮半島への旅だ。騒乱のなかで、百済の王都の熊津（こまなる）と泗沘（さび）に行ったオサガンが、無事に生きて帰って来るという保証はない。

（無事に帰って来てくれ。百済の義慈王（ういじゃわん）の書付を持ってきてくれ）

阿佐太子と吉士長丹の願いは切実だった。阿佐太子も五代目になったので、初代が持っていた百済の王族の書付は、今となっては役に立たなくなっている。身分を証明する書付がなければ、飛鳥で暮らしていけない。

幸い、近ごろ飛鳥に来た義慈王の息子の糾解（かうけ）が、添え書きを書いてくれた。糾解の勧めで、義慈王から正式な身分証を出してもらうことにした。オサガンに、その使いを頼んだのだった。

「そういえば、オサガンとは、百済（ぺくちぇ）の言葉では、兎（うさぎ）のことだったな」

「そうです。伽倻（かや）でも兎です」

「兎であれば、大嵐や戦乱を避ける術(すべ)は身に付けている。土にもぐり、洞(ほら)に潜(ひそ)んで無事に帰って来るだろう」

阿佐太子は、オサガンが生まれ育った村が、百済(ぺくちぇ)の泗沘に近い伎伐浦(きぼるぼ)という村だと聞いていた。オサガンが故郷の話をするときは、いつも笑顔になる。熊津江(こまなるがん)とも白江(ぱくがん)とも言われている美しい河の水が、ゆったりと海に流れ込んでいる静かな水辺の村だと、オサガンはいつも語っている。そこは、伎伐浦という寒村で、唐人(とうびと)は白い村の河、つまり白村江(ぱくちょんがん)と言っている。吉士長丹(きしのながに)も頷いて、伎伐浦の村の話をするときのオサガンの嬉しそうな笑顔を思い浮かべていた。

「よほど良いところなのでしょうね？　ワシも何度か話を聞きました」

「オサガンの話をしたので、伎伐浦という名が、頭をよぎったのだ。伎伐浦とはどんなところであろうか？　そなたも行ったことがあるであろう」

「はい、官吏(つかさびと)をしていたときに、二度ほど。立ち寄ったことはありませんが、舟で通ったことがあります。百済の泗沘に行くときは、熊津江を上ります。その河口にある伎伐浦は浅瀬だらけです。潮目の変わり目どきは、水が渦を巻きます。おまけに霧も出ます。白い霧のなかに浮かぶその村の美しさを、隋の詩人が白村江と名付けたとか」

「白村江…。霧に浮かぶ村。美しい響きだ」

「その霧のために、舟人（ふなびと）が操作を誤って、浅瀬に乗り上げてしまったことがありました。潮が満ちるまで動けなかったことを思い出します」

「土地の者でさえ、舟の扱いを間違える、ということだな」

「おまけに、潮の強さは尋常ではありません。舟は、瞬く間に潮に持っていかれます。潮の満ち引きは、一気に変わります。よそ者では、潮がまったく読めません。向こう見ずの倭（わ）の海人（わだつみ）でさえ、地元の舟人を雇って案内させると聞いています」

「白い河と白い村か…。行ってみたいものだな」と、阿佐太子は感慨深げに言った。

その九　倭国（わこく）の那（な）の津（つ）

笠山の麓の笠縫邑（かさぬいむら）から遥か遠く西に行くと、倭人の国の筑紫に達する。その那の津に、貴族の子弟が集まっている学び舎（や）があった。

筑紫は、男大迹大王（をほどのおけ）が竺紫（ちくし）から筑紫（つくし）に名を改めた国で、昔は奴国（なのくに）とか狗奴国（くなこく）と言われた国々を統合した大国だった。

今、ここを治めている者は大伴久目大王（おおとものくめのおおきみ）という。

「ミタスキさま、長安への道は難儀なのでしょうね？　ワレラには想像できないほど…」

ミタスキと呼ばれた男は、学生（がくしょう）の幼稚な質問に苦笑いを隠さなかった。犬上御田耜（いぬかみのみたすき）、その昔に遣隋小使（けんずいしょうし）になり、近ごろ帰国したばかりの学の者だ。十年ほど前に隋（ずい）が唐（もろこし）になって、最初の遣唐使が出た時に、御田耜も大仁薬師恵日（だいにんくすしのえにち）と共に長安（ちゃんあん）に赴いた。二年の後、唐の太宗の使者の高表仁に送られ、新羅（しら）を経由して帰国した。それ以前に遣隋使になっていた僧旻（そうみん）は、そのときに一緒に帰国したのだった。

犬上御田耜は、唐や海東（かいとう）と言われる朝鮮半島の情勢について右に出る者がいない、と言われるほど深い知識と経験を持っている人物だ。「難儀かと？　馬鹿なことを聞くでない。難儀も難儀、大難儀だ」。御田耜は厳しい目でが学生を叱った。

「海（わだ）を渡るだけでも、死ぬ思いをする。荒い海の波は、山のようにそびえ立ち、空を隠して暗くなる。次の瞬間には、船は波の頂上に一気に持ち上げられる。そしてまた、波のどん底まで落とされる。これが、果てしなく繰り返される。胃の腑が口から飛び出して、打ちのめされる。船がきしむ。砕け散る恐怖が絶え間なくつづく。船がこらえきれなくなれば、波に叩かれて壊される。海に放り出されて、揉まれつづける。もちろん、束の間で命を失う。死を免れても、打ち上げられた浜で、土地の民に、なぶり殺される話も少なくない」

若者たちは、震え上がった。彼らは、この学び舎で、旻や御田耜から朝鮮や唐のことを学んでいた。

「学生のソナタたちは知らんだろうが、そろそろ、高向玄理と南淵請安が唐から帰ってくる」と旻が話した。

「タカムクノクロマロ？　ミナミブチノショウアン？　ですか？」。学生たちは、高向玄理や南淵請安がどれほど偉い学の者なのか、まったく知識がなかった。どういう人か？という質問で、学び舎が賑やかになった。

遣唐使の船は、帰路を新羅の斯蘆にとる。そこから、金官加羅の金海に行き、さらに都志麻の竹敷の津や壱岐の狛島の亭などを経て筑紫の那の津の湊に入る。それぞれの経由地から、使節の動静が伝えられる。常に正確とはいえないが、ないよりは良い。玄理と請安は、まだ唐が隋だったときに、遣隋使として洛陽に赴いた。実に四十年の歳月を唐で過ごしている。旻は、小野妹子に従って最初の遣隋使になり、高向玄理と一緒に洛陽や長安で暮らした。二人が帰国するらしいという報せが入って以来、旻は興奮して落ち着かない日々を過ごしていた。

僧旻は、後に大和朝廷に仕えて、新漢人の日文と呼ばれることになる百済人で、新羅の事情にも通じていた。筑紫の朝廷が遣隋使を出すと知って、新羅語の訳語（やくご）とよばれる通訳も兼ねて、志願して許されたのだった。南淵請安と高向玄理は、幼いころに飛鳥から筑紫に派遣された留学生だった。請安は飛鳥の南淵の村。玄理は河内（かわち）の錦部（にしごり）の邑の出身で、共に蘇我（そが）大王の支族に生まれた。玄理の母は阿知使主（あちのおみ）という東漢人（やまとのあやひと）の娘だった。東漢人の一族は、後漢の霊帝（れいてい）の末裔（すえ）を誇りにしている。彼らは檜前（ひのくま）の村で、漢の言葉や風習を守って暮らしていた。

ある時、東漢人の民は、遠い筑紫の朝廷が遣隋使という使節団を出しているという情報を得た。彼らは、先祖の地の状況を知り、その故郷のことを知る絶好の機会だと思った。矢も楯もたまらなかった。彼らは、遣隋使のなかに一族の者を入れて隋に送ることを企んだ。洛陽（るおやん）に行き、そこで何年もかけて勉学に勤（いそ）しむ。行くだけではない。帰国して先祖の地のことを報告してもらわなければならない。必要な旅の年月の長さを考えると、若い者でなければならない。幼い男子のなかから、賢くて強靭な心と体を持つ者を選ぶことにした。そして、まだ幼い九歳の請安と十歳の玄理が選ばれた。

飛鳥の宮に願い出たところ、大王の蘇我稲目は大いに喜んで許し、飛鳥朝廷が派遣する公務の学生（がくしょう）であることを証明する印を与えた。

東漢人（やまとのあやひと）の一族は、伝手（つて）を探して筑紫の国の朝廷（つかさ）の官吏（つかさびと）に取り入ることができた。こうして、請安と玄理は数名の下僕たちとともに、遣隋使の候補の学生として筑紫に暮らすことになった。

東漢人の一族は、隋の皇帝に宛てた書簡を、鞣(なめ)した羊の皮に書いた。曰く、自分たちは漢の国から出た民である。是非、先祖の地の文化・文明を習得したい。ついては、一族の高向玄理と南淵請安という少年たちを送るので、存分に学ばせて頂きたい。そう認(したた)め、玄理と請安の就学の許しを請い願った。まさに、東漢人の一族を挙げた執念だった。一族の悲願を担った少年たち、玄理と請安の勉学に対する執念の凄さを、僧旻は唐にいるときに、しばしば目にすることがあったが、それは凄まじいものだった、と学生たちに話した。玄理と請安のことを知って、学生たちは興奮した。自分も、次の遣唐使の使節に入りたいと、あらためて犬上御田耜に願い出た。洛陽、長安だけでなく、海東の百済と新羅まで見てきた御田耜は、筑紫の国の将来を真剣に憂(うれ)えていた。

近ごろの御田耜の心配は、筑紫の若者たちが、ひ弱になっていることだった。この学び舎に来ている学生ですら、甘やかされて育っている。こんなことでは、遣唐使になって異国で学ぶことなどできるわけがない。朝鮮や唐の若者たちに打ち負かされてしまう。それは、筑紫の国の基盤を危うくするほど深刻な問題だ、と御田耜は深く憂えていた。

朝鮮の若者を見てきた御田耜が、強い関心を持ったのは、花郎(ふぁらん)だった。花郎は、新羅の貴族の子弟から選ばれる。花郎の手本になっているのは、高句麗の局堂（けいどう）だった。花郎も局堂も、国と民のために死ぬことができる若者であり、極限まで身体と心を鍛え抜いた貴族の若者たちに与えられる賛美の称号だった。彼らは、王族か貴族の子弟でなければならず、容姿端麗にして、所作は美しく、身体は鋼（はがね）のように強靭（きょうじん）で、戦においては誰にも負けない勇気を発揮して行動する。それが、新羅の花郎であり、高句麗の局堂だった。

筑紫（つくし）の貴族の子弟を、力のある将軍（いくさのきみ）や官吏（つかさびと）に育てる目標になるのが、まさに花郎や局堂だ。国や大王のためであれば、身命を賭（と）して戦うことを厭わない。そういう若者の集団をつくらねば、筑紫は負けてしまう。

御田耜は、新羅の斯蘆（さろ）の都を訪れたとき、花郎（ふぁらん）たちに会ったことがある。

「ワレは、貴族であるがゆえに、国と大王と民のために、命をささげる。それが貴族として生まれた、ワレの責務だ」。

そう言い切った花郎の若者の気概を、御田耜は忘れることができない。

「花郎になれるのは、貴族の子弟だけですか？」と尋ねた若者がいた。

「博麻（はかま）よ。ナレも花郎になりたいのか？」

博麻と呼ばれた若者は、目を輝かせて頷いた。

「国のために、命をささげることほど、誇らしいことはないと思います。ワレも花郎を志します」

「ナレの家は貴族ではないが、なまじの貴族よりも裕福で、筑紫の国にも多くの財を貢いでいる。陽咩の親御が願い出れば、きっと花郎になれよう。それまで、よく学び、心と体を鍛えるのだ」と御田耜は、やさしく励ました。

博麻の父が村主をしている陽咩は、天から神がおりたところだと伝えられている伝統と格式がある村だ。博麻の興奮が覚め切らないとき、学び舎に入ってきた娘がいた。

「ここは、学生の学び舎なの？」

「そうだ、が？」

「高向玄理さまは？」

「玄理を捜しているのか？」

「はい。そうです。そろそろ玄理さまの船が着いたころかと」

「娘。ナレは、どこから来た？　言葉もここらの言葉ではないな？」

「ワシは、ここからずっと東の飛鳥という国から来ました。神の国です」

「ナレの神が言ったのか？　玄理がここにいるとでも？」

「高向玄理さまは、同じ村の方です。ワシは、玄理さまをお迎えに来ました。新羅の斯蘆を出た、という報せが入ったので、そろそろこちらに着くころではないかと思って来たのです」

「可哀そうだが、まだここには来ていないし連絡もない。斯蘆から出雲に行ったのかもしれぬ」と博麻は娘に言った。

名を尋ねると、マジャーミだと娘は言った。

「マジャーミ？」

「そうです。蝉と書く。新羅人の母がつけてくれた」

「そうか、蝉なのか。ナレは、アスカとかいう神のクニの民だと言ったが、そこは新羅人の住む国なのか？」

「そうではない。飛鳥には、新羅の民もいるが、海の向こうから来た数多の民が暮らしている」

「面白そうだ。アスカとは、どういう国なのだ？」

若者たちは、アスカについて色々と尋ね、蝉（まじゃーみ）も嬉しそうに答えた。博麻は、アスカに興味を持ち、飛鳥に行くと父親に語った。旅を通して、己を鍛えることができそうだと直感したからだった。父親は、瀬戸の海を渡って墨江津（すみのえのつ）を目指す船の船師（ふなし）を探し、博麻と蝉を乗せた。陽咩の村主（すぐり）の頼みに逆らう海人（わだつみ）はいなかった。

「後は、ナレの運次第だ。良き運がつくように励め」

父親は、息子を旅に出した。

その十　盧原の国

西から東に移る、笠山の麓の笠縫邑から遥か東に、盧原という国がある。

ここは太古の昔、ソガクツと呼ばれた国だった。その盧原の国の北。山並みのなかに、両河内という大きな村が広がっている。この村の高みの、葦の原が広がるところに、この国の民が崇める、息長家の館がある。

息長の当代の主は、テベレさまという中年の女性だった。テベレさまをはじめとして息長の家の人々は、パルティアという西域の国の王の末裔だという。背が高い白人で、天に安寧を祈り、山の上から、日ごと夜ごと、盧原の国を見下ろして見守っている。盧原の国には、盧原、有度、安倍、志太、益津と両河内の六つの大きな邑がある。みな、物なりが豊かだ。それぞれの邑には長がいて、邑を統治している。長というが、王に近い。

盧原の国を治めているのは、秦人の阿知比古だった。秦人は、息長の家に仕えている。

息長は天に祈る家として、廬原の国に君臨している。『フタツカワチ』の名をつけたのは、吉備津彦だった。日本武尊とも呼ばれる天尊命と共に、この地を平定した男だ。

昔々の太古、この地は遥か南の海から黒潮に乗ってやってきた海人が、先住の民を征服してつくった国のひとつだった。この国の北には、美しくも荘厳な『フシの火のお山』がそびえている。誰もが、畏れ崇めているお山だ。遥かに遠い南の島から、カノーという小舟を漕いできた海民は、青い波の向こうに広がる白い浜を見たときに、天国に着いたと思った。天国を、彼らはソルガと呼ぶ。そのために、廬原の国のことをソルガと呼ぶ者もいるが、廬原の国の東のフシの大河の向こうに、珠流河という国もあってまぎらわしい。

その珠流河の国の美しい浜に、飛鳥の天尊命と吉備の吉備津彦という向こう見ずの若者が、乱暴者の集団を引き連れてやってきた。彼らは、東の国々で、さんざん暴れ回ってきた帰り道だった。彼らは、ずっと東の上毛野で西域から渡来した豪族とウマが合って親しくなった。その豪族をワカタケルと呼んで、おだて上げたことが、思わぬ贈り物をもらうことになった。ワカタケルの名を、ことのほか喜んだその男は、鉄の太刀とたくましい馬を好きなだけ持っていけ、と言ってくれた。

強力な武器と馬を手に入れたことで、彼らは無敵になった。行く先々で土豪を打ち破って、飛鳥の名を広めた。彼らは、戦うたびに勝ち、新な部下を加えて集団を大きくした。馬を乗せることができる大きな三隻の船も手に入れ、故郷に帰る途中で、珠流河の国の浜に上陸したのだった。彼らは、珠流河の国をひとしきり荒らし回ってから、フシのお山から激しく流れ下っている大きな河を海から回って、西隣にある廬原の国に乗りこんだ。この美しい国を、好きなように踏みにじっているとき、吉備津彦が北の山の上に、葦(よし)の原が風になびく、例えようもなく美しい里を見つけた。住んでいたのは、白人の息長の人々と秦人(しんびと)の民だった。それは、まさに河内(かわち)の国と同じだった。天に祈ることに加えて、秦人と共に住むなどの暮らし方なども同じだった。吉備津彦は、先祖は同じで、何かの理由で別れ別れになったのだろう、と息長と秦人の主な者たちに語った。

　吉備津彦は、ここをとても気に入り、西の河内(かわち)とこの地は『共に河内であるから、両河内(ふたつかわち)』と名付けると言った。以来、この山の上の里は葦(よし)の原の里と呼ばれ、山の麓まで広がる一帯の土地が、『両河内(ふたつかわち)の邑』となった。両河内の村の山裾から下り、浜辺までの平野が、廬原の邑と呼ばれる。その邑の館がある里を尾羽(おばね)という。館と言っても、床に柱を立てて、屋根を薄板で葺(ふ)いただけの粗末な建物だ。尾羽にいる廬原邑の長は、阿知比古の曽祖父のときに、分家した廬原の家が治めている。当代を身毛古(みけこ)という。

　話がそれる。身毛古の四人の息子たちのなかに、カニョコリという不思議な名前の若者がいた。彼の母は、朝鮮半島の南の海に浮かぶ、耽羅（たんら）の島で生まれた伽倻人（かやびと）だった。耽羅島は後に済州島と呼ばれる。昔、遥かに遠い飛鳥（あすか）の海石榴市（つばのいち）に旅をした身毛古の父の忍凝（にんぎょう）が、奴隷の市でひとりの少女を買った。それが、カニョコリの母だった。忍凝は、少女の美しさに心を奪われた。持っていた砂金をはたいて、この少女を買った。

（少女にしてこの美しさだ。いずれ長ずれば、どれほど美しくなるのだろうか？）

忍凝は、その小娘が成長して自分の閨（ねや）に入ることを想像して、傍目（はため）にもみっともないほど興奮した。耽羅（たんら）の娘なので、少女はタンラと名付けられた。タンラがそろそろ少女から小娘になろうとしていたころ、忍凝は黄泉（よみ）の国に旅立った。後を継いだ身毛古は、廬原の長になったことよりも、タンラを娶（めと）ったことを喜んだ。やがて、男の子が産まれると、赤子の顔をじっと見ていた母親のタンラは、その子の名をカニョコリとするように身毛古に頼んだ。身毛古は名の由来も聞かないまま、それを許した。年頃になると、カニョコリは名前の由来を知りたがった。度々、母のタンラに尋ねたが、母は耽羅（たんら）の海人（わだつみ）の長（おさ）だった父の名だ、としか答えなかった。

実は、カニョコリとは、伽倻（かや）の言葉で蛙（かえる）のことだった。カニョコリは、美人の母には少しも似たところがなく、顔つきだけでなく、すべてが父親に似ていた。元々、タンラは身毛古を毛嫌いしていた。顔つきだけでなく、性格もどこかねっとりとしている身毛古が側（そば）に来るだけで、タンラは虫唾（むしず）が走る思いがした。生まれた赤子も、父親と瓜二つで、まさに蛙の親子のようだった。タンラは、蛙に魅入られた自分の運命を呪って、生きる気力を失っていたが、やがてもうひとりの赤子を産んだ。今度は、タンラによく似た綺麗な顔立ちの娘だった。タンラはこの赤子に、ハヌルという名を付けた。

「ハヌルは、耽羅の言葉で空のこと。この子は空のように自由になるの」。タンラは誰かれなくそう語って喜んだ。

その十一　天尊命（あまたけるのみこと）（日本武尊（やまとたけるのみこと））の魂

さて、この日、尾羽の館には、近在の里の長たちが集まり、座を開いて話し合っていた。

身毛古は、先ごろ行われた葦の原の館での、邑長（むらおさ）たちの座のことを話した。

「皆の衆に伝えたい」

「皆の衆も知るとおり、吉備津彦（きびつひこ）さまの曾孫の阿加比古（あかひこ）さまが亡くなって、三年になる。阿加比古さまの息子の阿知比古さまが、オレに頼みがあると言った。息長（おきなが）のテベレさまの夢のなかに、たびたび阿加比古さまが出る、ということだった。阿加比古さまの亡骸（なきがら）が、夜ごと地獄の虫どもに啄（ついば）まれ、夜が明けると日輪（にちりん）の光に焼かれて苦しんでいるそうだ。三年の間、夜ごと日ごと阿加比古さまは塗炭の苦しみに苛（さいな）まれている、と言われた。その苦しみが、近ごろテベレさまにも移ってしまい、テベレさまが、いたく苦しんでおられるそうだ。そんなある日、テベレさまの娘のルワンさまが、天のお告げを聞いた」

天のお告げと聞いて、座の者たちは、思わず身を乗り出した。

「天は、阿加比古さまの亡骸（なきがら）と棺（ひつぎ）に、たっぷりと丹（に）を塗って、赤い色で邪から護れと命じられた」

「丹だと？　それは無理だ」

「辰砂も丹も、昔の蓄えがとっくに底をついている」

「さらに、困ったことがある」。身毛古は、苦りきった顔で座の者たちを見回した。

「天のお告げでは、天尊命（あまたけるのみこと）さまの棺（ひつぎ）にも、丹（に）を万遍なく塗れ。隙間なく赤くせよ、とのことだ」

「それは、ますます難儀だ」

「難儀では済まん。どこに辰砂（しんしゃ）や丹があるのだ？　爺さまのころから探しているが、未だに見つからんではないか」

「そのとおりだ。丹も朱砂も辰砂も、ここにはない」

「ここだけではない。どこに行けば、丹が手に入るのだ？　それさえも、分からん」

「ルワンさまは、西には、もうひとつのカワチの国があり、息長の者がいる。そこに行って、辰砂が取れる国のことを聞くのがよい、と言われたそうだ」

「何と、カワチがもうひとつあるのか？」

皆は、口々に信じられないと言って、ざわめいた。

「まあまあ、皆の衆、鎮まってくれ。ルワンさまが、西のカワチの国に行くように命じておられる。ルワンさまが言われたとおりにしないと、天の罰が下る」

天の罰と聞いて、皆は、顔を見合わせた。

「費用は阿知比古さまが出してくれるそうだ」

「そうなると、無下に断るわけにはいかんだろう」

「さて、誰を行かせるか？」

長たちの話は、人を選ぶことに移った。

翌朝、身毛古は、長たちを連れて、葦の原の館に登った。フシのお山の美しさが際立って見えるその館では、阿知比古さまだけでなく、鷹とルワンさまが待っていた。身毛古が、丹を探しに西のカワチの国に、カニョコリと入江の和邇（わに）の息子のクファを行かせることを報告した。阿知比古さまは、鷹とルワンさまが一緒に行く、と言った。

「西のカワチに行くと言っても、それがどこにあるのかも分からん。当てもなく、彷徨（さまよ）うわけにもいかないから、ルワンさまの霊（れい）の力を借りねばならん。ルワンさまを護るために、鷹が二人の猛者を連れて共に行く」

「陸を行くと賊が多い。ここは、楼舡（ろうちゅあん）を出すことにした」と、鷹が言った。

「今、浜でつくっている楼舡を？」

「そうだ。あれを使えば、沖走りができるから、賊に襲われることはないだろう」

「頼むぞ」と阿知比古さまが、鷹に言った。

そして、阿知比古さまは、父から言い伝えられているという長い話をはじめた。

「天尊命さまが苦しんでおられることを、天はワシたちに告げた。まことに畏れ多いことだ。思い起こせば、オレが物心ついて以来、この国では悪いことが続きすぎた。大きな地（じ）ナリもあった。死ぬかと思ったことも、二度や三度ではない。地が揺れ、家は壊れ、山は崩れ、海が鳴り、大きな波がすべてを海の底に引きずり込んだ。その者たちは、再び帰ることがなかった。

旱（ひでり）も来た。陸（おか）だけではない。沼や川も、海でさえも日輪に焼かれたことを覚えている。皆は水を求めて争い、死ぬ者が絶えなかった。思えば、これも天尊命さまの恨みだったのであろう。

天尊命さまと吉備津彦さまは、兵を率いて、西の焼津（やきづ）の土蜘蛛（つちぐも）を成敗に行かれた。戦には勝ったものの、天尊命さまが矢傷を負った。その矢には、毒が塗られていた。吉備津彦さまの必死の介護のかいもなく、天尊命さまは、有度（うと）の草薙（くさなぎ）の館で亡くなった。丹か辰砂があれば、吉備津彦さまは天尊命さまの亡骸を赤く塗りこんだはずだ。だが、丹も朱砂も使い果たして残っていなかった。

吉備津彦さまが、葦の原の館の白人（しろいひと）に天の声を聴くように頼んだ。天は、安倍の大きな河の東の丘に亡骸（なきがら）を埋めよ、と命じられた。ワシの祖父の廬原の芦母利（あしもり）が、吉備津彦さまに命じられて、その丘の麓に墓をつくった。天尊命さまが愛しんでいた秦人の生道部（おふしべ）の娘を、芦母利は天尊命の墓のなかに、生きながら殉じさせると言ったが、生道部が同意しなかった。娘は他の男に嫁がせず、死んだときには、天尊命さまの亡骸の近くに埋葬する、と生道部が約束した。そのために、天尊命さまの墓には、もうひとつの棺を置ける場所を空けておいた。だが、娘が年老いて亡くなったときに、そのことを知る者はすでにおらず、天尊命さまの棺の横の場所は、未だに空いたままだ。娘は別の墓に葬られたが、その墓がどこにあるのか、ワシは知らん。

愛しんだ娘の亡骸も傍におらず、朱にも護られない。天尊命さまの魂は救われずに、今でも暗いあの世を彷徨(さまよ)っておられる、と天が告げられた。吉備津彦さまは、八方手を尽くして、丹や朱を探したが、手に入らなかった。天尊命さまの亡骸と棺(ひつぎ)は、丹を塗らないまま葬られた。吉備津彦さまは、傍目にも気の毒なほど嘆き悲しまれた。日輪が祓(はら)った三振(みふ)りの剣(つるぎ)にそえて、邪を祓う数多の勾玉(まがたま)と鏡を棺のなかに入れた。お墓の横に殯(もがり)をたてて、月が百度満ち百度欠ける間、弔(とむら)いつづけた。

吉備津彦さまが河内に帰る時が来た。両河内(ふたつかわち)を去る日、吉備津彦さまは、両河内に残る息子の阿加比古さまに、息長の家を崇め、廬原の国の治世のために励め、と言われた。朱も辰砂も手に入らないため、息長(おきなが)のセレウキアさまに、天尊命さまの魂を護ってもらいたいと頼んだ。セレウキアさまによると、息長が信仰するザルトゥシュトラは、魂を亡骸から抜かない限り、魂は安らぐことがない、と語った。セレウキアさまは、天尊命さまの亡骸を、山の上の大岩の上に安置せよと言われた。鳥たちに、魂を天に運ぶようにさせると言われた。だが、吉備津彦さまはそれを嫌い、許さないまま河内に帰ってしまった。セレウキアさまは、毎日祈ったが、魂が亡骸のなかにとどまっているために、天尊命さまの亡骸は、本当の安らぎを得られることがなかった。ワシに伝えられたのが、この話だ」

阿知比古さまは、長い話を終え、しみじみと鷹の顔を見て激励した。

「鷹(かしこどり)よ、ルワンさまを護って、西の河内に行くのだ」

鷹は、力強く応えた。

「行ってきます。旅は楽ではないでしょうが、始皇帝(しーはんぐでぃ)の裔(すえ)の秦人(しんびと)の血が騒ぎます。必ずや丹か辰砂を手に入れて帰ってきます」

その十二　楼舡(ろうちゅあん)

ある日、「あの山が海に出る」という噂が廬原の邑々に流れた。あの山とは、尾羽の浜近くで造っている、山のように大きなあの船のことだった。

「いよいよ出来たのか、あの山が」

噂が噂を呼んで、浜には大勢の民が集まった。手を叩く者、歓声を上げる者。浜はにわかに騒がしくなった。船を造っているのは、ここらでは見かけない手人(てひと)だった。

「この衆は、セトの倉橋島とかいうところの衆だ」。入江の若者が、山の上から得意げに説明した。

「クラハシ?」

「そうだクラハシだ、昔から、こんなデッケェ船を造っているそうだ」

若者の語りに、浜辺では驚きの声が上がった。

「じゃあこれはクラハシ船だな?」

「違う」。汗まみれになって働いていたひとりの手人が、どすの利いた声を出した。

「これは、ロウがある船さ。モロコシではロウチュアンとか言うそうだ」

「ロウ?」。「ロウチュアン」という声が浜いっぱいに広がった。

「ロウとは、大きな館のことか?　あの楼か?」とひとりの古老が尋ねた。

「そうだ。デッケイ館のことだ」

「室(むろ)みたいだな」

「戦の船だから、将軍(いくさのきみ)たちが乗るのさ」

「敵うものはおるまい」

「こんなデッケェ船が来ただけで、敵は怖気付いて逃げるぞ」

「まともに向かってくるヤツはおらん」

浜の賑わいが大きくなっていった。

「セトというところでは、こんなデッケェ船で戦をしているのか?」

「まだ大きな戦で使ったことがない。大唐（もろこし）では、使っていると聞いている」

「モロコシ？」

「とんでもなく遠いところにある、とてもデッケェ国のことではないか？」。古老が尋ねると、ひとりの手人が言葉を発した。

（何て言ったんだ？）

「こいつは、高句麗（こくりょ）の手人だ。オリャアには何を言っているのか、さっぱり分からん」と入江の若者が答えた。

「このように美しい反（そ）りがあるロウチュアンは、コクリョ人（びと）にしか造れない、と言って威張っている」、と倉橋の手人が説明した。

「コクリョ？」

「高句麗のことだ。この者たちは、雇い主がいれば唐（もろこし）でも倉橋でもどこにでも行くそうだ」

「そういうことか。どこか分からんが、そんな国からも、この船を造りにきているとは、入江の財はデッカイのお」

話題が、この船を造らせている海の豪族の入江の財力に移った。

浜に集まった衆を分けるようにして、当の入江の長（おさ）の和邇（わに）が、大勢の人々を案内してきた。

「阿知比古さま、この船がロウチュアンです」と、和邇が自慢した。廬原の国を治めている阿知比古さまでさえ、この船の大きさに驚いて、口をあんぐりと開けて見上げていた。阿知比古さまの後ろには、二人の大きな男がいた。阿知比古さまを護るように控えている。高句麗の手人が大きな声を出した。

「まるで仁王（におう）さんだ、と言っている」

「仁王とは何だ？」

「ホトケを護る二人の大きな武人（いくさびと）たちだと、言っている」

ここには佛（ほとけ）を知る者はいなかった。

「この仁王たちは、ウラとリリタだ」。阿知比古さまが、二人を和邇に引き合わせた。温羅（ウラ）と鬼神（リリタ）だと、砂の上に書いて示した。鬼神という文字を見て、「いかにも鬼だ」とカニョコリがおどけた。西域（さいいき）の匈奴（しあんぬー）という騎馬の民の末裔で、爺さまの代に吉備津彦さまに成敗された、と阿知比古さまが説明した。

二人は、見上げるほど背が高く、鉾（ほこ）をも跳ね返すのではないかと思わせるほどぶ厚い胸板を持っていた。人垣のなかから、こわごわと身体を触る者がいたが、二人は叱らず、大きな口を開いて笑った。

（見た目ほど恐ろしい男たちではなさそうだ）

集まっている民は、頼もしく思った。阿知比古さまが、入江の和邇を人気(ひとけ)がないところに連れて行った。

「大きな袋を用意してある。明日にでも取りにこい」

「牛の車で？」

「その方がいい」

和邇はにやりと笑い、頭を下げて礼を言った。

「これほどの楼の船を造ってもらったのだ。大きな袋ひとつでは安いもんだ」

「金(きん)の粒さえ出せば、倉橋からも高句麗からも、手人は来ます。阿知比古さまのおかげで、こんな立派な楼舡(ろうちゅあん)が造れます」

「金を産む安倍のお山と、天の恵みだ」

「ところで、楼舡はもっと造りますか？」

「高句麗と倉橋の手人がいるうちに、できるだけ多く造ってもらおうか。遠い国までの交易の路が開ける。廬原の国が大いに繁栄するというものだ」

「そうなると、船師や水夫(かこ)たちも、たくさん育てておかねばなりません。皆の衆も張り切ることでしょう。とりあえず、浜のあちこちに船台を造ります」

それから、月が十たび満ちて欠けたころ、いよいよ山が海に漕ぎ出る日がきた。その日、浜にはたくさんの民が集まってごった返した。浜だけではない、後ろの丘にも大勢の民が集まった。見送りの小舟もたくさん出た。横に並ぶと、小舟は笹の葉のように見えた。楼舡には、鷹を頭に、クファ、カニョコリ、温羅と鬼神が、水夫の入江の海人たちと共に乗り込んだ。

鷹が皆に言った。「この船に、大事な客が乗る。ルワンさまだ」。ルワンが、『河内に参れ』という天の啓示を得た、と息長のテベレさまが言われた。西にも河内という国があり、そこにも息長の人々がいる。ルワンさまを、そこに連れて行くように、とテベレさまが鷹に命じたのだった。

息長のルワンが浜に現れた。白い肌を白い衣に包んだルワンを見て、ひときわ大きな歓声が湧いた。ルワンの金の髪が浜風になびくたびに、民がざわめいた。大勢の見送りを背に、船は滑るように海に出た。

水夫たちは、慎重に櫓を漕いでいたが、沖に出るとこわごわと帆を張った。満帆に風を受けて、楼舡は矢のように早く走った。岸の近くをこんな速く走ると岩を避けられない。ぶつかって粉みじんになってしまう。

「沖走りができる船だけが、こんなに早く走ることができるのだ」とクファが物知り顔で説明した。

「それはそうと、面白い名だな、クファとは？」と鷹が問うと、「凪（なぎ）のときに使う、丸い小さな舟のことだと聞いています」という答えが返ってきた。

「そんな舟を、どう使うのだ？」

「小魚を釣るときには、重宝すると聞いています」

「そうなのか。舟も様々だな。カニョコリも不思議な名だが、クファも常にはない名であろう」

「そういうカシコドリさまも、めったに聞かないお名でありましょう？」

彼らが、たわいもない雑談をしているうちにも、楼舡は風を捉えて順調に進み、二日後の黄昏前には伊勢の安濃津（あのつ）に入った。幸い、桟橋を確保できたので、皆は楼舡をそこにつないで、ゆっくり身体を伸ばして寝ることができた。翌朝、鷹は温羅とクファを伴い、楼舡を留守にして河内に行く道を調べに出かけた。

鷹が留守の間に、楼舡には安濃津の船役の焼き印がある木札を持った官人（つかさびと）が、数人の手下を引き連れてやってきた。船あらためだという。彼らは、船と積み荷のことを尋ねただけで、帰っていった。

鷹が楼紅に戻ると、鬼神(リリタ)が官人が来たことを報告した。「桟橋を使う銀を求めなかったのか？」と鷹が訝(いぶか)った。クファが「それはおかしい。どこでも船つなぎの銀をとる」と応じた。鷹は念のため、鬼神を伴って、安濃津の官所に行った。案の定、官人は楼紅の船あらためはこれからだ、と言った。

「おそらく海の賊たちが下見に来たのであろう。船を攫(さら)うつもりに違いない。ワリャたちの船は、狙われるだけの値打ちがあるのであろう」。武羅自(むらじ)と名のる官人のひとりが、したり顔で警告してくれた。

「ワリャたちは、銀の粒を持っているだろう？　銀をくれれば、オリャたちが船を護ってやってもいいぞ」と武羅自が言った。

鷹はこの提案を受け入れた。自分が飛鳥に行っている間、この船は海賊に目をつけられそうだ。官人に護ってもらえば安心だと思ったからだった。鷹は、金の粒をひとつだけ武羅自に渡した。

「金じゃあねえか。ずいぶん豪勢だな。この船といい、金といい、ワリャは、相当なお大尽(だいじん)に仕えているんだな？　いったいどこの何さまなんだ、ワリャの主人は？」

武羅自は探るような目で、鷹を見上げた。鷹は東から来た、とだけ答えた。

「残りの粒は、帰ってきたときに渡す。しっかりこの船を護ってくれ」

「若いのに、随分慎重じゃあないか」。武羅自は、歯茎を見せて笑った。

飛鳥に向けて、旅じたくが整ったある日、鷹は皆を集めて指示を与えた。

「楼缸のことは、ここ安濃津でも話題になっているようだ。船を狙う賊の団も、ひとつや二つではなかろう。束になって襲ってくるかもしれん。ワシが留守の間、しっかり守ってくれ」

鷹の一行は、曙の空の下、飛鳥に向かって出発した。飛鳥の先に河内があると分かったからだ。まずは飛鳥に行く。吉備津彦さまのお邸も飛鳥にあるらしい。ルワンさまも「それでよい」と同意した。

行く手には、山に向かって難路がつづいている。船師の白亀が、水夫のなかから七人を鷹の供に付けてくれた。買い求めた五頭の馬に荷駄を乗せ、全員が弓矢を担ぎ、鉾を手に持って出発した。一行は初瀬（はせ）の里で早めの泊まりにした。朝まだきに、里を出て彼らはさらに進んだ。やがて、雲間に一条の日輪の光が差し込むと、眼下には大きな甍（いらか）があちこちで光り、見たこともない大きな都の景色が広がっていた。

「アスカだ、アスカに違いない」

目を凝らすと、大きな池が数多ある。その周りに大きな建物や背が高い建物が見える。

鷹たちは、これまで甍を見たことがなかった。美しい甍の群が輝く、荘厳な街の景色が目の下に広がっている。皆は、息を呑んでいた。ルワンも、「壮麗な…」と呟いて、不思議な景色に目を奪われていた。

その十三　飛鳥の都は市(いち)でもつ

吉備さまの領地は吉備と河内だったが、大きな邸が飛鳥にもあると聞いていた。その邸を探して街に下りていくと、大路(おおみち)や小路(こみち)は往来する人であふれていた。鷹たちは、その人込みに圧倒されて、まごまごするばかりだった。往来していた人の数は、驚くほど多かった。誰もが見たこともない珍しい風俗をしている。明らかに様々の異なる国から来た民であろう。肌の色だけでも様々だった。白い人や灰色、あるいは土色など、まさに色とりどりだった。温羅でさえ、その人混みのなかにいると目立たず、温羅を見ても立ち止まる者はほとんどいなかった。

両河内にも肌の色が違う者はいる。異国の民が珍しいわけではなかったが、とにかく飛鳥の賑わいをつくっている人の数が多く、まちまちな装束（しょうぞく）が目立った。冷静な鷹でさえも肝をつぶし、人混みを避けて茫然と路傍に立ったまま、目を白黒させて飛鳥の賑わいに見とれていた。

そのとき、鷹たち一行にふらりと近づいてきた若者がいた。どこといって捉えどころがない、細身の若者だった。

「ソナタたちは、西域の民であろうか？」。その若者は、気さくに鷹に尋ねた。鷹は言葉がよく理解できないことを、身ぶり手ぶりで伝えた。若者は供の者に、「何か他の言葉で聞いてみろ」と言ったようで、供の男が何かしゃべったが、こちらもさっぱり分からなかった。鷹は両河内の言葉と、秦人（はたびと）の言葉で「どなたさまでありましょうか？　吾らは、東にあるフタツカワチというクニから来た者です」と話した。

供の者は、秦人の言葉が少しばかり分かったようだった。「ちょっと、ここで待っててくれ」。身ぶり手ぶりでそう示すと、供の者は、人混みのなかに入っていった。若者はそこに残り、珍し気にじろじろと鷹たちを見回していた。特に温羅には興味を持ったようで、見上げながら何かを尋ねていたが、少しも言葉が通じないので、しばらくすると諦めた。

やがて、供の者がひとりの小娘を連れて帰ってきた。どうやら、この小娘が色々な民の言葉が分かるようだった。鷹が、先ほどの秦人の言葉をゆっくりと話した。小娘は首をかしげたが、しばらくすると笑顔を見せて、言葉が通じたことを若者に伝えた。そこで、鷹は吉備さまの邸への道を尋ねた。小娘が話した言葉は、秦人の言葉ではなかったが、互いに分かり合うことができた。若者は、自分が案内するから任せておけと言った。興奮気味に色々なことを小娘に話して、鷹たちに伝えるように促した。

分かったことは、若者の名はタイル。文字は『足』と書く。中臣（なかとみ）という貴族だということだった。「中臣足（なかとみのたいる）である」と、足はもう一度繰り返した。供の者は、カンチェギだと名乗り、土の上に絵を描いた。烏（からす）かと聞くと、もっと小さいと手で示した。「カササギだ」。ルワンが口を開いた。

小娘の名はヘルム。河内の斑鳩（いかるが）という里の民だった。（愛くるしい娘だ）と、鷹は思った。「ヘルムとは、夢のことさ」。小娘は、そう言い添えた。

「ヘルムは、ザルトゥシュトラの言葉だ」とルワンが説明した。

「ザルトゥシュトラを知っているのかい？　ここでは、ゾロアスターと言われている」とヘルムが言った。

「この方は、両河内のミトラと言われているルワンさまだ」

ミトラと聞いて、ヘルムはルワンを見詰め直した。ルワンが、顔を覆っている布を外した。ヘルムが、驚きの声を発した。

「本当だ。話に聞いたミトラの神のようだ。タカライカシさまとよく似ている。この人の方がずっと綺麗だけどね」

「ソナタは、ザルトゥシュトラを崇める民なのか？」とルワンが尋ねた。

「違うよ。ワシの親はソグドだ」

「ソグド？」

「栗特と書く。サマルカンドの賈（こ）だと聞いている」。鷹は、ソグドもサマルカンドも分からなかったが、賈とは物を売り買いする者、つまり商いをする者だということは知っていた。

（祖先同士の行き来があったのかもしれない）

鷹は近親感を感じた。ヘルムが、ルワンに言った。「タカライカシさまの、息長の人たちもザルトゥシュトラだよ」

「ソナタは、オキナガと言ったのか？　天に祈る者たちか？」

「そうだよ、よく知っているね」

「ワシも息長である。その者たちのところに案内してくれないか？」

「喜んで案内するよ。こんなにそっくりだから、親戚なんだろう？」

「そうかもしれない」

「息長は、大和を治めているオハリダの大王（わけ）と共にある」と、足が説明した。

鷹は驚いた。

「それは、まことに不思議なことだ。オレたちの廬原（いほはら）の国も同じだ。国を治めているのはオレの伯父だが、息長のルワンさまと母さまのテベレさまが天と語っている。テベレさまの館があるところを、両河内（ふたつかわち）という」

「フタツカワチ、であるか？　ソナタたちとはどうやら深い縁（えにし）があるようだ。共に息長であり、共にカワチというのも、偶然ではなかろう」

「偶然ではない。フタツカワチの名は、吉備津彦（きびつひこ）さまが名付けた」

「何と？　吉備津彦がソナタの国にいたのか？」

「そうだ」と答えて、鷹は吉備津彦と天尊命（あまたけるのみこと）の話をした。

「日本武尊（やまとたける）が、ソナタの国で亡くなったとは知らなかった」

「日本武尊？」

「ソナタが言う、天尊命のことだ。ここでは、日本武尊という英雄だ」。何から何までがそっくりで、つながりが多いことに、皆が魂（たま）げて物も言えなかった。

（吉備津彦さまが、同じ河内だと思って、フタツカワチと名付けたのも尤もだ）

そう思って、鷹は「偶然とは思えないことが多いですね？」とルワンに語りかけた。ルワンは、「とっくに知っていましたよ」と言ってるかのように静かに頷いた。

「ところで、ソナタたちが、飛鳥に来たのは？」と足が尋ねた。鷹は、辰砂（しんしゃ）を求めているのだが、どうすれば手に入るだろうか？と相談をかけてみた。

「辰砂か…。難しい話だな。後で調べてやる」。足はそう言って、飛鳥のことに話を移した。

河内のオハリダの大王が、飛鳥の宮殿に座（いま）して、飛鳥と河内と熊野と伊勢、つまりこの辺り一帯を治めている。オハリダの大王が治めている領土のすべてを、大和（やまと）という。大和の都は飛鳥と、河内の難波（なにわ）にある。難波には、墨江津（すみのえのつ）という良い津（みなと）がある。墨江津が安濃津よりも遥かに大きいというので、鷹は楼舡を墨江津に回した方がいいだろうと言ったが、足が反対した。

「やめておけ。安濃津から墨江津にいたる海の路は、水の下に数多の大岩が隠れている。岸から少しでも離れると、とても強い潮にさらわれると聞く。案内の水夫（かこ）を雇っても、難儀するそうだ」

足は、鷹たちをあちらこちらに案内した。飛鳥には、海石榴市（つばのいち）という大きな交易の市があった。遠く西域（さいいき）の賈（こ）をはじめ、あちらこちらから数多の者たちが集まるのだと分かった。鷹たちは、海石榴市で辰砂と朱を探したが、見つからなかった。「昔は、この近くのマキムクに、さらに大きな市があったそうだ」と、足は得意顔で説明した。

（市（いち）、なのか。市という交易の場があるだけで、このように様々な国の民が集まるとは驚きだ）

鷹には、感心することばかりだった。「鏡があるよ」。賈の店先をルワンが指さした。その店には鏡があふれていた。賈が両手の指を八本立てた。「銀、八粒だそうだ」とヘルムが言った。「そんなに高いとは驚きだ。次に来ることがあれば、両河内の鏡を持ってきて、ここで売りたいものだ」と鷹が言った。賈が、両手で重い物を持つ仕草をした。

（なるほど。鏡は重いから、運ぶのに難儀する。だから高いのだろう。舟だからこそ運んでこられる。楼舡はまさに、財をつくる宝の船になる）

鷹は、廬原に戻ったら、より多くの楼舡を造ろうと思った。

足に案内されて、鷹たちは吉備の邸（やしき）に行くことができた。ここでも言葉が通じなかったが、ヘルムが助けてくれた。足とカンチェギも当たり前のように付いてきた。吉備の当主は不在だということだったが、吉備棗（きびのなつめ）と名乗る男が出てきた。

「この家（や）の舎人（とねり）である」と、その男は胸を張って威張った。鷹が、フタツカワチのことを説明した。吉備津彦さまの国で河内の弟の国だと説明したが、棗は無表情だった。間をおいてから、棗が思い出したように語った。「吉備津彦さまの国だというが、東にある国か？」と棗が尋ねたので鷹が頷いた。

「媛さまが、昔、東にある吉備津彦さまの国の夢を見たことがあったと言われたが、ソナタの国だったのかもしれない」と棗が言った。「では…」と鷹が身を乗り出したが、「それ以上は、ワシは知らん。媛さまも嫁がれたし、ご当主の稚武彦さまもご不在だ。ワシでは役に立たんから帰ってもらおう」。棗はそう言って、腰を浮かせかけた。

「まあまあ、棗とやら、この者たちは丹と朱砂を探している。辰砂と丹を扱う賈を紹介してやってくれ。この家にも、出入りの賈がいるのであろう。ソナタにも手間の銭が入るぞ」と足が言った。「辰砂は高いぞ。ソナタたちは払えるのか？ 銀の板か棒でも持っているのか？」と棗が横柄な口ぶりで尋ねると、鷹が金の粒を渡した。「これを、ソナタにあげよう」。ひとつの粒の金が、突然、棗の態度を変えた。彼は慌てて、下僕に命じて金の粒を鑑定させた。彼は金の粒を外に持っていって日輪の光に当ててみたり、歯で噛んだりした結果、「舎人さま、本物の金です。混ざりものも無さそうです」と言った。それを聞いて、棗の態度が変わった。

「ソナタたちは、こういう金の粒をもっと持っているのだろう。ワシが辰砂を探してやろう。同じカワチの誼（よしみ）だ、遠慮はいらん。ところで、ソナタたち、宿はあるのか？　このお邸で用意してやるから、粒をもうひとつ寄こせ」。棗は露骨に金を要求した。棗は、鷹たちに宿舎をあてがい、身の回りの世話をする下女をつけてくれた。カンチェギが、あたかも鷹の舎人であるかのように、下女たちにあれこれと指図して、ここに暮らす用意を調えさせた。「それにしても、何十という壺いっぱいの辰砂を求めるのは、簡単な話ではないな」と、足が話した。ヘルムが、口を挟んだ。

「うちの斑鳩の里でも、辰砂を使うよ。地にもぐっている邪は、朱の色を嫌うから、亡骸と棺に辰砂とか丹を塗り込めて赤くする。日輪の熱や邪の虫から亡骸（なきがら）を護るためさ。あんたたちとウチらは、同じ民だと思う。天山とアルタイのお山の間に暮らすイリの一族の大月氏（ばくとりあ）じゃあないのかい？　あるいは、亀茲（くちゃ）かい？　亀茲をキュージーと呼ぶ民もいるが、そっちかい？　明日にでも、斑鳩の里にも案内するよ」

しばらくして、朱砂（すさ）や辰砂（しんしゃ）を取り扱うという賈（こ）が、棗に連れられてやって来た。だが、その賈は丹も朱砂も、市では手に入らないと言った。前金をもらえば探してくるが、手下に旅をさせねばならないので銭がかかるのだ、と言った。

「銭？」

「銭だ。唐で使う丸い銭だ。海石榴市には数多の賈が来る。だから大和は大和の銭を作っている。富と本の文字があるのは大和の銭だ」

「大和の銭…」

「真ん中に四角い穴がある。そこに紐を通して運ぶ」

「それはそうと、飛鳥では辰砂を産しているではないか。わざわざ遠くまで求めに行く必要はなかろう」と、足が言うと、「嫌ならいいんです。他の者にお申しつけください」と言って、その賈は帰ってしまった。

「せっかく、ワシが良き賈を連れてきたのに、ソナタが邪魔をした」と、棗が足を非難した。足はそれを無視して、「飛鳥では辰砂を掘っている。賈の者たちは何故売らないのだ？　怪しからん」と憤った。

その後も、数人の賈が棗に連れてこられたが、丹も朱砂も辰砂も集められないと言って帰ってしまった。足たちは知らなかったが、それが賈の作戦だった。賈は利益を大きくするために、品物がないと口々に言い、求める者が渇望して価値が上がるように仕向けていたのだった。彼らは、そのために仲間と座を組んで情報を操作している。

賈からの話を待っている間に、鷹たちは飛鳥や斑鳩(いかるが)を見て回った。温羅と水夫(かこ)たちは、いったん安濃津(あのつ)に帰って楼紅(ろうちゅあん)の様子を見にいくことになった。足(たいる)もカンチェギとヘルムを伴って、安濃津に楼紅を見に行くことにした。ヘルムが賢そうな顔つきの若者を連れてきた。留守中の鷹たちの世話をするという。

「この者は訳語(やくご)ができる。ワシよりも巧みだ」

「秦邑(じんのむら)の、物部秦朴井水海(もののべはたのえいのおうみ)と申します」

「秦邑？」

「河内(かわち)にある、秦人(はたびと)の邑です。なぜかハタノムラではなく、ジンノムラと呼ばれています。ワレラは、秦人の血を分けた物部です」

「それにしても長い名だな」と、鷹が言った。

「オウミとお呼びください。物部とはワレラ一族全体の名です。飛鳥にも河内にも葛城にも、物部の者は数多おります。元は吉備です。、筑紫を支配している大伴も物部の一族です」

「すごいんだな、物部は。いったい何をする家なのだ？」

「もともとは軍(いくさ)の家で、今でも武人(いくさびと)は数多おります。強い武人が数多いたようで、物部を鬼の家と言う民もいます。モノとは鬼のことなのです」

「モノが鬼？」

「そうです。昔、物部には大きくて強い男たちが、数えきれないほどいたそうです。民は、鬼であろうと思ったそうです」

「西域の民の末裔か？」

「大昔に西域から来た秦人だと聞いています。兄は、物部秦朴井椎子です。太秦です」

「ソナタたちも、太秦なのか。ウズマサ、すなわち『先祖はハタ』という意味であろう」。鷹は、してやったりという顔をして言った。

「これは魂げました。よくご存じで」

「ワレも。同じウズマサ、つまり秦人なのだ」

「これはこれは、まことに奇遇ですね」。二人は、手を取り合い、抱き合って感激した。しばらくすると、水海は、先祖の話を続けた。「物部の祖は、ウマシマチという豪傑だったそうです。河内と飛鳥一帯を征服して物部の家をおこしたと聞いています。ウマシマチは、鬼のように強かったそうです。背が高いばかりでなく、腕や脛がとても太く長く、飛鳥に入ったオキナガの皆さまからは、長脛のウマシマチとも呼ばれていました。今でもワレラの一族の大きな男は、ナガスネと呼ばれます」

「そのように大きな武人たちが、なぜ少なくなったのだ？」

「ナガスネは武勇を誇り、戦では必ず矢面（やおもて）に立ったので、命を落とす者が多かったのです。そのことが続いて、ナガスネ、つまり物部は数を減らした、と古老たちから聞いたことがあります。とくに、誉田別（ほむたわけ）が攻めてきたときには、その弱点を巧みに突かれて敗れたそうです」

「矢面に？」

「敵の矢や鉾を怖れないのが、物部だったのです。今でも、そのことは変わっていません」

「ソナタの家でも？」

「そうです。兄の田来津は、無鉄砲なところを自慢する癖があります。男伊達（おとこだて）だとか何とか、訳が分からないことを言っています」。二人は、時が過ぎるのも忘れて、話をつづけた。

　数日の後、温羅が大急ぎで帰ってきた。「大変なことが起こっていました。やはりあの武羅自（むらじ）という官人は曲者（くせもの）でした」。そう言って、彼は事の顛末（てんまつ）を話した。

　三日前の昼下がり、遊び女（め）たちが楼舡をつないである桟橋に群がり、口々に卑猥な言葉で楼舡の男たちを誘った。しばらくすると、女たちは胸をはだけて楼舡に上がってこようとした。鬼神（リリタ）が止めたが、ひとりの遊び女がカニョコリの腕のなかに雪崩れ込んだ。抱きとめたとき、女の胸に触れてカニョコリは興奮してしまった。カニョコリは、しばらく女と戯れていたが、女に促されて楼舡の殿舎（やかた）のなかに女を引き入れた。それを見た数人の女たちが、楼舡に上がって水夫たちに抱きつき始めた。船師の白亀が止めるのを振り切って、水夫（かこ）たちは女たちを追い回して岸に上がってしまった。楼舡の人数が手薄になったのを見ていた武羅自が、手下たちを引き連れて乗り込んできた。それを合図に、岸にいた武羅自（むらじ）の手下が、楼舡の艫綱（ともづな）を外した。

　綱を解かれて、楼舡は静かに桟橋を離れた。潮に運ばれて動きはじめた楼舡の上では、鬼神（リリタ）がその名のごとく鬼神のように暴れ、女や武羅自の手下たちを、次々と海に放り込んでいた。武羅自が鬼神の背後に回り、鉾を鬼神の頭めがけて振り下ろそうとしたとき、クファが弩（ど）に小さな矢をつがえて、武羅自を撃った。弩とは、両河内の秦の民が山の中の狩で使う、小さな弓のようなものだった。鷹が持ってきた弩を、クファはとても気に入っていたので、暇さえあれば弩の練習をしていた。その甲斐あって、矢は武羅自の太腿に命中し、武羅自は気絶した。

　騒ぎが収まったときに、カニョコリが女と一緒に出てきた。鬼神は、憤怒の鉄拳でカニョコリを殴り倒し、女を縛り上げて楼舡の床に転がした。鬼神は楼舡に残っていた水夫（かこ）

を指図して、海で溺れそうになっている二人の女を綱を投げて救い上げて、縛り上げると同じように床に転がした。海に投げられた武羅自の手下たちは、泳いで岸に上がって逃げた。

　鬼神の働きのおかげで、楼舡を無事に守ることができたが、武羅自を撃ったことで、他の官人たちが手に手に鉾や太刀を持ち、隊列をつくって楼舡に押し寄せた。結局、鬼神たちは武羅自に捕縛されてしまった。話を聞いて、鷹はすぐさま馬を駆って安濃津(あのつ)に向かった。足が鷹を追い、カンチェギたちも後を走った。

　安濃津では、鬼神たちが官所(つかさどころ)の庭に手枷(てかせ)と足枷(あしかせ)をされて閉じ込められていた。鷹が、彼らを放してやってほしいと頼んだが、官人は言葉が分からないふりをして、鷹を相手にしなかった。そこに、遅れてやってきた足が着いた。足は、何やら大きな声を出し、金糸で縫い込んだ小さな布切れを官人に見せた。自分の官職を示すものだろうと、鷹は思った。足が、鷹たちを解き放つように官人に指示していることは、明らかだった。しばらくの間、やり取りがつづいていたようだったが、結局、官人は鷹たち全員を解き放った。鷹は、足に礼を述べると小袋を開け、金の粒を二つつまんで足に渡した。

「金の粒など人前でさらすな。面倒が起きるぞ！」。そう言いながら足は「この旦那が、くれるそうだ」と言って、その粒を官人に投げた。官人はにやりと笑って、その粒を掌(てのひら)

で受けた。

楼舡(ろうちゅあん)をじっくりと見ていた足は、鷹の背に腕を回して、親しげに質問を投げた。

「こういう船は、ソナタのところにはあと何隻あるのだ？」。鷹は、言葉少なく、「今、次のを造っている」と答えた。

「この船を造る財は、ソナタの家の財なのか？」

「まあ、な」。ヘルムが、二人の会話をつないだ。

日を置いて、足が阿倍仲麻呂に頼んであった、ルワンと息長の者たちとの面談の約束が取れた。ルワンはピトイ神殿で息長家の人々と会うことができた。神殿(ピトイ)でルワンが天に祈りをささげると、「セレウキアの裔(すえ)のルワンよ、待っていた」という声が聞こえた。年老いて腰が曲がっている茅渟王(ちぬおう)が、ルワンに手を差し伸べた。

「ルワンよ、あなた様はまことに尊い血を引き継いでいらっしゃる。朝方、天のお言葉を頂きました。ワレラ息長の祖、ソーハのオビトさまの妻がクワルナフさま。そのクワルナフさまの娘さまがセレウキアさま。ルワンよ、あなたさまはセレウキアさまの末裔だと天が告げられたのです。ルワンよ、よくぞ、ワシらのところに来てくだされた」

「あのオビトさまの、クワルナフさまの…」という声が、あちこちで起こった。天の声に従って、ルワンはここに残ることになった。

鷹の方は、当てもなく多量の辰砂や丹を待っているわけにもいかなかった。市で少しずつ買い集めた壺三つ分の辰砂を両河内に届けなくてはならない。ここで見聞きしたこと、取り分けて飛鳥の息長のこと、ルワンが残ることになったことなどを、阿知比古に報告しなければならない。蘆原の国に帰る支度を急いでいたある日、足がやってきた。

「ワシはソナタの国のことが気になってならない。本来であればワシが自らソナタの国に行ってみたいのだが、今はかなわん。ついては、カンチェギと水海(おうみ)を、ソナタの国に連れて行ってはくれまいか？　河内(かわち)と両河内(ふたつかわち)は共にカワチだ、とソナタは言った。日本武尊や吉備津彦の縁(えにし)も貴(とうと)い。多量の辰砂もいずれ手に入るであろう。これからも交わりを深めて、共に助け合おう」

権力も富も兵も何もない、一介の若者の足の提案だったが、鷹には魅力的に聞こえた。

「共にカワチか。まさにフタツのカワチだ。仲良くやろう」

二人の若者は、がっちりと手を握りあった。

その十四　乙巳（いっし）の変（へん）を大化改新（たいかのかいしん）に

楼舡を見送った足（たいる）は、その足で兄の鎌（なつ）が待つ、宇陀（うだ）の丘に駒を走らせた。自信家の足だったが、兄の鎌にだけは頭が上がらない。その兄が練りに練った大芝居の幕が、いよいよ上がろうとしている。兄弟は、貴族の中臣の姓を名乗っているものの、中臣の家の厄介者でしかない。中臣の本家はおろか、親戚中からも親族扱いされていない。容貌も平凡だ。安定した実入りもないので、何か大きなことをしないと、これからの生計（たつき）の目途もつかない。頭脳明晰を誇る兄弟だったから、幼いころから色々と将来の対策を考えてきた。いくつかの案の中から、兄弟は大和の政権を奪うというとてつもない企みに行きついた。鎌と足の兄弟は、夢のようなその企みに命を賭けることにした。その夢のはじまりが、いよいよ目前に迫っている。鎌から使いが来て、いつものところで待つと言われたとき、足はそれが良い知らせだろうと直感した。

兄の鎌は、宇陀（うだ）の丘の上の、いつもの樫の木の下に馬をつなぎ、木の根の太いところに腰をかけていた。緑たわわに枝を広げて、日差しを遮っている大きな木は、兄弟を護っているように見えた。足は、楼紅のことから、話をはじめた。

「無事に出帆したのだな。それはよかった。今朝、ソナタと入れ違いに、蘇我入鹿（そがのいるか）の使いの者が安濃津に行った。入鹿は、あの大船（おおふね）を見たかったのであろう」

「ということは、あの大船について入鹿が知るところになった、ということですね？」

「そういうことだ。瀬戸の倉橋の大船と比べたいのかもしれん。ところで、百済（ぺくちぇ）に出した蝉（まじゃーみ）が帰ってきた。今朝早く墨江津に着いたばかりだ。那（な）の津から瀬戸を通ってきたそうだ」

「瀬戸の内海を？　そりゃたいへんなことでしたな。瀬戸を通ることができたということは、瀬戸の海に睨みを利かせている吉備の者を、蝉が抱き込んだのですね？」

「勘がいいな。吉備に顔がきく筑紫の豪族が船を出しそうだ。蝉と共に来た博麻（はかま）とかいう小童（こわっぱ）の親父が、船団を用意したようだ。筑紫の国の相当な有力者なのだろう。驚いたことに、その小倅は僧旻（そうみん）を連れて来た」

「旻（みん）ですか？　話に聞くあの旻が。本当に来たのですか？　にわかに信じられません。早く会いたいものです。それにしても、蝉は何と言って旻を連れて来たのでしょうか？」

「隋、唐とつづいたモロコシの政（まつりごと）を学びたい、と主（あるじ）が言っている、と頼んだそうだ」

「世直しのことは、話さなかったのですか？　この乙巳の年に吾らが起こす世直しのことは？」。言ってはいけないことを口に出したことに気づいて、足は周りを見回した。この宇陀の丘は大丈夫だという確信はあったが、万一ということもある。この木の他には、木も草もない禿げた丘には、人の影はなかった。

「そのことは、蝉にも話していない。極秘にせねばならんから迂闊に話せん。ところで蝉によると、百済（ぺくちぇ）の将軍たちも、ワシらの企みに乗ったそうだ。黒歯常之（ふくちさんじ）と鬼室福信（くぃしるぼくしん）が、近ごろ大王になった義慈王（ういじゃわん）を説得したそうだ」

「それは良かった。万事、兄上が描いたように進んでいますね」

「あとは葛城皇子（かづらきのみこ）だけだ。あの皇子は、大和の大王になる千載一遇の機会を手にするわけだが、いざとなると心が弱くなる」

「あの皇子の心の弱さは、生まれつきでしょう。治ることはありません。ワシらの策に乗らなければ、一生うだつが上がらないことは分かっているのに、肝心なところで考えなくてよいことを考えてしまう。決心しなければならないときに、決心できない。大きな舞台で踊れる器ではありませんよ、あの皇子は」

「だが、油断するな。心が弱い者ほど、始末が悪い。心がどこに移ろうのか、想像ができない。兵も力もない者だが、安心はできない」

「心が弱いことは恐ろしいこと、だということですね」

「世直しさえ無事に終わってしまえば、後はあの皇子がぐずぐず言おうと構うことはない。調子に乗りすぎれば、始末するだけだ」

「これからの手順は？」

「まずは、僧旻に葛城皇子を教育してもらうという名目で、ワシらも一緒に、政の核になることを学ばねばならん」

「そして、いよいよ世直しですね。百済の王子の糾解（かうけ）が、百済の義慈王の使節団を迎えに行っています。使節団は、三日ほどで着くでしょう」

「糾解は、入鹿を殺す度胸があると思うか？」

「もし殺さなければ、ワシが刺します」

「やめておけ。誰かにやらせればいい。糾解が殺すからこそ、百済が大和を乗っ取ろうとしていることを、大和の万民に示すことができる」

「糾解が殺したことにすればよいのでしょう。宮殿（みや）のなかで起こったことは、万民には見えませんから」

「足よ、ソナタはとても良いことを言った。ワシは肝心なことを見逃すところだった。糾解に殺（や）らせてはならん。飛鳥か河内の者を使って殺るべきだ」

「と、いうことは？」

「これは世直しだ。そのことを、ワシはもっと注意深く考えるべきだった。例えば、糾解が手を出せば、百済が大和を乗っ取ると思われるだけだ。誰もそれを世直しだと思わなくなる」

「それでも良いのではないですか？　もともと、入鹿と蝦夷（えみし）を殺して、大和の政を、西域（さいいき）の者たちから奪いとる。そのために、百済人を中心にして海東の者たちを使う。彼らに、百済での経験や律令などを用いて、大和の政（まつりごと）をさせる。それが大和に定着したところで、朝鮮半島の者たちを大和の朝堂から少しずつ減らし、ワシらの政に変えていく。というのが、ワシらの企みですから」

「これまではそう思ってきた。だが、ワシは考えを変えた。やはり、世直しにしなければならない。蘇我入鹿の悪政に対して、西域の者たちが反乱を起こす。あの者たちの盟が緩んでいることは、民でさえ知っている。昔、西域の者たちを束ねていた蘇我韓子（そがのからこ）が、西域の豪族たちに向かって、『和をもって貴しとなす』と訓戒したそうだ。それは、『逆らう者は始末する。そうなりたくなければ逆らわずに和を守れ』という恫喝で、西域の者たちに結束を命じた、ということだ。長いこと、アノ者たちは、和を重んじて固く結束してきた。だが代が替わって、今ではそのことを忘れている者が多い。蘇我の兵の力も昔ほどではなくなった。

西域の者たちを政から追放するよい機会だ。百済の朝廷の二番目の王朝を大和につくる。そのために百済の朝廷に財と暗殺の兵を出させる。これまでは、そう考えてきた。だが、近ごろの百済は滅亡が間近い。大和にいる百済人も気づいている。

ところが、彼らは百済からの今来（いまき）の同族を歓迎しない。今さら、偉そうに大きな顔をされたくないのだろう。従ってワシらが百済の第二朝廷を大和につくっても、喜ばれない。恨まれるだけなのだ。だから、ワシらの作戦を変えることにする。百済に頼らない。百済を捨て駒にする。足（たいる）よ、躊躇（ためら）ってはならん。ワシらの大義は、百済には関係ない、大和の世直しなのだ。筋書きを、もう一度しっかり見直してみよう」

「もともとの筋書きは、余（よ）氏の義慈王（ういじゃわん）の息子の糾解か豊璋（ぶんぐじゃん）を大和の王にして、ワシらの意のままに動かす、ということでしたが…」

「確かに、そう思っていた。しかし、大和にいる百済の民は、余氏の王朝を継続させたいとは思っていない。民とは身勝手なものだ」

乙巳の変。後にこの兄弟が『大化の改新』と名付けた、日本史上の大革命が成就する直前の一幕だった。

翌日から、僧旻による隋と唐の政(まつりごと)についての講義が行われた。旻は、自分は学者として学んだにすぎず、自ら政を行ったわけではない。実際に政を行っている為政者は、違う考えを持つかもしれない、と前置きした。

「ワシがお話しすることは、史書などに書かれたことを学んだにすぎません。すなわち学です。学に生命を込めるのが政です」

(正直な男だ)と足は思った。旻の講話がはじまった。

「王の王たる道が大義です。王たる者は、どういう国をつくりたいのか？　まずそれを決めます。政(まつりごと)は、それを実現する手段です。国が民を守り、民が国を支えるようにすることが政だとも言えます。政に形はありません。世に合わせて形も姿も変わります。政を行う者が、政の良し悪しを決めるものではありません。それは民が決めます。民が良い政だと思うことが大切です。とはいえ、民の心に諂(へつら)えば国の道を誤ります。民と国は、どちらが上で、どちらが下ということはありません。

国がなければ民は放浪します。民がいなければ国は亡びます。同じ世がつづくわけではありませんから、世の生き死にを掴んで政に映すのが、王の王たる道だと言われています」

旻(みん)の話は、隋から唐に変わったときのことに移った。

唐の高祖になった李淵（リエン）と息子の李世民（リシーミン）は、時の勢いで隋を征伐して天下をとった。そのときには、深く考えていなかったが、親子はいざ皇帝となって天下を治めねばならなくなったときに、何をすればよいのか見当がつかず、大いに迷った。賢い者たちを集めて意見を求めると、なすべきことが見えてきた。結果、それらは数多の改革につながっていった。改革の中味について、旻は色々な例を挙げて説明した。

例えば、朝廷に三省六部を置き、どの官庁が何をやっているのかを民に見せること。律令を改めたこと。唐の皇帝となった李淵と李世民に有利な律令に変えたが、表向きは民のためになるように見えるように工夫させた。また、均田制を見直すことにより、租・庸・調を徹底し民の財と力を絞った。折衝府を配置して徴兵を徹底し、軍事力を高めた。

旻は、まだまだ多くのことについて詳しく説明した。旻の講義は、その部分だけで四日を費やしたが、鎌と足の兄弟にとっては、どれも貴重な話ばかりだった。

「唐（もろこし）は随分と国の体制ができているのだな。さぞ国力も大きいのであろう」。鎌が、腕を組んで呟いた。

「ずっと昔から、選りすぐりの賢人たちが、体制をつくってきたのでしょう…」

「兵の力も想像ができないほど大きいようだ。いずれ大和が大きくなれば、唐との外交の問題も出てくるであろう。その時に、唐とどう向き合っていくのか？　大和にとって、重く難しい問題になるだろう」

「唐との関係が問題になるほど、大和を大きく強い国にしましょう。今は、唐と関わっている筑紫との交流をはじめます。彼らが唐とどのように向き合っているのか、学びたいと思います」

「それは良いことだ。ところで、旻の講話のなかに、唐の李淵のことがあったな？」

「唐の李淵…。隋の皇帝の煬帝(やんでぃー)を殺して、皇帝の座を奪った男ですね？」

「そうだ、その李淵だ。彼は煬帝を殺害したわけではない。殺したのは、護衛の将校、つまり侍衛(じえい)だった。李淵が豪族たちを討伐した時に、隋の煬帝が座っていた玉座が空になっていた。それに座って、皇帝になって国号を唐に変えたのが李淵だという。

よいか、ここが肝要だ。ワシらが直接、蘇我蝦夷・入鹿の親子を誅するのではない。やりたい奴はいくらでもいる。その者たちに任せればよい。ワシらは、その者たちを指揮し、監督する。息長(おきなが)についても、国の頂点において尊重する。蘇我親子は、天の皇子である息長に不敬をはたらいたことにする。たいへんな悪者だったという偽の物語を世の中にばらまく。悪逆非道の作り話を、蘇我親子についても当てはめる。

蘇我親子は、天の皇子である息長をたびたび蔑(ないがし)ろにした、ということにする。民は、蘇我親子がどういう人間なのか知る由もない。悪者だと聞けば、直感的にそう判断する。

上の者を蔑ろにするのだから、蘇我親子は悪い人間に決まっていると、民は考える。民の心はそのように動く。息長に対して不忠である、という話は作りやすい。蘇我親子を悪い人間だとするためには、息長の立場を変えないで残す方がよい。世直しの首謀者を葛城皇子にする。そうしておいて、民の反応をよく見る。民や豪族がワシらの企みを受け入れるのかどうか、しばらく様子を見る。世の中が落ち着いたら、天の皇子である息長を祭り上げて、神の家、つまり卜相寮（うらないのつかさ）をつくって閉じ込めてしまう。勿論、息長は一切の政から無縁にする。だが、万一、政（まつりごと）が行き詰まったときには、卜相寮のせいにして、ワシらは逃げる。その時には、葛城皇子には消えてもらう」

「百済の者たちは、どうしましょうか？」

「アヤツラには、適当なことを言っておこう。落ち着くまで待て、いずれ百済の王朝にする、とでも言おう。豊璋でも糾解でもいい。いずれ、飛鳥の百済第二王朝の主になるのだとおだてておけばよい。どうせ、そうなる道はない」

「騙されたと知ったときに、百済と戦になりませんか？」

「百済は、あと数年の余命だ。あの国は長くはもたない」

「そうでしょうか」

「間違いない。案ずるな」

（ワシら兄弟が、百済の残党に狙われることになる）。足は、内心でそう思ったが、口には出さなかった。

旻の講義が終わりに近づいた。鎌と足の世直しが、数日後に迫ったその日、兄弟は旻に酒肴を振る舞って礼の宴を開いた。

「民のために世の中をよくする。民にそう思わせるような政をしなければならない。先生はそうおっしゃいました。それはすなわち、『見せかける』ということですか？」

鎌がずばりと尋ねた。旻はさりげなく答えた。

「見せかけが巧みにつくられていれば、それなりに長持ちするものです。つくり方次第ですね。例えば、お話しした隋の煬帝でさえ、皇帝になったばかりのころは、大義を行いました。おそらく、本気だったのでしょう。

煬帝が行ったことのなかに、とてつもなく大きな運河をつくって洪水を防ぎ、物品の運送を容易にするという善行がありました。使役に駆り出された民は、運河のありがたさを分かっていたので、黙々と働きました。一方で、煬帝は、都の洛陽をつくり直すという大工事もやりました。ここでも、多くの民に使役を課しましたが、民は、それが民のためではないことを見抜いていました。

それを察していた煬帝は、工事を始める前に大業律令という律令をつくりました。大業律令を発布することによって、その工事が国を外敵から守るためだと定義しました。国を守れば民も守られる。大業律令とは、国を守ることは民の責任だとしています。その大工事のために働くことを大義としたのです」

「律令は使いようだ、ということですね？」と、足が呟いた。

「そういうことです。とりわけ今は、唐の力が日ごとに大きくなっていますから、周りの国々は唐の侵略から己の国を護ることに躍起になっています。弱い国は、唐に征服されてしまいます。強い国にならなければ、唐に対抗できません。唐の強さは、計り知れません。迂闊に唐と事を構えないことが肝要です。とはいえ、大和は唐からは遠い。おそらく唐は筑紫には関心を寄せるでしょうが、大和までは、まだまだ…」

「そうあってほしいものですな。ところで、強い国ですが、まずは財の力を大きくすることですか？」

「そういうことです。国を富ませば兵を強くすることができます。財の大きさは、国の広さにも通じます。隋の時代、国の大きさは唐ほど大きくなかった。だから、隋は高句麗に何度も敗北を喫してしまったともいえます」と、旻は説明した。

「国を大きくする、とは…」

「他の国を支配して使うことです。隋の煬帝も周りの国々を支配して、財を集めました。高句麗にも兵を出しましたが、高句麗だけはうまくいかなかったのです。高句麗の広開土王（くわんげっとわん）のタムドックと、息子の長寿王（ちゃんぐすーわん）に度々打ち負かされました。その結果、隋の国は滅びました」

「……」

「唐には中央に権限を集めるという考え方があります。周辺の地域のすべての権限や財力などを、自分の国に集めることによって、国の力を強くするということです」

「中央に財を集中させる、のか…」

「そうです。財と権力です。地方には権力を持たせません」

「権力を独占すれば兵を集めることができ、周辺の国々を攻める財源を持てることになる、というわけですね？」

「そうです。国を富ますことと、兵の力を強くすること。もうひとつあります。人を育てることです。これが揃えば、大和は凄い国になります。お二人は、世直しを考えているのですね。良い国をつくりたい、というお二人のお気持ちがワレにも伝わってきます」

「考えているわけではありませんが、そうなれば良いなと思っています」

「まあまあ、ワレは皆さんのお仲間ですから心配しないでください。那の津を出る決心をしたのも、大和に世直しの気運がありそうだと感じたからです。口に出せないことは、お話して頂かなくてよいのです。そこで、ワレからひとつお贈りしたい言葉があります。それは、『改新』という言葉です。世を直すことを示すために、カイシンという言葉を掲げられたら良いと思います」

「カイシンですか…」

「それに、年号を付けなされ」

「年号?」

「大和には年号がないようですが、何でもよいのです。縁起がよくて民が喜ぶような」

「先生なら、どんな年号がよいですか?」

鎌には年号というものが、まだよく呑み込めていなかった。

その十五　謀略の渦

笠山の麓の笠縫邑(かさぬいむら)の阿佐太子(あじゃでじゃ)の苫屋(とまや)に話を移す。そこにはオサガンが来ていた。「明後日に、蘇我入鹿が宮殿で殺されるかもしれません」

「何？　殺される？　どうして知ったのだ？」。肝をつぶした吉士長丹(きしのながに)が咳きこんだ。

「実は、当人たちの話を聞いてしまったのです。宇陀の丘の木の上で、この耳で聞きました。事を起こすのは、中臣(なかとみ)の鎌と足の兄弟です」

「はて、中臣にそんな者たちがいたかな？」。阿佐太子は記憶をたどった。

「母は中臣でも末(すえ)にいた女ですから、ご存じないと…」

「百済に、飛鳥の政権奪取を呼びかけたのも、その者たちか？」

「そうです。勿論、彼らが呼びかけても百済の朝廷は動きませんから、豊璋(ぶんぐじゃん)を使いました。兄弟の父親が伽倻の者だったと言って、同郷の誼(よしみ)で豊璋に近づいたようです。豊璋の方も異国で頼りになる者が現れて嬉しかったのでしょう。言葉も通じるし、気が合っていたようです」

「それで？」

「百済の義慈王(ういじゃわん)は、この話を受けました」

「誰かが百済から来て、兄弟と手だてを打ち合わせるのであろう。誰が来るのだ？」

「とりあえず王族は来ませんが、使節が来ます。しかし気になることがあります。鎌と足の兄弟にとって、百済復興は口実にすぎません。本音は、蘇我親子から政権を簒奪することにあります」

「……」

「如何されますか？　阿佐太子から、豊璋あるいは弟の糺解(かうけ)に忠告なさいますか？」

「さて、どうしたものか…。百済救済が口実とは…」

「この耳で。間違いなく聞きました」

「百済にどう説明すればよいのだ？　痛くない腹を探られるのも面白くない…」

「糺解とざっくばらんなお話しはできませんか？」

「糺解は駄目だ。気が小さい男だから、慌てて騒ぐだろう。巻き込まれると、こちらも身を亡ぼす」

「豊璋も？」

「似たようなものだ」

「……」

「そうだ、思い出した。もうひとりいたであろう。飛鳥に来ている王子が…」

「翹岐(けうき)ですか？」

「そうだ、翹岐だ。ここでは、ギョウキと呼ばれている、あの王子だ。数度しか会っていないが、アレがいい。アレはしっかりとモノをみることができる男だ。義慈王も豊璋ではなく、翹岐を世子(せじゃ)にすればよかったものを…」

「跡継ぎの世子に？　翹岐のことですが、そういえば近ごろ顔を見ていません。捜してここに連れてきますか？」

「そうしてくれ。くれぐれも内々に」

翌日のオサガンの報告によると、翹岐の姿が見えない。糾解の邸にいたが、このところ顔を見ていないと下僕たちが言っている、ということだった。

（百済には報せない方がいい。黙っていろ、という天のお告げであろう）

阿佐太子は、オサガンに翹岐を捜してほしいと頼み、翹岐と会うまでは動かないことにした。

「実行の時が近づいてきた予感があります」。オサガンは鎌と足の兄弟の動きをつぶさに探っていたのだった。

「その兄弟は、蘇我を誅する力を持っているのか？」

「兵を持っていませんが、頭が良い兄弟です。底知れない悪知恵を持っていますから、何とかするでしょう」

「誅したとしても、蘇我の一族に取り押さえられてしまうのでは？」

「そうだと思いますが、何か対策を考えているのでしょう。誰かが、あの兄弟の味方をしているはずです。それが誰なのか、まだ分かりません。はっきりしているのは、息長の末にいる葛城皇子（かづらきのみこ）という者です。この皇子も、ひとりの兵も力も持っていません。兄弟はその皇子を崇めているふりをしていますが、実際には馬鹿にして利用しているだけです」

「カヅラキノミコ？　息長の皇子？　聞いたことがない」

「その者を知る人はあまりいません。当人は息長の皇子だと言っていますが、息長の邸で産まれただけだと言う者もいます。息長も皇子として扱っていません。目立たない男ですが、世の中を見る目が冷たいうえ、根性もねじ曲がっているようです」

「その男のほかには、この企てに参加している者はいないのか？」

「勿論、兵を出す力がある豪族が味方にならなければ、ことは成就しませんから、然るべき豪族が味方していると思います。今のところ、その豪族の顔が見えてきません」

「オサガンにも見えないとは、よく隠しおおせているものだ。いずれにしても、そろそろ、役者が揃うということなのだな？」。長丹が、腕をさすりながら言った。

「おっしゃるとおりです。兄弟が何を企むのか？　見ものです」

同じとき、葛城皇子の苫屋を訪ねている者がいた。

蘇我身刺（そがのむさし）。朝堂での名前は蘇我日向身刺（そがのひむかのむさし）。蘇我倉山田石川麻呂（そがのくらやまだのいしかわまろ）の母違いの弟だったが、その狡賢（ずるがしこ）さのために、蘇我の一族のなかでも爪（つま）はじきされている男だった。身刺の兄の石川麻呂は潔い性格だが、優柔不断。そのためか、宗家の跡継ぎになれず、蘇我入鹿が蘇我の宗家の蝦夷の後を継いだのだった。蘇我石川麻呂の父親の蘇我倉麻呂は、蝦夷の弟として宗家に逆らうことはしない人だった。蝦夷も倉麻呂も、立派な人格の兄弟だった。そんな倉麻呂だったが、石川麻呂の弟たちの蘇我身刺と蘇我雄当赤兄という悪知恵の権化のような二人の息子を持ったことで、蘇我一族の信用を失墜させていた。

その身刺は、風と名付けた集団を配下に持っている。風は至るところに忍びこみ、豪族や貴族たちの秘密を嗅ぎつけては、身刺に報告していた。その風のひとりが、身刺にご注進に及んだのは、数日前のことだった。百済の王子の豊璋と糺解の邸の周りに、密偵らしい者たちがうろついている。彼らは、伽倻のコーサーだ。コーサーは広く仲間を持ち、その諜報の力には特筆すべきものがある。つまり、一流の諜報集団だということだった。

コーサーの頭はオサガンという。阿佐太子という百済の王子の苫屋に出入りしている。葛城皇子の苫屋や、蘇我蝦夷のの甘樫の丘も、常に彼らが見張っている、などということがが報告された。オサガンの手の者たちは、風に見張られていたのだった。風たちは、朝堂の官吏たちの情報も集めてきた。数日後に行われる百済の使節の謁見の儀式の参加予定者のなかに、儀式には不向きな身分が低い者たちが入っているが、息長の式典下僕という触れ込みだという。

（何かおかしい。これまでとは違う。謁見の日に何かが起こりそうだ）

身刺は儲けの種を見つけるために、葛城皇子に会って情報を仕入れようとしているのだった。

皇子に会うと、身刺は謁見の日について内容の乏しい話を、だらだらと続けた。何を言いたいのかさっぱり分からず、苛々していた葛城皇子だったが、次第に不安になってきた。回りくどい身刺の話のなかに、ときどき棘のように皇子の心を刺す言葉があったからだ。

「ワシも、謁見の日にお供させてください。式典下僕でもいいですよ」と、身刺が言ったときに、皇子は身刺が企みを知っているのではないかと訝った。それが顔に出た。

「何でもしますよ。皇子のためなら」。身刺は、さも企みを知っているかのごとく装って、皇子にすり寄った。

皇子はつい、「今は…まだ、ない」と返した。

「ではいつ？」

「いずれ。だがなぜワシのように力がない者に？」

「なぜ、力がないとおっしゃるのですか？　事が成就すれば、権力をお持ちになります。ワシがそうします」。そう言って、身刺は思わせぶりの笑いを口元に浮かべた。皇子は、身刺が企みのことを知っていると思い込んで、企みの概要だけを掻い摘んで話した。

「分かりました。汚れごとは任せてください。何でもやりますよ。ワシには、風という諜報の者たちがいます。お役に立ちます」

『汚れごと』。身刺のこの一言が、やがて世の中を変えることになる。


話が変わって、オサガンが再び阿佐太子の苫屋に現れたのは、翌朝まだ日輪が昇らない薄暗がりのなかだった。

「昨晩、中臣の鎌が阿部内麻呂を訪ねました」

「阿部内麻呂が黒幕だったのか?」

「そのように思います」

「内麻呂が大博打が打てる者だとは思ってもみなかった。愚か者の仮面の下に、野望の素顔があったとは…。だが、アノ者はさほどの兵を持っているとは思えないが?」

「そのとおりです。内麻呂はさしたる兵を持っていませんが、豪族たちに顔が利きますから、誰かに兵を出させるのでしょう」

「内麻呂は、息長とも姻戚があるではないか?」

「ありますが、息長が加担しているようには見えません」

「であれば、内麻呂が鎌と足の兄弟を使っているのか？　内麻呂が首謀者ではないのか？」

「そう考えるのが当然ですが、ワレは逆だと思っています」

「どういうことだ？」

「ワレは、鎌と足の兄弟が首謀者ではないかと思っています。内麻呂はあの兄弟に使われているものと…」

「内麻呂が、そのような兄弟の企みに乗る理由（わけ）があるのか？」

「あの兄弟の頭の良さは、人並み外れています。息長のためだとか何とか、うまいことを言って内麻呂をその気にさせたのかもしれません」

「悪事が近いと思うのには、何か理由があるのか？」

「確かな理由はありません。話の内容までは聞くことができませんでしたが、帰りがけに阿部が『では明日』と鎌に言い切りました。それは強い言葉でした。ワレの直感ですが、それは今日のことだと思います。百済の使節を迎える日は、数日後だったはずですが、何か理由をつくって、今日にしたのでしょう」

「蘇我蝦夷と入鹿も、歓迎の式典に行くのだろうか？」

「勿論行きます。主役ですから」

「百済からの使節となれば、息長でも然るべき者が謁見するであろう。茅渟王の娘のタカライカシ媛か？　あるいは、アタナシオスとかいう亡き田村王の皇子か？　いずれにしても、息長の者の目の前で、蘇我親子を誅殺しようとは、中臣の兄弟も大胆だな」

「おそらく、殺戮の現場を見せたいのでしょう。息長の者は怯えて反抗しなくなります」

「ということは、息長の者には手を出さない、ということか？」

「息長を殺せば、兄弟は反逆者になります。息長は天の皇子として、君臨し続けるでしょう。ですが問題もあります。百済です。百済は、第二王朝をつくるための企みだと信じています。息長の存在を黙認するとは思えません」

「まさか、あの兄弟は、百済さえも誑かすつもりではあるまいが…」

「虚仮にされたと知れば、あの兄弟は百済の刺客に八つ裂きにされます。太子さまがご承知のとおり、百済の者たちは、面子を重んじます。面子を損なえば、百済の朝廷は、ここにいる百済人だけでなく、百済本国からも刺客を送ることでしょう。あの兄弟には、計り知れない悪知恵があります。備えはできているはずですが…」

オサガンが苫屋を出てしばらくたった。甘樫丘を見張っていたオサガンの手の者が、慌てて走りこんできた。

「入鹿の行列が邸を出ましたが、蝦夷の邸は静まり返っています」

「蝦夷は宮殿に行かないのか？」

「兄弟の企みが露見したのであろうか？」。そんなことを阿佐太子と長丹が話をしていた最中に、次の報せが入った。

「糾解の邸を出た百済の使節団が、途中で道を阻（はば）まれて止まっています」

「何と？」

「何だと？　阻んだのは、誰だ？」

「兵のなかに、倉山田の邸で見た兵が数人いました」

「倉山田の蘇我石川麻呂であろうか？」

「兄弟の企みが、漏れたのであろう。入鹿の従弟の石川麻呂が、鎌と足の企みを止めるために兵を送った、としか思えん」

「入鹿の儀礼の行列には、変わったことはありません。いつものとおりです」

「…………」

午後になると、兄弟の企みが実行された、という報せが入った。式典の席次をあらためて確認してほしいと頼まれて、蘇我入鹿が朝堂に入ったところで殺されたことが分かった。

阿佐太子と吉士長丹は次の報せに驚いた。入鹿を殺したのは、中臣兄弟には関係がない、佐伯子麻呂(さえきのこまろ)と犬養網田(いぬかいのあみた)だったということだった。

次の報せが、さらに阿佐太子たちの驚きを大きくした。宮殿で子麻呂たちを指揮したのは蘇我の石川麻呂で、事件の後も宮殿に残っている、ということだった。

「首謀者は蘇我倉山田石川麻呂(そがのくらやまだいしかわまろ)だったのか？　蘇我の内輪喧嘩だったとは、いやはや、これはとんだ茶番だ。そうなると、阿倍内麻呂は、黒幕ではなかったのか？」。長丹も首をひねった。

夜半になるとオサガンが戻ってきて、その後の状況を報せた。

鎌(なつ)は内麻呂を訪問したが、未だに邸から出てきていない。足(たいる)は糾解の一行と共に、糾解の邸に戻っている。蝦夷の邸がある甘樫丘には、倉山田や佐伯、犬養の兵たちが押し寄せて包囲した。蝦夷の兵たちは武装放棄させられ、蝦夷は自殺したと兵たちが語っている、ということだった。

「糾解はどうしているのか？」

「不思議なことに、彼の者は姿を見ません。邸に帰ってから門を閉ざして出てきません。百済の使節団も、道を塞がれたので糾解の邸に帰りました」

「豊璋は？」

「邸から出た様子がありません」

驚いたのは、翌日の報せだった。

「朝堂で入鹿を暗殺したときに指揮をしたのは、石川麻呂だと言われています。誰もがそう思っていますが、事実は石川麻呂の弟の蘇我赤兄でした。百済の使節団の道を塞いだのは石川麻呂の兵でしたが、指揮をしていたのは蘇我身刺でした」

「石川麻呂は名前を使われた、ということか。気の毒なことだ。だが、赤兄はなぜ、使節団の道を塞いだのだろうか？」

「風の者たちを、使節団のなかに入れ込むためでした。行列を糾解の邸に帰したのも彼らの仕業です」

「用意周到だな」

「もうひとつあります。タカライカシ媛（ひめ）が朝堂に現れました」

「タカライカシの媛が？」

「ゾロアスターの白い長衣を着て、同じ姿の白人の女たち数人を連れていました。葛城皇子が石川麻呂と子麻呂の兵たちを伴って、タカライカシ媛を護っていました」

「どういうことだ。葛城皇子がこの企みを図っていたのだろうか？」

「それは分かりません。タカライカシ媛を後ろに立たせて葛城皇子が、集まった者たちに告げたことは、次のようなことでした。蘇我入鹿（そがのいるか）は、横暴の限りをして止むことがなかった。蝦夷も、入鹿を諫（いさ）めることができなかった。国は貧しくなっている。このままでは、大和は亡びる。国を憂いで、蘇我倉山田石川麻呂が立ち上がった。石川麻呂と仲間たちが、入鹿を成敗して横暴を止めた。大和に新しい政ができるのだ。これは世直しだ。この世を良くするのだ。河内の平群（へぐり）も巨勢も、一族を挙げて支持している——。おおよそ、そんな話でした」

「入鹿の横暴だと？　そんな話は聞いたことがない」

「後付けの作り話です。民は真実を知りません」

翌日も、宮殿の前にタカライカシが現れた。前庭には、官吏や豪族たちが集められた、ということだった。

「集まった者たちに、葛城皇子が声を高めて宣言をしました」

「宣言だと？」

「そうです。タイカノ　カイシンを宣言したのです」

「皇子はこう言いました。『吾らは世直しをした。これはカイシンである』と言ったのです。皇子の後ろから、あの中臣足（なかとみのたいる）が前に出てきました」

「やっとあの兄弟が姿を現したか。それで、足はどうした？」

「足は、声を張り上げて、皆に語りました。『皆の衆、この方は葛城皇子さまが、この世をカイシンした。改新とは世を改めて新しくすることである。この年は、タイカという年号を使う。すなわち、大化の改新である。

今、海を越えた向こうでは、唐（もろこし）が日ごとに大きくなって、高句麗（こくりょ）も新羅（しるら）も百済（ぺくちぇ）も討伐されそうになっている。ほどなく、朝鮮の国々は唐に支配される。唐の力は、益々大きくなって、いずれワレラの大和にも及ぶ。そうなれば、大和の民は、誰ひとり例外なく、生口（いきくち）として唐の獄につながれる。そうならないために、大和は強くならねばならない。強くなって唐を撃退する力を付けるのだ。

入鹿と蝦夷は、このことを分かろうとしなかった。倉山田をはじめ、蘇我の一族の者たちが説いても、唐の怖ろしさを認めなかった。ソナタたちのなかにも高句麗や新羅や百済から来た民も数多（あまた）いるであろう。西域の末裔の者たちもいる。その者たちは、唐の恐ろしさを知っている。ぜひ、知らない者たちに教えてやってくれ。せっかく、この安らぎの国まで逃げてきたソナタたちの先祖たちが、ここを安住の地にしたではないか。ワシらは、この国を失うわけにはいかない。唐の奴隷になるわけにはいかない。違うか？　皆の衆』。

聞いている者たちは、足の言葉に心が奪われていました。だれもが、息を呑んで足の話に耳を傾けていました。『これから数多の律令を発布する。すべてが大和を強い国にするための律令だ。蝦夷と入鹿はこの律令に反対してきたが、それは唐の怖さを知らないからだ。今こそ律令を国と民のために使う。豪族も民も、皆力を合わせてほしい』と足は続け、今度は鎌が立って声を張り上げました。

『もう一度言う。皆で世直しを行おう。大化の改新だ。この国の年号である。タイカという年号だ』。聞いている者のなかに、『タイカノ　カイシン』と声に出す者がいて、いつしか大勢の者たちが、口を合わせてタイカノ　カイシンと叫びました」

「タイカノ　カイシンであるか？　大化とは、唐が使っている年号のことであろう。唐を怖れる者が、唐の仕来たりを用いるとは、はて不思議なことだ」。阿佐太子は、首を振り振り席を立った。

そのころ、僧旻の邸を訪問した者がいた。旻は、その男を見て腰を抜かすほど驚いた。「クロマロさん」。旻は驚きのあまり、言葉が出なかった。目の前に立っていたのは、高向玄理(たかむくのくろまろ)その人だった。後ろにひかえている若い男と女が、博麻(はかま)と蝉(まじゃーみ)だと名乗った。

玄理は、笑顔を浮かべて、旻の沈黙を破った。

「しばらく前に、高向の実家に帰ってきました。新羅の斯蘆から出雲にわたって、帰ってきました」

「近々お帰りになるとは聞いていましたが、こんなに早くお戻りになっていたとは知りませんでした」

「ここにいる蝉さんが」と言って玄理が、蝉の方を振り向いた。

「ワレを迎えるために、蝉さんは筑紫に長らく滞在して頂いたそうですが、出雲に迎えの者たちを送ってくれました」

「玄理さんがいらっしゃるなら、ワレごときが中臣の兄弟に講義をするなど、おこがましいことでした」

高向玄理の帰国のことは、直ちに鎌と足に報告された。大化の改新を本当の改新にするためには玄理の帰国が望まれる、と以前から旻から聞かされていたが、その玄理が飛鳥にいると知って、鎌と足の兄弟は驚いた。

「会うべき者たちが増えた。まずは玄理だ。次は、博麻とやらだ。その者は、旻と蝉のために、筑紫から船団を組んだというから、筑紫でも相当な家の子であろう」と、鎌が言った。「分かりました。明日にでも手配します」。鎌と足は、玄理と旻を招いて、豊浦（とゆら）に案内した。

「この辺りに、学生（がくしょう）の寮をつくって、各地の優秀な若者たちを招きたいと思っている」。鎌がそう切り出すと、二人は大層喜んだ。

「何をなすにも、人です。人づくりに力を入れなさるとは、さすがに大化改新をなしたお方です。目の付けどころが違いますな」と、旻が鎌を褒めちぎった。鎌の本心は、自分の息がかかった者たちを集めて育てることによって、朝堂の西域人たちを一掃しようという魂胆だった。

新しい国の頭脳は、玄理（くろまろ）にする。旻よりもさらに広く深い知識と先を見る力を持っている玄理を、本物の改新にする手順と手だてを考えさせる。鎌はそう決めた。中央集権の仕組みをつくり、国を富ませて兵を強くする。そのための方法をつくることが、玄理に命じられた。彼らは、後に国博士という称号を授けられることになる。各地に置くことになる国司の長官になるのだが、それは先のことだ。

こうして殺戮による乙巳の変は、世直しのための大化の改新に変わった。飛鳥を中心にした大和の国づくりが始まったのだった。玄理の考えによると、息長（おきなが）を国の象徴にする。鎌と足の兄弟は、宰相となって息長の下で政を仕切る。

「息長の家長（いえおさ）に、どういう肩書を与えたらよいのか？」。旻は、皇帝で良いではないかと言ったが、玄理は賛成しなかった。皇帝にすれば、息長が大化改新を行ったような印象を与える。その上、皇帝は政（まつりごと）を行う最上位の人だ。息長は、政を行わず、国の象徴に在り続ける。

「今までどおり、『天の皇子（あめのみこ）』でよろしいのでは？　政から息長は無縁になります。それが何よりも大切です」。玄理の考えは、鎌と足に受け入れられた。

「それしかなかろう。息長は天に近いところにいる。地はワシらが治めよう」

次の問題は、息長の家長に誰がなるのか？　亡き田村王の跡を継ぐのは誰になるのか？　ということだった。

「葛城皇子が狙っています」

「アノ者は駄目だ。アタナシオスかタカライカシがよい。あるいは、有間皇子でもよい。幼いから扱いやすい」

「葛城皇子が納得するでしょうか？」

「葛城は、息長での身分を持っていない。息長が葛城を選ぶことはあるまい」

「息長には茅渟王がいます。茅渟王に任せておけば、うまくやることでしょう」と、足が鎌に言い切った。

「ところで」と前置きして、玄理が、国の名を『日本（にほん）』にするのがよい、と鎌と足の兄弟に奏上した。『日本の国』の誕生である。

両河内（ふたつかわち）に行かせたカンチェギが帰ってきた。水海（おうみ）は両河内に残ったとのことだった。足は、カンチェギを有間皇子の邸に下僕として入り込ませた。カンチェギは、アタナシオスにも近づきたかったが、アタナシオスは神殿に籠っているために簡単には会えなかった。カンチェギは、下僕や水仕女のなかにうまく溶け込んでいた。

ある日、息長の邸の奥で、カンチェギは、痴呆の老人に出くわした。涎で顔じゅうがべとべとになり、糞尿の悪臭を振りまいていた。水仕女に尋ねると、「茅渟王さまだよ。お気の毒に。あの気高い茅渟王さまが…」と言って涙にむせんだ。

数日後、足から、「近々、茅渟王を訪ねるつもりだ」と聞いたカンチェギは、言下に「アノ方は駄目ですよ」と言った。茅渟王の痴呆ぶりを聞いて、足は目の前が真っ暗になった。

（茅渟王が、中風を病んでしまったとは…。葛城が動く前に何とかして阻止しなければならない。葛城を大兄皇子にさせるわけにはいかない）

足は、対策を立てるために鎌を訪れた。

「抜かったな、足よ」。鎌は会うなり、厳しい言葉で足を叱責した。

「軽皇子が天の皇子になったが、葛城も大兄皇子になった。今し方、朝堂の官吏から報告があった」。茫然と立ち尽くしている足に、鎌の冷たい声が浴びせられた。

「中大兄皇子という名だそうだ」

兄の鎌に放り出された絶望感に打ちひしがれたまま、足は次の日に息長を訪ねて軽皇子に会い、葛城皇子を中大兄皇子にしたのかどうかを尋ねた。

軽皇子は、「どうご説明すればよいのでしょう。息長にとって大兄皇子などどうでもよいことなのです」と、語った。

「どうでもよいこと？」

「そうです。ワレラには、どうでもよいことなのです。ワレラに皇子と天の皇子という称号はありますが、大兄皇子という称号も身分もありません。それは、ワレラのものではなく、朝堂の方々が、昔から用いているものです。息長では代々、家長(いえのおさ)になった者を『オビト』と呼んでいます。オビトは首と書きます。オビトを継ぐ者は、前のオビトが決めます。先代のオビトだった田村王、皆さんがそう呼んでいる田村王は、オビトになる前は、マルクという名でした」

「マルクですか？」

「ザルトゥシュトラが言うところの、王です。本人は、マルクという名前を気に入っていて、自ら王だと公言して憚らなかった、と聞いています」

「それが、田村王になられた？」

「そうです。田村王と皆さんが呼びました。さて、話を戻しましょう。息長の男子は、あらたまった席では皇子（みこ）とも呼ばれますが、皇子は身分ではありません。○○さんという程度の丁寧な呼び方です。普段は、それぞれ名前だけで呼びます。例えば、ワレは普段は『カル』と呼ばれています。儀式などでは、軽皇子（かるのみこ）と呼ばれます。

男でも女でも、天のお告げを得た者、つまり『神の使徒』となる者たちが、アタナシオスという称号を与えられます。今は、古人（ふるひと）さまがアタナシオスで、ワレも近ごろ天の啓示を頂きました。今はまだアタナシオスではありませんが、継ぐ資格を頂いたことになります。世が乱れたとき、アタナシオスのなかから世を救う者が現れれば、その者は『サオシュヤント』と呼ばれます。言わば、救世主です」

軽皇子の説明に、足は目が洗われた思いだった。

「そういうことだった、のですか…」。足はしばらく絶句したまま考えこんだ。

(ここには、別の世界がある。ワシらとはまったく別の世界だ)

軽皇子の話は続いていた。

「先ごろ、葛城皇子がワタシに言いました。『ワシを大兄皇子にせよ』と。葛城皇子はワレラに詰め寄りました。アノ者も、息長の邸で生を受けた者ですが、大兄皇子という身分が、息長の家では通用しないことを知らないようでした。母親がしがない水仕女でしたから聞いたことがなかったのでしょう」

「それで合点がゆきました。大兄皇子という身分は、息長家にもない。朝堂すなわち宮(むろつみ)にも存在しない陽炎のようなもの。ゆらゆらと揺れて消えていくものだと分かりました」

（陽炎を追う葛城の手は、何を掴もうとしているのだろう？）。足の胸には、不吉な予感が芽生えていた。

ある日、博麻(はかま)と蝉(まじゃーみ)が、糾解(かうけ)の供をして、筑紫に向って墨江津(すみのえのつ)を出発した。足(たいる)から、糾解と翹岐(けうき)の二人の王子を、百済の泗沘(さび)に連れて行ってほしいと頼まれたのだった。面白そうだ、と博麻は思った。このところ、博麻は鎌と足から、筑紫と唐との関わりについて尋ねられることが多い。倭人と唐との関わりが何百年も昔から行われてきたことを語ると、鎌も足も熱心に博麻の話に耳を傾けた。玄理や旻たちが行った洛陽や長安などに、これからは筑紫だけでなく大和も共に遣唐使を送りたいのだ、と鎌が語った。

「遣唐使の規模も、できるだけ大きくしたい」と足が言った。

「大きな船が必要です。それも三隻ほど」

「船は、廬原に頼もう。息長から頼んでもらう」

「肝心かなめは、人だ。ついては、陽咩(やめ)の財で学生(がくしょう)の寮を飛鳥につくってほしい。遣唐使だけでなく、供として唐に行った下僕や船師（ふなし）、水夫（かこ）、誰でもいい。そういう者たちを数多（あまた）集めてほしい。大和の若者たちを育てるのだ」

鎌はそう語ったが、頼んでいるというよりは、命じていたように聞こえた。足が気を使って、「ソナタにお願いしたいのだ」と言ったが、鎌は「礼はいずれする。まずは頼む」と虫のよいことを言った。

「泗沘に行く途中で那の津に寄るだろう。陽咩の親父さまに頼んでほしいのだ」。図々しい願い事だと承知していたので、足は頭を下げた。博麻には、これから大和が大きな力を持って、周辺の国々を切り従えていくだろうという予感があった。鎌と足の兄弟の人並み外れた能力に、博麻は注目していた。

（能力があっても、運がなければだめだ）

博麻がそう思っていた矢先に、兄弟は蘇我石川麻呂に蘇我入鹿を殺させ、蘇我蝦夷を自殺させた。加えて、その蛮行を大化改新という名目で正当化し、葛城皇子を中大兄皇子に仕立てて意のままに操りはじめている。

（運も強そうだ。鎌や足の頼みは何でも聞いてやろう。いずれ、何百倍にもなって返ってくる）

筑紫の国を治めているのは大伴久目大王（おおとものくめのおおきみ）だったが、倭人の頭領は薩夜麻（さちやま）だ。この話を喜ぶのは薩夜麻の方だろう。朝鮮半島にいる倭人にも呼びかけるに違いない。これまで、鎌と足の兄弟と親しくしてきたことは、無駄ではなかった。

（いよいよ、これからが稼ぎどきだ）

博麻はそう確信して、薩夜麻のもとに急いだ。

その十六　騎馬の民

再び笠山ふもとの笠縫邑（かさぬいむら）の、阿佐太子の苫屋に舞台を移す。

ある日、そこに風変わりな若者が現れた。厳（いか）つい身体を、見慣れない装束に包んでいる。波打つ形の笠を被っているが、この辺りでは見慣れない。自ら馬の手綱（たづな）を持って離さない。後ろに娘がいた。目がぱっちりとし愛らしい娘で、「ボムと言います」と言った。その言葉には、聞きなれない不思議な抑揚があった。「春のボムか？」と長丹が尋ねると、「そうです。ソナタさまは、百済の方ですか？　百済では春のことをボムというそうですね」と言ってほほ笑んだ。「百済の言葉でお話しをさせて頂いてよいですか？」。長丹も百済の言葉で、諾(だく)と答えた。もうひとり、幼い男の子がボムの横にいた。笠を取ると、見るからに利発そうな顔が現れた。物おじしない態度の幼子(おさなご)だった。

「セビョク」。幼い子がはっきりと言った。どうやら、自分の名らしい。この子も、小馬の手綱をひいている。長丹が、「どうぞ」と苫屋のなかに招き入れようとすると、やっと手綱は、下僕に渡された。目を凝らすと、通りの向こうの木陰に、数人の武人がいた。いずれも、その若者と同じ装束で笠を被っていた。ひとりひとりが、馬をひいているのが異様だ。

阿佐太子(あじゃでじゃ)との面談がはじまると、若者は「アシナのオオアマである」と、自ら名乗った。たどたどしい百済の言葉だった。懐から一枚の紙切れを出した。黒々と『阿史那大天』と書かれている。それからの言葉は、ボムが訳した。「オオアマさまと子息のセビョクです」

「セビョクは暁(あかつき)の?」と、阿佐太子が尋ねた。オオアマが顎をしゃくると、ボムが答えた。「そうです。暁の薄日を受けて、身をおこす草原の草を意味するセビョク。扶余(ぷよ)の言葉です。漢の文字では『草壁』と書きます。ところで、阿佐太子さまは、扶余の言葉をご存知なのですね?」

「かなり分かる。百済は元々扶余から出ている。さて、ソナタたちは、随分と遠くからお見えのようだが、何の御用かな？」。阿佐太子の問いに、大天（おおあま）がゆっくりと語りはじめた。

（高句麗（こくりょ）の言葉のようだ。高句麗も同じ扶余だ。同じような言葉を使うのであろう）

長丹は、そんなことを考えながら、話を聞いていた。大天の言葉を、ボムが不思議な抑揚の百済の言葉に直した。

「ワレは丁零（てゅりゅく）の阿史那可汗（あしなくぁはぁん）の末裔であり、当代の可汗（くぁはぁん）の正妻の第二子である。セビョクは、ワレを継ぐ息子である。大化改新を陰で支えている百済の阿佐太子さま。ソナタさまにお願いしたいことがあって参った」

大天は、単刀直入にそう切り出して、阿佐太子を慌てさせた。

「ちょっと待て。大化改新を？　ワシには関係がないことだ」

「大化改新は、百済王朝を助けるためにソナタさまが仕組んだ、と聞いていたが間違いだったのか？」

「大化改新のことは、ワシには分からん。ワシが仕組んだことではない。ワシには関係がない」

（ワシが大化改新を、だと？。馬鹿ばかしい。この男は何を言っているのだ。物言いも随分率直すぎる。優雅さのかけらもない。国が違っても、貴族であれば雅（みやび）を重んじるはずだ。丁零の民は違うのか？）

大天の方は、阿佐太子を訪れたのが間違いだったらしいと気づいて、次の言葉を探していた。その様子を見ていた長丹が、話題を変えた。

「可汗とは、大王のことだと聞いたが？」と尋ねると、大天は「諾」とだけ答えた。ボムが、彼の了解を得てから、付け加えた。

「丁零の男は、多くを語りません。百済の貴族の方とは風習が異なることをお許しください。可汗は王でもあり、大王でもあり、その上でもあります。丁零はとても大きな民です。そのなかでも最も大きいのが、阿史那さまの突厥（とゅじゅえ）です。大和の方々は、トッケツとかトックツと呼んでいます。丁零の可汗が、大王たちを束ねる人です」。大天がボムに短く語ると、ボムは話しはじめた。

「大天さまは、ワレラが何故ここに来たのか、ご説明するように言われました」。ボムのたどたどしい言葉はもどかしかったが、おおよその意味は通じた。

「白い悪魔のエフタルが、天山（てんぐだり）の南から攻めてきて戦いになりました。仲間の裏切りで、大天さまの部隊は高句麗まで逃げました。集安（じーあん）を知っていますか？　長寿王（ちゃんすーわん）の都だったところです。あそこに三年いました。皆も一緒でした」

「皆とは、あそこにいる？」

「そうです。もっとたくさんいます」

「あの者たちも中に招けばよい」

「いいのです。あの者たちは、身分が低い者ですから」。阿佐太子も長丹も驚いた。話には聞いたことがあったが、騎馬の民の身分に対する差別は甚だしいようだ。

「高句麗からここまで来たことは分かった。では、今、なぜ、ここに？」

「大天さまの棲家（すむいえ）を教えて頂きたくて来ました。どこか匿ってくれるところを教えてください」

「追われているのか？」

「たぶん。そう思うことが何度もありました」

「誰に？」

「見当がつきません。誰なのか？」

「ワシらには、思いつくところはない。他に頼るところはないのか？」

「ありません。あなた様は、大化改新をなされたのですから、いずれこの国の宰相になるのでしょう。ワレラを匿うことは難しくないと思って、ここに来ました」

「なぜ、ワシが宰相になると思ったのだ？」

「そういう噂が流れています」。長丹は阿佐太子に顔を向けた。

「やれやれ、とんだことになった。そんな噂が流れているとは…」

「ソナタの部下は、何人いるのだ?」。長丹が尋ねた。

「六十人です」

「大勢だな。匿うところが見つかるかどうか…」。長丹が、冷たくあしらった。

「そのように素っ気なくしては気の毒だ。調べてみるから、数日待ってくれ」と、阿佐太子が取りなした。

「ところで、どこに報せればよいのだ?」

「ワレがここに来ます、毎日」。ボムは、「いいですね?」と、大天に確認した。

「取りあえず、行く当てはあるのか?」と、阿佐太子が尋ねた。

ボムは首を横に振って、「笠山に大天さまと数人で。他の者は、数人ずつに分かれます。目立たないように」

「がんばってくれ。こちらも急ぐ」。大天たちが去ると、阿佐太子は長丹に、オサガンを呼ぶように頼み、しみじみと語った。

「他人(ひと)ごととは思えん。ワシらの懐(ふところ)のなかに迷い込んできたのも、何かの縁であろう」。阿佐太子は、遠い国を彷徨って流浪した先祖のことを思い出して、胸にこみ上げるものを感じていた。

その夜、オサガンが姿を見せた。大天たちのことを頼むと、「難しい話ですが、探してみます」と、答えた。長丹が、大天の素性についても、調べるように頼んだ。「分かりました」という言葉を残して、オサガンは闇に溶けた。

翌日、苫屋に現れたオサガンは、大天の素性はボムが話したとおりだと言った。

「阿史那の大天が来たと知って、飛鳥や河内の西域の豪族たちは、大騒ぎになっています」

「それほどの大物なのか。であれば、西域の者たちが、護ってやればよいではないか。なぜそうしないのだろうか？」

「蘇我蝦夷（そがのえみし）が殺されたからです」

「どういうことだ？」

「大天は蝦夷が招いたそうです」

「何？　蝦夷が？」

「ワレも驚いたのですが、蝦夷は西域の者たちの結束が乱れはじめていることに、とても胸を痛めていたそうで、統率できないのは自分の責任だと悔やんでいたそうです。蝦夷は、丁零のアシナの可汗に使いを送り、息子をひとり大和に送ってもらいたい。自分の代わりに大和を託したい、と頼んだそうです」

「ということは、大天に大和の統治を譲る。そういう計画があった、ということなのか？」

「そうです。そのつもりで、大天は大和に来たのですが、蝦夷が殺されたので…」

「計画が狂って、大天は路頭に迷ったということだな？」

「そういうことです。大天に頭を抑えられたくない者が、大天の命を狙っていると考えられます」

「乙巳の変で蝦夷を殺した者たちだろう。蘇我石川麻呂も？」

「あの男は、乙巳の変でも、肝心なことについては、何も知らされていなかったようです」

「確かに、好い人ではあるが、それ以上の人ではない」

「おっしゃるとおりです。石川麻呂は、乙巳の変の後、弟たちが宗家の蝦夷と入鹿を殺したことを悔いて、昼も夜も嘆きどおしだそうです」

「それは、葛城たちにとっては、さぞ目障りなことだろう」

「そのとおりです。このままでは、石川麻呂は危ういことになります」

「であれば、石川麻呂が大天を狙う理由（わけ）はなさそうだ。誰が大天を狙う？」

「証拠はつかんでいませんが、蘇我身刺（そがのむさし）と仲間たち以外には考えられません。身刺は、西域の者たちの盟を壊そうと以前から画策していました」

「平群(へぐり)や巨勢(こせ)は？」

「アノ者たちは、身刺に言いくるめられています」

「そういうことなのか。であれば、大天はこの辺りには居場所がないな？　鎌と足の兄弟も、それを知って乙巳の変を企んだのか？」

「大天のことは、あの兄弟も葛城皇子も、まったく知らないことでした。偶然が重なったかと…」

「ところで、昨夜頼んだばかりのことだ。半日で、これだけの情報を集めたということは、ソナタはすでに、このことを知っていたのではないのか？」

「お察しのとおりです。ワレは知りませんでしたが、コーサーのなかに、蝦夷に雇われていた者たちがいることが分かりました。蝦夷から、盟を破る企みをつぶさに調べよ、と」

「その者たちから話を聞いた、ということか」

「おっしゃるとおりです。あらましは聞くことができました。雇い主の蝦夷が亡くなったので、その者は口を開きました。コーサーは雇い主以外には、機密を漏らすことはありません」

「そういうことか。よく分かった。大天も気の毒だ。急いで居場所を探してやってくれ」

「分かりました。総力を挙げて探します」

さらに数日後、長丹が苫屋に来たボムに、大天の素性を尋ねてみた。大天が、たいへんな大物だということが分かり、長丹が興奮して阿佐太子にその話を伝えた。

「アリャ、思っていたよりもはるかに大物ですよ」。長丹が詳しく話したことによると、騎馬の大族の柔然(ろうらん)から独立して、突厥(とゆじゅえ)という遊牧の民の国をつくった丁零(てゆりゆく)の民がいる。大天(おおあま)はその丁零族の、阿史那という大可汗(おおくぁはあん)の直系で、大可汗を継ぐ資格を持ってる。大唐(もろこし)では、テュルュクの民のことを鉄勒と書き、ティエーレーと呼んでいた。蘇我蝦夷(そがのえみし)の先祖は、丁零の高車(くしゃ)と亀茲(きうーじー)の血を継いでいるから、大天と同じ血を持つ。

「大天(おおあま)とは、それほどの大物なのか…」。話を聞いて、阿佐太子も驚いた。

「大天は、阿史那の直系のなかで、数十人いる曾孫のひとりですが、クリルタイとかいう可汗(くぁはあん)の中から選ばれた者だけが出る会議の常連です。とんでもなく身分高き者だと聞きました。蝦夷から頼まれたときに、大天は自ら手を挙げて、大和にきたそうです。気の毒なことに、大天が大和に着く直前に、蝦夷も入鹿も殺されていました。彼の落胆ぶりは、想像するにあまりあります」

「差し出がましいことではありますが」と、長丹が勧めた。

「大天たちと手を組まれたら如何でしょうか？　アノ者たちは、この国のことに疎いのです。右も左も分かりません。太子さまには、兵がおりません。おそれながら、百済の貴族はこれからは無用の長物になります。悪くすると、お命さえ危うくなるかもしれません。大天が持つ武力は、願ったり叶ったりかと思います。今のうちに、アノ者たちと一緒に、大和から離れた方がよろしいのでは？」

「大天たちも、西域に帰ることができない、ということか…」

「そういうことです。あの者たちが、太子さまの護衛の兵になります」

「であれば、彼らと共に隠れるところを早く探すしかないな」

（長丹が言うとおりだ。葛城皇子にとっては、ワシらは目障りだ）。苦労して手に入れたこの苫屋を、捨てねばならないと思うと、自分の運命はどうなっているのか？と自問自答する阿佐太子だった。


そんな最中に、またまた大変なことが起こった。アタナシオスの古人大兄皇子が殺されたのだ。古人大兄皇子が蘇我田口川堀を使って、葛城皇子を暗殺しようとしたが失敗した。そういう噂が流れた。

「葛城皇子が、仕返ししたらしい」、「蘇我田口川堀の邸にも兵が向かったらしい」などという噂が市井に流れた。この噂は、阿佐太子の合点がゆかないものだった。

（アタナシオスさまは、天の皇子を継がれる方ではないか？　そのアタナシオスさまを弑逆するとは、葛城皇子は天を畏れないのか？　何も殺さなくてよいものを）

そう考えているとき、阿佐太子はあの噂のことを思い出した。

（葛城皇子は、近ごろ己を中大兄皇子と名乗っている。アタナシオスの古人大兄皇子は、本物の大兄皇子だ。大兄皇子が二人いることは許されない。葛城はアタナシオスが邪魔になったに違いない。己が大兄皇子になって、次に天の皇子を継ぐつもりだ。いよいよ悪魔が牙をむいたのだろう）

そのころ、別の噂が流れはじめた。その噂というのは、「古人大兄皇子が殺されたのは、天がお怒りになったからだ」、「古人大兄皇子は悪心を持ったから、天に罰せられた」など、古人大兄皇子を誹謗中傷する噂ばかりだった。ある日、オサガンが報告に来た。

「葛城皇子の手下の風の者たちが、巧みに噂を撒いています。色々な噂です。『アタナシオスは、天の皇子ではない。天を欺く者だ』、『天は、オキナガに対してもお怒りだ』、『古人大兄皇子を自殺させよと、天が息長に命じたが息長が取り合わなかった』など、葛城皇子たちに都合がよい噂ばかりですが、民のなかに浸透しています」と、オサガンはあきれ顔で語った。

「そういうことか。大和が益々危ないところになった、ということだな。大天たちと一緒に、ワシらも早々に飛鳥から出なくてはならん」

次に、オサガンが持ってきた報せは、耳を疑うものだった。

「古人大兄皇子殺害を命じたのは、葛城皇子でした。それが明るみに出たので、鎌と足が、葛城皇子の軽挙を強くなじったところ、葛城が怒鳴り飛ばし、身刺が鎌の耳を引っぱって朝堂から追い出したそうです。朝堂の官吏たちは、恐ろしさに震えて右往左往しています」

「またしても、葛城と身刺か…」

「葛城皇子は、己が中大兄皇子を名乗ることに反対する者を、ひとりとして許しません」

「汚れ役が、蘇我身刺（そがのむさし）だ」

「そうです。今度も身刺の部下の風が…」

「風とはどういう者たちなのだ？」

「恐ろしい者たちです。傀儡（くぐつ）や異国から来た者もいます。白人（しろいひと）もいます。様々な民がいますが、いずれも、狡猾で狂暴な者だけを集めています」

「白い人？」

「とても嫌われている者たちです。欺くこと、盗むことを厭わないので、嫌われます」

「そういうことか？　ワシが知る者のなかに、そのような白い人はいるのであろうか？」

「さあ、どうでしょうか。彼らは、多くの民のなかに溶け込んでいますから、なかなか正体を見せません。肌の色も様々ですから」

「そうなのか…」

「風の者たちを仕切っているのも、白い人ではないかと、ワレは睨んでいます。風の者たちは、息長家の下僕のなかにも交じっています。息長のことは、風の者に筒抜けになっていると思わざるを得ません」

「葛城皇子自身が、そのような白い人ではないのか？」

「それは分かりません。水仕女だった母親が早く死んでいますから、葛城の身の上は明らかになっていません。葛城の容貌も、朝鮮の人のようでもあり、西域の人のようでもあり、はっきりしません」

「父親は、息長の誰だ？」

「それも分かりません。息長は、葛城が皇子であることさえ認知したことがないようです。産まれてから、息長の家で育ちました。問題になるほどの身分ではなかったので、追い出されなかった、とも言えます。ところで、風は今や暗殺者の集団になっています。ここも見張られていますからお気をつけください」

オサガンが出て行った後、長丹がため息まじりに言った。

「ますます飛鳥にはワシらの居場所はないようですな」

「そうだな。百済の目はなさそうだ。つまり、ワシらは邪魔者だ。豊璋はどうなるのであろうか？」

「豊璋は、まだまだ使える駒です。狙われることはないでしょう」

それから、月が二度満ちて二度欠けたとき、オサガンの手の者のひとりが帰ってきた。その者が言うには、東に日高見（ひだかみ）という国がある。その国には、様々な胡人（こびと）、すなわち西域の民がいる。胡人が集まっているので、そこは多胡人邑（たこびとのむら）と呼ばれている。多胡人邑には、今でも西域の胡人たちが集まっている、ということだった。大天さまが落ち着かれるのには良きところかと思います」と、その者は言った。

一方、大和では住民の身の上が、再び大々的に調査されはじめていた。提出されていた資料が偽造だったという理由で、大勢の民が捕まり財産が没収された。住処（すみか）の許しを取り消されて、大和から追い出されるだけではなく、市場で売られて奴隷にされる者さえいた。

（おそらく、葛城皇子の下で懐を肥やしている官吏がいるのだろう。もはや、多胡人の邑の善し悪しを論じている余裕はない。急ぎ東に向かおう）

阿佐太子は、懐かしい笠縫邑を捨てざるを得なかった。大天も蘇我蝦夷がいない今、大和の近くに残っているのは危険だった。阿佐太子と吉士長丹も、大天が用意した馬車に乗って、大和を離れた。二台の馬車に、阿佐太子と長丹の家族と家財道具、大天たちが使うパオなどの資材を積んだ。旅では土地の者に襲われることがしばしばあるが、さすがに六十騎を超える異相の武士の集団を襲う者たちはいなかった。大天の本隊を挟んで、先駆け二十騎、殿十騎で東に駒を進めていった。旅は順調で、しばらくは何事もなかったが、遠淡海をすぎて斯太という国に入ったところで、事件が起こった。

先駆けの武人たちが、小川のほとりの草の原にパオを組み立てて、その日の泊まりの準備をしているときのことだった。近くの林のなかから忍び寄った土地の者たちが、先触れの武人たちを囲み、奇声を上げて武人たちを襲った。武人たちの反応は素早かった。彼らは、馬に跳び乗った。襲ってくる者たちを、馬で追い払おうとしたが、一頭の馬の蹄が石を踏んで横倒しになった。横にいた武人が、急いで馬をおりて転倒した仲間を助けたときに、後ろからこん棒で殴られた。殴られた瞬間、その武人は刀を抜いて横に払った。殴った者の、左の腕が肘からすぱっと切れた。血しぶきが飛び、うめき声が辺りに響いた。腕を切られた者は、地面を転がり回って悲鳴を上げて苦しみ、仲間に抱えられて逃げた。襲撃した者たちは、一斉に森の中に消えて、辺りは静かになった。

切った武人の方は、しばらくの間はぼんやりしていたが、やがて何事もなかったかのように、黙々とパオを組み上げる作業をつづけた。他の武人も同じで、ここで人が切られた事件が起こったとは思えないほど、静かな空気が辺りを包んだ。やがて、大天たちが到着して、皆はそこで夜を明かした。

次の朝、まだ日が昇らないころ、林のなかにつないでいた馬がいななき、見張りをしていた武人が小鳥の啼き声をまねて、危険が迫っていることを報せた。大天たちは、すぐさま跳ね起きて、パオを出た。

「敵らしき者たちに囲まれました」。ボムが来て阿佐太子たちを、武人たちの円陣の真ん中に入れて守った。大天の部下たちは、肩から弓をおろして矢をつがえて身構えていた。

辺りは静まり返っていた。

「静かですね」と、長丹が囁いた。

「そうだな。鳥が啼いていない」。静けさの中で、何かが起こっていることは間違いなかった。やがて、林のきわに無数の人影が現れた。昨夜、襲ってきた土地の者たちに違いなかった。彼らは、鉾と弓を構えて、おそるおそる林から出てきた。ひとりだけ馬に乗っている若者が、土地の者たちを指揮していた。

「斯太の王、麻斯珠の意加部彦だ」。その若者は朗々と告げたが、その言葉の意味は大天たちには伝わらなかった。ボムが大天に何かを囁いた。大天が円陣の前に出て、「テュルュクの可汗の大天である」と名乗ったが、当然これも通じない。伝わったのは、互いに名乗り合っているから、すぐさま闘いになるということはないだろう、という雰囲気だけだった。意加部彦がゆっくりと馬を進めて、大天に近づいた。円陣の武人たちに緊張が走ったが、大天が厳しい口調で部下を制すると、彼らは弓につがえていた矢を外して手に持った。剣を抜いていた者は、剣を鞘に収めた。大天も馬を進めて意加部彦と向き合った。雲間から薄日が差して、辺りが明るくなりはじめた。

大天と意加部彦は、馬上で互いの目を見詰めていた。やがて、意加部彦が腕を切られた者を指さして、この者の腕を切ったのはあの武人だ、と手で指し示して説明した。言葉は通じなかったものの、意味は伝わった。大天は、その武人に事の経緯をごく短い言葉で尋ねた。その武人も短い言葉で事実だと答えた。

「そうであるか」と言うや否や、大天の剣が一閃し、武人の左腕が宙に飛んだ。血しぶきが飛び、大天も返り血を浴びた。その武人は、顔をしかめたが、うめき声を押し殺して、右手で馬の鬣を握って痛みを耐えていた。凄惨な場面を目の当たりにして、土地の者たちは腰を抜かした。仲間の武人たちが、片腕を切り落とされた武人を馬からおろした。ボムが切られた腕を拾ってきてくっつけようと奮闘していた。その武人が声を殺し、脂汗を流しながらも、必死に痛みをこらえている様子に、誰もが驚いた。皆が茫然としているなかで、大天が「腕には腕だ。これで相子（あいこ）になった。いいであろう」と事も無げに意加部彦に語りかけた。

　意加部彦は、目を吊り上げ、身体をこわ張らせたままだったが、やがて吾に返ると小さく頷いた。「これでいい」と、意加部彦が答えたので、皆の緊張がとけた。土地の者たちのなかには、腰を抜かしてへたりこんだまま立つことができない者もいた。意加部彦自身も、口が乾いて声も出なかったが、手ぶりで皆に退却を命じた。

　土地の者たちと同じように、度肝を抜かれた阿佐太子と長丹だったが、大天も腕を切られた武人も、当たり前のことのように振る舞っていることに再び驚いた。ボムや他の武人たちに目を移すと、彼らも何事もなかったように、パオを畳んで器用に馬の背の両側に振り分けて乗せ、何本かの支柱と獣の皮を使って橇（そり）をつくり、馬に曳かせて腕を切られた仲間をそのうえに横たえた。大天と武人たちが馬を進めてしばらく行くと、意加部彦（おかべひこ）が待っていた。

「食事をしよう」。意加部彦はそう言って、手で食べるまねをした。大天は頷いて、意加部彦の後につづいて、駒を進めた。

「この武人たちの所作は、さしずめ新羅の花郎のごとくであるな」と、阿佐太子が声をひそめて長丹に語った。「耐えること、身を律すること、静かなること、花郎もかなわないでありましょう」と長丹が応じた。


意加部彦が案内して、大天の一行は、両河内の館に着いた。意加部彦は、尾羽の身毛古の従弟だということだった。大天たちの立ち居振る舞いを見ているうちに、意加部彦は両河内の秦人に通じるものがあるように思って、両河内まで案内したのだった。両河内に入ると、物部朴井水海が応対に出てきた。水海が秦人の言葉で話すと、ボムが大喜びした。水海が近くに住む秦人の民を呼んできた。彼らは大天たちと秦人の言葉で話しはじめて大いに盛り上がった。

鷹と会ったとき、大天は「オウ」と感嘆の声を出して鷹に近づいた。鷹のほうも、大天がどことなく自分に似ているように思って、親近感を持った。二人は、秦人の言葉で話しはじめた。大天は、鷹に「この土地にいる民は、テュリュクの民なのか？」と尋ねた。

「ワレラは秦の民であるが、テュリュクの民の血も入っている」

「テュリュクのどの部族か？」

「亀茲（きゅうじー）である」

「オウ」と再び大天が感嘆の声を出した。

「その昔、亀茲の大鉾可汗（おおほこくぁはぁん）が部族を引き連れて東に向かったと聞いたが、ソナタたちも、その血を分けているのか？」。大天は感激を隠さなかった。大天たちが日高見（ひだかみ）の国の多胡人（たこのひと）が住む邑（むら）を目指していると知ると、鷹は日高見に行かずとも、ここに住めばよいと勧めた。鷹は大天たちに、安倍という大きな河の中流にある広い土地を与えた。

「ここには良い土がある。良い土には良い草が生える。馬や羊を育てるのによい。土を深く掘れば、すばらしく美味い水が出る。目の前の安倍の河の水も美味い。数多のパオを建てる広い土地もある。この土地の風土にあった邸を建てればよい。ソナタの好きなようにしてよい」。そう言って、鷹は大天たちが廬原の国に住むことを大いに歓迎した。

鷹は、阿佐太子（あじゃでじゃ）を、自分の邸の近くに住まわせた。若い者たちに唐（もろこし）の文字や文化について教えてほしいということだった。阿佐太子は、やっと旅装を解いて、腰を落ち着ける家を持つことができた。先祖の流浪の人生を、少しばかり体験できたことが嬉しかった。

数日後に、大天が草壁（せびょく）王子を連れて阿佐太子の邸を訪れた。大天は、草壁王子に様々なことを教えてやってほしいと、阿佐太子と長丹に頼んだ。二人は、喜んでその頼みを受け入れた。

「太子さまが学を教えられる。ワシは鉾や弩の扱いなどを教えて進ぜましょう」。いつになく嬉しそうに、長丹が腕をさすった。草壁王子は、父の大天のもとをはなれて、阿佐太子の邸に住み込むことにした。学びたいことが、山ほどあったからだ。

タンラの娘のハヌルも、阿佐太子を訪ねてきた。母のタンラが海東と呼ばれる朝鮮半島の南の耽羅の島の出身であることから、その地の言葉・生活・習慣・文化・歴史などに強い憧れがあった。何でも学びたいということだったので、阿佐太子も長丹も喜んで、ハヌルの頼みを受け入れた。ハヌルは、両河内の葦の原に引っ越してきて、かいがいしく阿佐太子たちの暮らしの世話をするようになった。ハヌルは母に似て人並み外れた器量よしだった。ハヌルは、自分が身毛古の娘ではないだろうと感じていた。母のタンラに尋ねたことがあったが、タンラは静かに首を横に振っただけだった。それが何を意味するのが定かではなかったが、父は身毛古ではない、と母が言っているのだとハヌルは感じていた。ハヌルの顔を見れば、鷹によく似ているところがあった。鷹の手前、それを口に出す者はいなかったが、その噂を耳にするとハヌルはいつも嬉しそうな顔をした。

ある日、草壁王子が帰ってくると、父の大天が、「早駆けするぞ」と言って、安倍の河の上流に駒の音高く駆けて行った。草壁王子が苦も無く付いていくと、大天は大いに喜んだ。草壁王子の成長ぶりを目の当たりにしたからだった。

山深いところに、大きな集落があった。草壁王子も顔なじみの大天の部下の武人たちが、集落の周りを警備していた。父の大天が、騎乗のまま語った。

「ここでは、金（きん）を産している。そのことを秘することが、ワレラの仕事だ。鷹から頼まれた」

「掘っている作業をしている者たちは、どこの民ですか？」

「ボーイアハだ」

「ボーイアハですか？」

「そうだ。ワレラの言葉でいうところの、包衣（ぼーいあは）たちだ。唐では奴隷（ぬーりー）、ここでは生口（いきくち）という」

「ボーイアハは、半分は人。半分は物だと聞きました」

「そうだ。人であるが、牛のように扱われる。働くだけの哀しい者たちだ」。父の大天は、いつになく多くを語った。

「どこから来た者たちですか？」

「様々だ。ボーイアハを商う賈（こ）が、どこからか連れてくる」

「戦で負けた者たちですか？」

「それもいる。親に売られた子らもいる。雑用をする女や小娘もいる。女は男の床に入って、生まれながらにボーイアハになる子を産む」。父の目に涙があふれていた。草壁が生まれて初めて見る父の涙だった。ボーイアハという言葉が、父の涙とともに草壁の心に残った。

その十七　豊璋（ぶんぐじゃん）と糾解（かうけ）と翹岐（けうき）

次の春、博麻（はかま）が楼舡（ろうちゅあん）で墨之江津（すみのえのつ）に帰ってきた。百済（ぺくちぇ）の泗沘（さび）から倭の筑紫を経て、戻ってきたと言った。楼舡には、犬上御田耜（いぬかみのみたすき）と南淵請安（みなみぶちのしょうあん）も乗っていた。足に会うと、御田耜は筑紫の大伴久目大王（おおとものくめのおおきみ）の使いとして、大和のことを学ぶために来たと言った。

「大和の大化改新のことは、筑紫にも伝わっています。何が起こったのか？　これからどうなるのか？　そういうことを知るために来ました。勿論、学ぶだけではありません。ワシらに出来ることがあれば、お命じください」

御田耜は、若いころ高向玄理(たかむくのくろまろ)たちと共に、洛陽(るおやん)などで学んだことなどを懐かしく語り、玄理や旻(みん)たちに早く会いたいと話した。楼舡には、筑紫の者だけでなく、伽倻と百済の者たちも乗っていた。

「百済王のご使者です」

御田耜が紹介したのは、いかつい体格の男だった。

「黒歯常之(ふくちさんじ)である」

「フクチサンジさまは、達卒(たるそる)という百済王朝の高官である。とてもお偉い方だ」と百済の官吏らしき小男が、這いつくばるようにして紹介した。

「どういうことだ？　糾解(かうけ)と翹岐(けうき)はどうしたのだ？」

足は博麻に尋ねた。御田耜が、声を潜めて答えた。

「後ほどお話しさせてください」

何やら意味ありげな様子だったので、足は黒歯常之の一行を、出来たばかりの難波津の宮の迎賓館に案内して、そこで数日滞在して旅の疲れを癒やすようにさせた。

足は、御田耜と請安を邸に招いて、飛鳥に来たことを歓迎すると述べた。博麻には旅の苦労をねぎらった。足は、糾解と翹岐の姿が見えないことに、不安を感じていた。

「糾解たちに何かあったのか？」。足の問いに、博麻と御田耜が答えた。

「糾解は泗沘に残りましたが、翹岐は筑紫の那の津の鴻臚館（こうろかん）から逃げました」

「逃げた？」

「百済は滅びたのですが、旧臣たちが百済復興軍を組織しています。黒歯常之もそのひとりです。彼らは、翹岐をさんざんに責め立てました」

「大化改新が成功したのにもかかわらず、百済の第二王朝ができていない。ワシに騙された責任を問われたのか？」

「そういうことだと思います。鴻臚館で殺害された、という噂さえあります」

「だが、このたびの改新に際しては、百済は何もしていない。失うものはなかったはずだが」

「面子（めんつ）です。百済人（ぺくちぇぴと）は面子を失いました」と博麻が答えた。

「アノ者たちは、面子のためには命さえ賭けます」

「面子であるか…」

「百済の朝廷が、世子（せじゃ）の豊璋（ぶんぐじゃん）や糾解と翹岐を人質に送ったことを、百済復興軍の者たちは屈辱だと思っています。それにもかかわらず、騙されたのですから、怒りは相当なものでしょう」

（騙された方が愚かなのだ）。そう思う心の中を見透かされないように、足は話題を変えた。

「南淵請安、ソナタは？」

「ワシは、高向玄理とともに遣隋使として隋に渡りました。大和の古市の東漢氏の一族です」

「大和人であるか。高向玄理と同族の？」

「そうです」

「大和に帰ってきてくれてよかった。ところで黒歯常之とかいう者のことだが、アノ者は武人なのか？」

「階伯や鬼室福信と並ぶ、百済の三羽ガラスです。百済の朝廷では、戦馬鹿三人将軍と陰口をたたかれています」。博麻が御田鋤の話を補った。

「黒歯常之は、百済王朝の話はでっちあげだ、と当初から言っていました。この度のことは、百済が面子を失ったと言って、本気で怒っています。おひとりでは絶対にお会いになりませんように。単純な戦馬鹿ですから、怒ると手がつけられません。十分にお気をつけください」

「ところで」。御田耜が目くばせされて、博麻が話しはじめた。

「筑紫の倭人の君である薩夜麻さまが、ワシらを宴に招いてくれました。郭務悰という唐(もろこし)の使節使を歓迎する宴でした。薩夜麻さまは筑紫の倭人の頭領です。ワレの村がある陽咩(やめ)郡に、薩夜麻さまの別邸がありますから、ワレはよく知っています。昔から筑紫には、唐人(もろこしびと)がたくさん来ていますから、唐人は珍しくありません。ですが、あんな大物が筑紫に来ていたとは驚きました」と博麻が語った。

「その、郭務悰という者は、何をソナタたちに語ったのだ?」

「郭務悰はワレらではなく、薩夜麻の君に話していました。『大和が近々朝鮮に兵を送る。五万とも六万ともいう、大軍だそうだ。大和は百済の旧臣と盟を結んでいるそうだが、ソナタたち筑紫の者たちも、大和の軍団に入って、海東に来たらどうだ? 然るべき後、ソナタたちの軍団は、新羅と組んで大和の軍団を襲う。海東の戦が終わったら、敗軍を追って大和の都を襲う。大和は亡びてソナタたちの手に落ちる。

一方、海東では新羅が高句麗を襲う。この戦いは、なかなか決着が付かない。何年も続くであろう。両国の力が弱ったところで、吾ら、唐が出て海東を制覇する。ソナタたち筑紫は、大和を支配して大きな国になる。だが、それだけではない。唐の代官として海東を治めたらどうだ。かつての楽浪郡は、海東の北の一部だけを治めていた。だが、今度は、海東の半島すべてだ。筑紫と唐が組んで、海東を挟み撃ちにして、海東を支配できる』。郭務悰はそう言いました。夢みたいな話です」

博麻の話は、足を驚愕させた。顔色が真っ青になったのを自分でも感じた。御田耜も博麻も声を失い、息を凝らした。

しばらくして吾に返った足は、郭務悰と会ったのはいつだったのか、と尋ねた。かなり前のことだったと博麻が答えると、足はさらに驚いた。

（唐は、これから起こるであろうことを、以前から正確に予言している。なぜなのだ？）

次の日、足は蝉を呼んだ。蝉は出雲から帰ってきたばかりだった。唐のことを尋ねたが、出雲では唐や新羅についての特別な噂はなかった、ということだった。

「それよりも」と、蝉は奇妙なことを話しはじめた。

「実は、糾解（かうけ）も翹岐（けうき）も、豊璋（ぶんぐじゃん）の身代わりを演じて、芝居をしていたのです。豊璋自身は大和にも、筑紫にも来ていません」

「何？　来ていない？」

「百済から出ていません」

「それで糾解と翹岐は二人そろって？　なぜだ？」

「よく分かりませんが、豊璋を装えば、大和の要人たちと会いやすいからではないでしょうか？」

「何のために、そのように手が込んだことを？」

「百済の義慈王（ういじゃわん）は、跡継ぎの豊璋を大和に出したくなかったのです。豊璋には、兄弟がたくさんいます。糾解と翹岐も兄弟です。もちろん、別腹ですが。二人は、替え玉だっただけでなく、別の役目も担っていたようです。これまで百済は、倭人の国の筑紫や出雲と交流してきました。そこに、近ごろ大和が割って入ってきたわけです。

義慈王にとって、大和は未知の国ですが、出雲の南にあります。大和と組んで、出雲を征服し、百済の王都を出雲に移したかったのだと思います。豊璋の顔を知る者は大和にはいませんから、大和では糾解が豊璋を装っていました。その間に、翹岐（けうき）は出雲に飛んでいました。ワレらが出雲にいたときに、彼は出雲で百済人を集めていました。兵団をつくる準備をしていると聞きました」

「出雲で…。ところで、ギョウキは？」

「ギョウキはケウキのことです。百済の言葉でケウキといいます。出雲の百済人には、豊璋と会ったことがある者がいました。豊璋と瓜二つの翹岐が行ったことで、出雲の百済人は、世子（せじゃ）の豊璋がわざわざ来てくれた、と思ったのです。そのうえ、百済の将軍（いくさのきみ）の鬼室福信（くいしるぼくしん）が近々出雲に来て、出雲の兵団を組織するという噂が流れていました。出雲にいる百済人たちが、義慈王のために立ち上がろうという気運が出雲にありました」

「考えてみれば、出雲は海を挟んで半島に臨んでいる」

「そういうことです」

「それにしても、翹岐と糺解、であるか…。何やら似ている名だな？」

「そのとおりです。王子二人が、出たり入ったりするので、ややこしい話です」

「そうであるな…」

（豊璋に糺解に翹岐か…。百済の王子たちも忙しいことだ）

そうこうしている間にも、高向玄理たちが進めている改新は、着々と進んでいた。彼らは、矢継ぎ早に新しい決まりごとを打ち出して、豪族たちに反対する暇を与えなかった。とくに、大和に上納する税などの租・庸・調については、豪族たちは不満を持ったものの、冠位をちらつかされて、反対する矛先が鈍った。

上の冠位をもらう豪族には、ルワンが焼き印を押した木簡に添えて、翡翠の玉を手ずから与えることになっていた。それらを与えられた豪族たちは、ルワンの碧い目に見つめられて、震えるほど興奮した。とくに冠位を授けられるために、わざわざ地方から大和に出てきた豪族は、美しい白人の媛と大和の都の華々しさに魂を奪われた。荘厳な寺院での僧の説教も、豪族たちを大和の文化の前にひれ伏させるのに役立った。鎌は、大きな寺院を増やすことにした。佛の教義を広めることは、ゾロアスターやネストリウスを排して、西域の者たちを排除することにも役立つからだった。冠位について、豪族の不満は残ったものの、深刻な問題には発展しなかった。西域の豪族たちには、尊（たける）や比羅夫（ひらふ）などの武人（いくさびと）としての将軍（いくさのきみ）の位を授けた。軍を組織するときには、彼らが兵を率いることを定めた。

さて、黒歯常之（ふくちさんじ）である。長らく難波の館で謁見の日を待たされていた黒歯常之だったが、無駄に時を過ごしているわけではなかった。彼は、百済人（くだらびと）の官人（つかさびと）の伝手（つて）を使って、中大兄皇子（なかのおおえのみこ）を自称している葛城皇子とひそかに会うことに成功した。

葛城皇子は、このところ鎌と足から無視されて苛立っていたので、黒歯常之と会うことを快諾した。鎌と足の兄弟が、葛城皇子に大事を相談することは滅多にない。やむを得ないと思って受け入れてきた葛城皇子だったが、近ごろ忍耐の緒が切れそうになることが少なくない。今や、憎しみが葛城皇子の心の中に満ち満ちていた。

（あの兄弟を追い出して、己（おのれ）だけで政（まつりごと）を取り仕切ってやる）。皇子が、心にそう決めた。そんなときに、黒歯常之との極秘の面会の願いが取り次がれてきたのだった。

（兄弟を出し抜いてやるよい機会だ。ひとりで会おう）。葛城皇子は、鎌と足の兄弟抜きで、黒歯常之と会うことに心を躍らせた。だが、初対面の印象はひどいものだった。葛城皇子の気持ちは一気に冷え込んだ。

黒歯常之は、粗暴さを隠さない。

（嫌な男だ）。皇子がそう思ったのもつかの間、黒歯常之は会うなり、皇子を恫喝した。

「百済の第二朝廷の話はどうなったんじゃぁ？　まさか、テメェ、裏切ったんじゃぁないだろうな？」

黒歯は、市井のならず者のように肩を揺らして、皇子を脅した。出合い頭に啖呵をくらって、不覚にも皇子は狼狽えてまった。無礼をなじって、黒歯常之を部屋から追い出すべきだったが、皇子は常之に媚びてしまった。

心は狼狽えたが、鎌たちの鼻を明かしたいという気持ちが勝った。常之は、獣のような嗅覚で、皇子の心の弱みを知ってつけ上がり、高飛車になって畳み込んだ。葛城皇子は、慌てて言い訳を探した。常之が戦で鍛えただみ声で皇子を恫喝したので、皇子はつい色よい返事をしてしまった。

「百済の第二王朝が、最初からの目的である。まずは、新しい国のなかを整えねばならんからな。しばし待たれよ。中臣の鎌に、しっかりと命じておくであろう」

だが、常之は取り合わなかった。薄笑いを浮かべて、「鎌に騙されるなよ。アノ者は、オマエの言うことなど、聞いちゃあいないぜ。『ワシは命じたのたが、アノ者が従わなかった』などという見え透いた言い訳はするなよ！　これには、テメェの命がかかっているんだ、忘れるな！」

常之の脅しは迫力があった。鬼のような形相で迫られると、否とは言えず皇子は常之が差し出した約定書に、署名をしてしまった。

「皇子よ、テメェは騙されているんだよ。分かっているんだろう。あの鎌とかいう若造に手もなくひねられているのさ。鎌と足なんぞを、のさばらせていては、中大兄皇子さまの名がすたるというものだ。お望みなら、オレがあいつを始末してやってもいい。いつでも殺ってやるぜ」

黒歯常之は、言いたい放題を言って、葛城皇子が署名した約定書を懐に宮殿から出て行った。

葛城皇子は無性に腹が立った。常之の前で何もできなかった自分の情けなさを悔やみ、常之の無礼な態度を咎めることができなかった自分の力のなさに怒りまくったが、それをぶつける相手もいなかった。折悪しく、皇子が胸の怒りに悶え苦しんでいるさなかに、取次の官吏が、「宰相さまと弟さまがみえました」と告げた。

「黙れ、黙れ、宰相などという冠位はない」。葛城皇子は大声で官吏を叱った。

「恐れながら、いつも宰相さまと…」

「馬鹿者！　アノ者が宰相である訳がない。アノ者に諂うな！」。皇子は、黒歯常之から受けた屈辱を晴らさんとばかり、金切り声を上げて官吏を叱責した。鎌と足の兄弟は、尾張の国の豪族たちに冠位を与えて籠絡して、尾張の国まで勢力を広げようとしていた。その冠位のことで相談があると切り出した。皇子は怒りをあらわにして、鎌と足をなじった。

「ヌシたちは、何事も己の好き勝手にしまくっているではないか。困ったときにだけ、ワシのところに来るとは、虫が良いにもほどがある」。皇子は、声を震わせて兄弟を責めた。鎌は驚いて、大事については何事も皇子のご了解を頂いている、相談しないで決めた大事など、これまでにひとつもないと弁明した。鎌の冷静な対応が、葛城皇子の心を逆なでした。皇子はいきり立ち、官吏に鎌と足を連れ出すように命じた。

「この者たちを、二度と朝堂に入れるな！」と怒鳴りつけた。

「皇子さまには、それをお命じになる権限がありません」と官吏のひとりが言った。

「うるさい。すべてワシが決めるのだ。ヌシは死にたいのか！」と葛城皇子は怒りまくった。

「これからはすべてワシが決める。反対する者は許さん」と強く言い放った。鎌が言葉を返す間もなかった。皇子の怒りが爆発した。支離滅裂な怒りが言葉になって鎌と足を非難する甲高い声が朝堂中に響いた。葛城皇子の態度が豹変したことに鎌と足は驚愕した。青天の霹靂だった。鎌は人払いをして葛城皇子を諫めた。

「葛城皇子さまとワシらとの間を引き裂こうとする者がいるに違いありません。そのような悪巧みに、耳を貸してはいけません」

「うるさい、うるさい、黙れ、黙れ。ワシを侮るのもいい加減にせい！　ワシは天の皇子を継ぐ者なのだ。ヌシラはワシの僕にすぎない。黙って、ワシが言うとおりにしていればいいものを、付け上がってのさばるからこうなるのだ！　命が惜しければ、出て行け！」

（油断があった。葛城皇子が露骨に独裁を宣言するとは、夢にも思っていなかった）

鎌は怒りで、体中の震えが止まらず、邸に帰ると部屋に閉じ込もってしまった。

その十八　葛城皇子（かづらきのみこ）の裏切り

翌朝、部屋から出てきた鎌は、鬼のような形相をしていた。眦（まなじり）を決して足に語った。一睡もしていなかったのだろう。声がかすれていた。

「ワシは、これから新羅（しるら）に行って兵を募る。新羅がだめなら高句麗（こくりょ）でもいい。ワシらに欠けているのは、兵の力だ。兵でなくても良い。葛城が使っているような風とかいうような者たちでもよい。ソナタは、財を無心できるところを探してくれ。アヤツを倒すためには財がいる」

「待ってください。鎌よ、ワシらは生まれたときから共にいました。共にいることで、大きな力をつくることができました。これからも常に共にいなければなりません。今のワシらは、じっと耐えなければなりません。もし兵を手当てできたとしても、兵を持てば葛城にワシらを攻める口実を与えます。ワシは、ひそかに風に負けない謀略の集団をつくります」

「葛城は、ワシらを差し置いて百済復興軍と組むつもりらしいが、いずれ百済に料理されてしまうことを分かっていない」

「アノ者は、それほどまでに愚かなのです。ワシらを邪魔に思えば、風の者たちを差し向けてワシらを殺(あや)めることも辞さないでしょう」

しばらくすると、鎌の興奮は収まった。

「風の者たちを防ぐ手だてはないのか？」

「今の吾らには、兵がありません。ここはいったん、大和を離れるに如(し)かず、でありましょう」

「都おち…であるか。実は、ヘルムのやつ、ワシの子を身籠りおってな…」。鎌は、しばらく前にヘルムを閨に入れて愛しんでいた。

「お子が。それはおめでとうございます。久しぶりの朗報です。まことに元気が出る話です」

「さりとて、どこに落ちて行けばよいのであろう？」

「廬原の国は如何でしょうか？」

「当てにできるのか？」

「調べますので、まずは支度をはじめてください」

「分かった」

それから数日後、また事件が起こった。

身刺の兄の蘇我倉山田石川麻呂（そがのくらやまだのいしかわまろ）が、三輪根麻呂（みわのねまろ）と河辺百枝（かわべのももえ）の兵に襲われて殺された。伊勢で使役があるとのことで、石川麻呂の兵たちがそちらに駆り出されていたときに、山田の里の石川麻呂の邸が焼き討ちされたのだった。彼らが石川麻呂を殺害したことは明らかだったが、二人はそ知らぬ顔をして宮殿に出仕していた。葛城皇子の指示だった、という噂が宮のなかで囁かれた。

「間違いありません。次はワシらです。蘇我倉山田石川麻呂は、生かしておいても、害になる者ではありません。その石川麻呂まで殺されるとは、葛城は正気とは思えません。石川麻呂の弟たち、身刺と赤兄は静かにしています。彼らは葛城と手を組んで、兄を殺すのを認めていたことでしょう」。足の話に黙って頷いた鎌だったが、五体から力が抜けていることが、足には見てとれた。賢い者に先を越されたのではなく、あの愚かな葛城皇子にしてやられたことが、鎌の気力を失わせていた。

翌日、足は朝堂に行った。葛城皇子から、大和朝廷に出仕を禁じられたとはいえ、まだ正式に決まったことでも何でもない。足は、石川麻呂に兵を向けた犯人を裁くことにした。まず、足は三輪根麻呂と河辺百枝を呼び出して尋問した。言を左右してまともに答えなかった二人だったが、五人の証人を立ち合わせると、顔色を失った。五人は、三輪根麻呂と河辺百枝の兵たちが、倉山田の邸を襲ったのを見ていた、と証言したのだった。三輪根麻呂たちは俯(うつむ)いたまま、固く口を閉ざしてしまった。それからも沈黙をとおしたので、二人を兵舎に拘留して、次の日に再び尋問することにした。

「明日も口を開かぬようであれば、ソナタたちの仕業として死を与える。よく考えることだな」と足は言い渡した。

翌朝になると、二人は昨日とは打って変わって大胆にしゃべり、濡れ衣だと言い、逆に裁く権限を持っているのか?などと足をなじりはじめた。足が、昨日の証人たちを呼ぶように指示したところ、五人のうちの二人は、昨夜、飛鳥川で溺れて死んだ、と報らされた。他の三人は、呼び出しに応じないという。

「何ぶん昨夜は月も出ていませんでしたから、道を間違えて川に落ちたのでありましょう」。取り調べをしている警務の太夫(まえつきみ)は、事も無げにそう言った。

(こいつめ。ここにも手が回っているのか)。足は悔しさに唇を噛んだ。

「呼び出しに応じない者たちは、葬儀で忙しいそうです。昨夜は、色々ありましたから」

「葬儀で忙しい?」

「先ほどの二人の他にも、朝堂でも官吏がひとり、昨夜急に心の臓の発作で死にました。そのために、今日は皆が大忙しなのです」

「官吏が？」

「そうそう、中大兄皇子さまがソナタさまを叱責されたときに、皇子さまには止める権限がない、とか何とか言っていた者がおりましたね？　覚えておられますか？　昨夜、急に亡くなったのはあの者です」

「………」

「気の毒に。元気だったのに、どうしたのでしょうか？　可哀そうなことをしました」

「………」。そのとき突然、足音も高く葛城皇子が部屋に入ってきた。

「ソナタには、尋問する権利はない。そなたたち兄弟は、朝堂に出入りすることを禁じられたのだぞ。忘れたとは言わさんぞ！」。太夫が首で合図すると、兵が足の両腕を抱えて、外に連れ出した。

（葛城のやつめ。すでに手を回している。皆が裏で手を組んでいる。四面楚歌だ）

足は悔しさで眩暈（めまい）がした。

数日後、水海（おうみ）が両河内（ふたつかわち）から帰ってきた。

「足さまのご命令を運んだ鳩が着きましたので、早速戻ってまいりました」。足が飛鳥を出て両河内に移りたいと話すと、水海はもろ手を挙げて賛成した。両河内に落ち延びた大天たちも、のびのびと暮らしている。穏やかでとても住みやすい土地だ。鷹は喜んで迎えてくれるだろうと言って、水海は廬原への移住を勧めた。水海は早速、両河内に戻って、鷹の承諾を取ってきますと言った。

「頼む。急いでくれ。急ぐ事情（わけ）があるのだ」

「鳩を使います」。水海は、鳩の足に赤い糸を巻いて放つと言った。

「このたびは、たくさんの鳩を持っていきます。前回も帰ってきたのはたった一羽だけでした。途中で鳶などに襲われることもありますから。鳩が帰ってきたら、速やかにお発ちください」

足が邸の整理に追われていたある日、葛城皇子の邸には、新羅（しらら）の賈（こ）の一行が訪れていた。十頭を超える馬の背に積んだ重そうな俵を、下僕たちが邸の倉に運び入れていた。賈は供人（ともびと）たちを伴って、舎人（とねり）に案内されて邸に上がっていた。

「タモルトと言います。新羅のしがない賈です」。挨拶を済ますと、タモルトは、人払いを願い、連れてきた供人を葛城皇子に紹介した。

「新羅の金春秋（きむちゅんちゅ）さまのご子息、金仁問（きむいんむん）王子さまです」

葛城皇子は、思わず「え？」と言ってしまった。まさか、あの世に名高い金春秋の息子がここまで来たとは、にわかに信じられなかったので驚いたのだった。金仁問は、新羅王の第二王子であることを証明する新羅王の御璽(ぎょじ)を押した冊(かきつけ)を提示した。挨拶が済むと、王子はうやうやしく分厚い書簡の束を葛籠(つづら)から取り出した。

「先ごろ、わが父春秋(ちゅんちゅ)は、新羅の王、武烈王(みゅーよるわん)になりました。この書は、吾が新羅の王、武烈王から日本の国王であるあなた様への親書です」

思わず葛城皇子は、その親書を押し頂いてしまった。世に名高い金春秋からの親書だと聞いて、葛城皇子は胸を高鳴らせた。

（ワシのことを、日本の国王だと言っている）。葛城皇子は嬉しさを隠しきれなかった。大和の朝廷でも、金春秋の人気はすこぶる高い。並ぶ者がないほどの美男で、武勇と智勇に優れた、花郎(ふぁらん)のなかの花郎として金春秋の名を知らぬ者はいなかった。金春秋は、高句麗との和平の交渉のため、自ら集安を訪れて捕えられたことがあった。義兄の金庾信(きむゆしん)が一万人の義勇兵を募って、金春秋を救い出した話はあまりにも有名だった。その金春秋からの親書だと知って思わず押し頂いてしまい、内心で（まずかった）と悔やんだ葛城皇子だったが、親書に何が書かれているのか？　心は、そこに向いていた。

「武烈王は、貴国(あなたのくに)との間に盟をお望みです」。金仁問は事も無げに語った。

（この息子の方も、なかなかの美男子だ）。皇子は、容姿も端麗で物腰も礼にかなっている金仁問に、金春秋を投影していた。

「持参いたしました貢物は、武烈王さまから貴皇子(あなたさま)への差し上げ物です。新羅で産する紙、筆、墨。銀の板と、近ごろ人気が高い、佛(ほとけ)の教えの書などであります」とタモルトが話した。

「タモルトとやら。ソナタは、新羅の賈だということだが、王子を伴ってきたのであるから、新羅の朝廷ではさぞ顔が利くのであろう。大きな商いをしているのであろうな?」。葛城皇子は、心中をのぞかれないように鷹揚に尋ねた。

「さほどでもありません。まあ、ぼちぼちというところでしょうか」

「何を商っているのだ?」

「紙が多いです。新羅は紙をはじめて作った国です。良い紙がたくさん作れます」

そんな話をしているときでも、葛城皇子は金春秋からの親書が気になって仕方がなかった。それを察したタモルトは、王子に目くばせした。王子が、「ワレラは、しばらく大和に滞在させて頂きたいと思います。父は色よいご返事を祈り上げております」と言って退出した。葛城皇子は、舎人に命じて新羅王子たちに宿舎を用意させた。金仁問を送り出すと、いそいそと金春秋からの親書を開いた。

その十九　金春秋の親書

新羅の紙に認められた親書は、書き出しから葛城皇子を驚愕させた。

〈貴皇子は、黒歯常之に百済の第二王朝を飛鳥につくることを約束した〉

（おかしい。なぜだ？　なぜ、金春秋があのことを知っているのだ。それもこんなにも早く?）。心が恐怖で締め付けられたが、皇子の目はその先に走っていた。

〈しかしながら、それを恐れなくてよい〉と親書は語っていた。〈百済には、第二王朝をつくると言っておけばいいのだ。裏切られたと知っても、百済には報復するほどの力はない。ワレラは、盟を結ぼうではないか。ワレラが組めば、百済など物の数ではない。吾が新羅は、これまで百済と一進一退の戦いを繰り返してきた。これによって互いに得たものはなく、国が傷んだだけだ。傷みは、百済の方が激しく、民は疲弊している。だが、百済の義慈王は、民のことを思いやる心がなかった。

　これから吾が新羅は、百済の民のために乾坤一擲の戦いをするつもりだ。翻れば、百済は馬韓五十余国の民の国であったところに、扶余の武人が雪崩れ込んで征服した国だ。扶

余族が民に憐憫を感じないことは、不自然ではない〉
（自分のことを棚に上げて何を言うか。弁辰十二カ国を武力で強奪したのは、遥か遠いスキタイとかいう西域の国から逃げて来た、新羅王の先祖ではないか。百済のことをとやかく言える立場ではない）。そう思いつつも、葛城皇子の心は、国王と持ち上げられて躍っていた。親書は続く。
〈内々、貴皇子だけに明かすのだが、新羅の大義に唐が賛同した。新羅は唐と盟を結んだ。百済を攻めるに当たって、大事なことがある。それは、一気に攻めることだ。日をかけずして百済の復興軍を滅亡させねばならない。戦に時間をかけると、民は苦しむ。民を救う戦であるから、民を苦しめてはならない。そのために気がかりなことがある。高句麗が邪魔をしないことだ。高句麗が北から百済の応援のために出てくると、戦が長引く。すぐる年、唐が高句麗に侵入して叩いた。高句麗はしばらくの間は動けない。そう考えて新羅と唐の連合軍は、いったんは百済を攻め滅ぼした。義慈王も捕えた。
だが、不測の事態が起こってしまった。高句麗で大莫離支が乱を起こして、栄留王を殺してしまったのだ。莫離支は、淵蓋蘇文という名で、目の先しか見えない乱暴者だ。高句麗に傀儡政権をつくった大莫離支は、栄留王が結んだ麗済同盟を尊重すると言って、義勇兵を百済の境に駐屯させた。これに百済の旧臣たちが勇気づけられて、百済復興軍を組織した。倭人のなかにも、彼らを支援している者がいる。貴皇子にとっては、この際、倭国を征伐しておいた方がよいであろう。倭国を征服すれば、朝鮮半島の南側、つまり昔の百済と伽倻を支配できる。吾ら新羅が北を取るので、半島を二分して分け合おうではないか。

今、百済の民は飢えている。百済復興軍を恨む怨嗟（えんさ）の声が百済の国中に満ちている。早く彼らを討って、民を救ってやりたい。日本と新羅と唐が盟を結べば、百済の旧臣を一気に滅ぼすことができる。そこで、ワシらの戦の進め方をご披露しよう。くれぐれも内聞に願いたい。吾が新羅は、陸路から百済を横断して西に向かい、京畿湾（きょんぎよまん）に出る。貴国には、楼舡五十隻を主力とする大規模な水戦の部隊を出してもらいたい。海兵二万に加えて、陸兵三万をお願いしたいがどうであろうか？

陸兵には、南の伽倻（かや）から新羅の領内を進んでもらいたい。道々、新羅の陸兵が合流して道案内をさせてもらう。両国の兵を合わせると七万になる。伽倻の富山浦（ぷざんぽ）から北に向かう一の軍と、朝鮮半島の南端の栄山江（よんそんがん）の木浦（もっぽ）辺りに上陸し、北上して百済の領内を襲う二の軍とに分かれる。二の軍が主力になる。

日本の水軍には、海路を半島の西の沿岸に沿って、南から北に進んでもらう。途中、白馬江（ぱんまぐぁん）の河口の白村江（ぱくちょんがん）の伎伐浦（きぼるぽ）辺りで、旧百済の水軍が、所夫里（そふり）（泗沘（さび））の城を守るために出てくるかもしれない。これを蹴散らしてもよいが、雑魚なので放っておかれよ。百済の正規水軍はすでに滅びている。小舟だけしか持っていないから、貴軍を追うことができない。貴軍は、さらに北に進んでもらいたい。北の湾の奥深く進むと、巨大な楼舡からなる唐の水軍が貴水軍に合流する。京畿湾にいる百済軍の小舟と、沿岸の陸兵を一蹴することは容易(たやす)い。二の軍の陸兵は、京畿湾の京仁(きょんいん)辺りで、貴水軍と唐の水軍と合流する。

唐の主力は楼舡で、小舟も数えれば百隻程度であろう。貴水軍と唐の楼舡は、京仁辺りで兵を陸に上げ、陸と海から高句麗をけん制する。そのため高句麗は、この戦に干渉できず静観を余儀なくされる。ワレらの新羅軍は南に下り、百済復興軍を掃討する。百済の旧臣は、四方から攻められて一日ももたずに滅びる。百済の民は、塗炭の苦しみから救われる。

この提案を信じて頂くために、ワレは新羅の領土の一部を貴皇子(あなたさま)に今すぐ差し上げる。日本に差し上げる領土は、半島の南、すなわち伽羅の国々の三万戸である。そのなかに、領民が『任那(みまんな)』と呼んでいる土地がある。任那とは、神から託されている土地、という意味である。どこの土地であろうとも、民がそこを神から託されていると思えば、そこは任那になる。

領民は、神から預けられたことを名誉と考え、神に逆らうことをすべて禁じて暮らしている。高い矜持を持っている者たちだから、貴皇子が彼らを恙（つつが）なく治めることができれば、領民は貴皇子を神として崇める。その領土は、名実ともに、貴皇子が神から預託された領土になる。貴皇子にとって、まことに神聖なところとなろう。

戦が済めば、百済の泗沘（さび）の南の邑々（むらむら）も領すればよい。優に十万戸を超えるから、貴皇子は大王になる。

そもそも、日本には楼舡をつくる手人（てひと）が育っていると聞く。大きな木材に恵まれているから、半年もあれば二十や三十隻くらいの楼舡を造ることは難しいことではないだろう。貴皇子は、倭国と半島の半分を手に入れるだけではない。もうひとつ、得るものがある。貴皇子（あなたさま）は、日本にいる西域の豪族と白人（しろいひと）を間引きできる。西域の豪族たちを、この戦の将軍（いくさのきみ）にすればよい。戦闘のなかで、命を落とす者も出るかもしれないが、貴皇子にとっては好都合であろう。日本の領土が広がるのであるから、西域の豪族たちを各地に分散して、結束をさせないようにできる。百済との戦で手柄を立てた西域の将軍には、褒美として百済の田舎の邑（むら）を与えて追いやることもできる〉

（大きなお世話だ。自分を何様だと思っているのだ、こいつは。西域の者たちを見殺しにする裁兵（つぁいぴん）の策を用いろ、と言っているに違いないが、随分出すぎた男だ）。葛城皇子の思いをよそに、金春秋は一方的に筆を進めている。

〈この戦は、貴皇子を偉大なる日本の皇帝にするものである。貴皇子は謙虚にも、大化の改新の大功績の後も、皇帝を名乗っていない。だが、唐でも新羅でも貴皇子を大和皇帝だと思っている。さて、詳しい委細は、息子の金仁問と打ち合わせて頂きたい。供に付けたタモルトも役に立つ男である。賈(こ)としての実力もさることながら、智謀にも長けている。タモルトは、唐の文字で『福』と書く。縁起がよい名であるから、日本と新羅の同盟を幸運に導くであろう。タモルトをよろしいようにお使いください〉

金春秋の親書はそこで終わっていた。

金春秋は、大化の改新の本質も見抜いていた。核心を突いている文章が、葛城皇子の心を激しく揺さぶった。

(それにしても、金春秋はなぜ大化改新や日本のことを、このように詳しく知っているのだろうか?)。楼紅の手人のこともさることながら、西域の豪族については、痛いところを突かれた思いがして、葛城皇子は薄気味悪い想いを拭い去ることができなかった。

(はてさて、この親書にどう返事をするべきだろうか?)。葛城皇子は、鎌と足の兄弟を突き放したことを後悔した。

(早すぎたかな?　もう少し待つべきだったのか?)。気に入らぬ兄弟ではあるが、あの者たちほど役に立つ者は見当たらない。今ほど、相談すべき者を欲しい、と思うことはなかった。葛城皇子は、暗い部屋の中に、ひとりぼっちで膝を抱えてしゃがみ込こんでいる自分を想像して、胸が締め付けられるほど心細くなった。

だが、葛城皇子は、翌日になるといつもの自分に返っていた。彼は、平静を取り戻し、数日後に豪族と官吏を集めた会議を行うと告げた。唐をまねて、『文武の百官を集めよ』と命じた。百人いたわけではないが、百官と呼ぶようにしていた。

その日、葛城皇子は集められた百官を前にして、自らがしばらく前に大兄皇子（おおえのみこ）になっていることを声高らかに宣言した。

「大化の改新の後、ワシに皇帝となって大和の国の繁栄の道を築いてほしいという声が多かった。ワシは、大和の国の繁栄のためであれば、身も心もささげるつもりだ。だが、大和は天がつくった国だ。天の国においては、誰も皇帝を名乗ることは許されない。天の国には、『天の皇子（あめのみこ）』がいる。息長のことだ。息長こそが、天の皇子の家である。ワシは、中大兄皇子（なかのおおえのみこ）となり、天の皇子を支えて、大和の繁栄の道を築くことにする。ただ今からワシが万民の上に立ち、天の皇子を支えて大和の政（まつりごと）を行う。皆の者よ、そなたたちはワシの臣下、つまり中大兄皇子の臣下になった。共に力を合わせて大和の国のために励むのだ」

百官の中から追従（ついしょう）の声が飛んだ。「皆の衆、共に寿（ことほ）ごうではないか。中大兄皇子さまが誕生なされた。大和の国の繁栄のために、中大兄皇子さまが皇帝も及ばないお力をお貸しくださる」。それに応えて、「中大兄皇子さま、万歳、万歳」の声が朝堂に響いた。

「皆の者、ありがとう。ありがとう。感謝に堪えない。皆の気持ちに応えて、ワシは大和の国の繁栄の道を築くことを約束する。ところで、早速だが…」と、中大兄皇子は、皆が驚くことを命じた。

「ワシは、大和の国の繁栄の第一歩として、新羅を征討する軍を送ることにする。陸の軍と海の軍を併せた大きな軍である。皆の者、大和の力を半島に響かせるのだ」。呆気に取られている百官に、中大兄皇子は、「半年の後だ、早々に準備せよ」と命じた。

集まった百官のなかに、鎌と足はいなかった。皆は、葛城皇子が鎌と足を罷免した、という噂が本当だったと悟った。

皇子は、上毛野稚子（かみつけののわかこ）、阿倍比羅夫（あべのひらふ）、巨勢神川訳語（こせのかむさきのおさ）、額田部比羅夫（ぬかたべのひらふ）、安曇比羅夫（あずみのひらふ）、廬原臣足（いほはらのおみたり）の六人を将軍（いくさのきみ）に任命すると言った。任務は、陸兵三万、海兵二万、楼舡三十隻を、将軍自ら調達すること。半島に着いたら、伽羅の中央からまっすぐに北に進軍して新羅（しらら）領内で新羅軍を撃破せよ。金城（くむそん）の都の西辺りで、百済軍が国境を越えて合流してくる。百済と麗済同盟(よじえどんみょん)を結んでいる高句麗も北から南下する。三つの国の軍が共に力を合わせて新羅を滅ぼす。兵、武器なども、将軍たちが自ら手当てせよ。他の者は、すべて将軍たちを応援し、食料、衣料、馬、人足などを調達せよ。

大将軍(おおいくさのかみ)には、上毛野稚子をあてる。皇子はそう命令して、その場にいた将軍たちに、銀の粒の革袋を山積みにして与えた。さらに勝利の暁には、朝鮮半島に一万戸ずつの領地を与えることを約束した。

皆は、上毛野と安曇の国が遠い東にあるとは知っていたが、廬原(いほはら)は初めて聞いた国だった。それがどこにある国なのかさえ、ほとんどの者は知らなかった。

この話は、日をおかずして鎌と足の耳に入った。「あのバカ者が」と、鎌は切って捨てたが、足は「何としても、諫(いさ)めねばなりません」と言って、朝堂を訪れた。

中大兄皇子に会いたかったが。皇子は、面談を許さなかった。朝堂を出ようとする足を、高向玄理(たかむくのくろまろ)たちが自室に招き入れた。玄理たちは、鎌と足の味方になれないことを恥じていた。気まずさそうだったが、足は気にせずに「新羅に出兵すると聞いたが、本当なのか?」と単刀直入に尋ねた。

「本当です。ワシらも困り果てています。足さまのお力が必要です」と、僧の旻(みん)が答えた。

「すでに、巨勢神前訳語(こせのかむさきのおさ)が主になって、兵を集めはじめました。本気ですよ、あの連中は」と言った犬上御田耜(いぬかみのみたすき)の言葉には、呆(あき)れはてた思いがにじんでいた。

「阿倍比羅夫は、能代(のしろ)とかいう蝦夷(えみし)の国に兵を集めるために、古志(こし)の津から出発するそうです。今、船団を準備中だと聞いています。何でも、蝦夷の国には粛慎(みしはせ)という民がいるそうですが、阿倍比羅夫とは先祖が仲間同士だったようです」と、玄理が話した。

「なぜ、アノ皇子は、そのように馬鹿なことを言い出したのだ？　吹き込んだのは誰だ？」

「怪しいのは百済の使節の黒歯常之(ふくちさんじ)です。あの者が中大兄皇子を誑(たぶら)かしたのではないかという噂があります」

「飛鳥に来た新羅の王子も怪しいです。国書らしき分厚い紙の束を中大兄皇子に渡したのを、給仕をした水仕女(みずしめ)が見ております。その国書も、今回のことに関係があるかもしれません」

「新羅の王子？　誰だそれは」

「金仁問(きむいんもん)といいます。金春秋(きむちゅんじゅ)の息子だと名乗っています」

「何と。金春秋の息子が飛鳥に来ているのか。何しにきたのだろう？」

「皇子と内々で話をしていたので、さっぱり分かりません。ですが、おかしなことがあります。中大兄皇子が新羅征伐の詔（みことのり）を出したにもかかわらず、その新羅の王子は、そ知らぬ顔をして平然と飛鳥に滞在しているのです」

「何？　それは奇怪な。誰の邸にいるのだ？」

「皇子（みこ）のお邸に」

「捕えられたのではないか？」

「とんでもありません。毎日、タモルトという賈（こ）の者を伴って、飛鳥のあちこちをのんびりと見物しております」

「まことに解せぬことだ。国書と言ったが、何が書いてあったのだ？」

「分かりません。皇子さまは、そのことを誰にも相談しておりません。誰もそれを読んでいないと思われます」

「黒歯常之とやらも、まだ飛鳥にいるのか？」

「アノ者は、すでに出雲に向かって飛鳥を立ちました。出雲から百済に帰るのでありましょう。それはそれとして、、足さま、新羅征伐をやめさせる手だてはないものでしょうか？」と、玄理（くろまろ）が思い詰めた顔を足に向けた。

「五万もの大軍を送れば、日本は滅びます」と、旻が嘆いた。

「何？　今、五万と言ったのか？　五万もの兵を送るのか？　それだけの兵が日本にいるわけがなかろう」

「将軍たちが、五万の兵と三十隻の楼舡（ろうちゅあん）を集めるように命じられました」

「将軍たちとは誰だ？」。彼らの名前を聞いて、足は考え込んだ。

（揃いも揃って、白人（しろいひと）と西域の民ではないか。廬原とは、あの国のことだろう）

足は、水海を行かせた両河内（ふたつかわち）が、イホハラの国にあることを聞いていた。廬原の両河内には息長の家があり、白人と秦人の民が暮らすところだということも、思い出した。

（またしても、白人と西域の民ではないか。これには、何か裏がある。それも、何かどす黒いものが。それは、何だ？　中大兄皇子は、何を考えているんだ？）

足は、玄理たちに廬原のことを話した。玄理たちは、そんな国があることを知らなかった。

「それで、合点がいきました。中大兄皇子は、息長を護る西域の者たちを、裁兵（つぁいぴん）にしたいのです」と、犬上御田耜が手を叩いて言った。

「裁兵？」と、僧旻が尋ねた。

「用兵の言葉だ。囮（おとり）の兵のことや、見殺しする兵のことをいうのだ」

「息長を潰すためなら、もっと簡単な方法がある。なぜ朝鮮半島に兵まで出して？」

「西域の者たちを滅ぼして、領土を奪いたいのかもしれん」

「息長がなくなれば、皇子自身も天の皇子になる道を絶たれる」

「息長の男たちだけを潰して、家と女どもを自分のものにする、ということか？」

「そうすれば、中大兄皇子は腕力で、天の皇子になることができる」

「あるいは、本当に朝鮮半島の領地を狙っているのか？」

「彼らを死なせて、自分は百済を手に入れる、というのか？」

「あの皇子ならやりかねない」。玄理たちの議論はためになったが、足はまだ釈然としないものを感じていた。

「だが、五万の兵など、揃えようがないではないか。興奮が覚めれば、皇子は詔（みことのり）を取り消すに違いない。しばらく待ってみよう」。足はそう言ってみたものの、「取り消すわけがない」という声が、空から降ってきたように感じた。


その翌日、蝉がオサガンという者を、足のところに案内してきた。

「事態がますます深刻になっております。ワシの力では及ばないところに来ています。これからは、この者をお使いください。オサガンというコーサーで、かなりの数の手の者を仕切っています。オサガンは、とても役に立つ者です」

「信じていい、のだな？」

「コーサーと傀儡は使いようです。信じさせるようにお使いください」

(出すぎた女め)。不愉快に感じたが、今は文句を言っているときではなかった。コーサーのオサガンは、足の心のなかをのぞいたかのように、「ご挨拶してもよろしいでしょうか?」と、許しを求めた。

「何か?」

「お初にお目にかかるので、手土産がわりにお報(しら)せします」

「金仁問が持参した国書のことです」

「何? そなたは、あのことを知っているのか?」

「はい、葛城皇子のお邸に忍びこんで、国書を読んだことがあります。残念ながら、すべてを読む時間がありませんでしたが…」

「読んだのか? 真(まこと)であるか?」

「嘘は申しません。この目で読みました」

「国書には何が書いてあったのだ?」。足は気がせいて、咳きこんでオサガンに尋ねた。

「まず、腑に落ちないことに、墨が香り立っていました」

「何と? 墨の香りが?」

「そうです。おそらく、あれは国書ではありません。金仁問か、あるいはタモルトという付き人の賈の者が書いたものだと思います」

「偽の国書、だということか…」

「墨の香りは、偽ることができません」

「分かった。そして何と？」

「貴皇子(あなたさま)、すなわち葛城皇子が百済の黒歯常之(ふくちさんじ)に百済との盟を結ぶと約束した。貴皇子は内々のことだと思っているようだが、周知のことだ、というところから国書は始まっていました」

「そんなことが書いてあったのか。それは、おかしなことだ。まことの金春秋の国書であれば、新羅から大和に持ってくるまでに時間がかかる。相当前に書かれたはずだ。墨の香りも消えていよう。黒歯常之が葛城に会ったのも、つい近ごろのことに違いない。新羅の国書に書けるほど、昔のことではない。葛城は、そのことに、気がつくはずだが？」

「おっしゃるとおりですが、葛城皇子は気がついて、胸の中にしまい込んだのか？　あるいは、金春秋の国書をもらいたいという願望が、疑いの心を閉ざしているのか？　その書では、新羅の任那を今すぐ大和に割譲するから、新羅と盟を結んで百済を滅ぼそう、とも書いてありました。戦の進め方についても書いてありましたが、しっかり読む時間がありませんでした。ところで、葛城皇子という方は、金春秋と張り合うために、大勢の兵の命を使い捨てにするような男なのですか?」と、オサガンが足に尋ねた。

「使い捨て? するだろう。思慮が浅い男だ…」。そう答えたとき、足は思いついたことがあった。

(まさかとは思うが、葛城は、新羅を成敗すると見せかけて、新羅と組んで、どこか別の国を亡ぼすつもりではないだろうか? まさか、唐を攻めるつもりではあるまいが…)

「ところで、金仁問という男は本物であろうか?」

「仲間に、父親の金春秋に会ったことがある者がいます。その者に遠見させたところ、父親そっくりだと言っていました。おそらく本物だと思います」

足は、唐のことが頭から離れなかった。朝堂を訪れて、高向玄理たちに新羅の征伐について、大唐はどう動くと思うか?と尋ねた。玄理たちは、朝鮮半島の戦いに大唐が兵を送ることは考えられない、と言った。

「得るものがありません。朝鮮半島で産するものは、せいぜい鉄の石くらいでしょう。鉄の武器、耜(すき)、鍬(くわ)などを大量につくっても、誰に売るのでしょうか? 大量に買う者がいるでしょうか? 大きな戦をするだけのものを得る見込みは、どこにあるのでしょう? 大きな財をかけるだけの利を得られますか?」

「領土がとれる」

「朝鮮半島の領土は、痩せています。楽浪郡や帯方郡の時代ですら、後漢は半島の領土には興味を示さず、戦略拠点としての価値しか認めていませんでした」

「戦略拠点としての価値とは、何だろう？」

「高句麗を、北と南から挟み込むことができます」

「昔と違う。今の高句麗には、恐れるほどの武力はない」

「ですが、もし高句麗が大和や倭と組んで新羅を征服できるとしたら、朝鮮半島も統一できます。そうなれば、唐にとっては厄介な存在になります」

「それはそうだ。唐は半島統一を阻止したいだろう」

「唐と朝鮮半島の間にあるのは、渤海湾だけですから、統一して強くなると脅威になります」

「……」

「ですが、大和には、そのような大博打を打てるだけの財があるでしょうか？」

「大和は財を使わない。葛城は、豪族たちに自前で兵を出させる」

「そうですか。葛城皇子は虫が良い戦をしようとしているわけですね。豪族たちの見返りは何でしょうか？」

「半島の領土、くらいかな?」

「それで豪族たちを騙せるでしょうか?」

「豪族たちは、領土の他にも、たんまりと褒美をもらえると思っているのであろう。戦が終わった時、葛城はどうするのであろうか? 莫大な褒美を用意せねばならない。どこから、その財を得ようとしているのだろう?」

「それは見当がつきません」

玄理たちは、金仁問のことに話を移していた。新羅の王族にふさわしい礼儀作法だ、と旻が言った。

「アノ者の所作は、花郎(ふぁらん)の教えにかなっています。紛れもなく金春秋の息子でありましょう」。足も玄理たちも、そしてオサガンも、金仁問に気を取られるあまり、付き従っている賈のタモルトのことを、すっかり忘れていた。

その二十　狙われた廬原の国

ヘルムが産んだ鎌の子は、男の子だった。鎌は、人前もはばからずに喜んだ。（気力が戻ったのか？）。足がそう思うほどの、鎌の喜びようだった。

喜びの日々のなかで、足は水海（おうみ）からの返事を待った。鳩は帰ってきたか？と下僕に尋ねるのが、毎朝の日課になった。水海が持っていった鳩は、影さえ見えない日々がつづいた。

鎌は、赤子を抱きながら、ぶつぶつと何かを語る時が多くなった。

「この赤子の名は、フヒトとする。ワシがやれなかったことを、この赤子は進んで請け負ってくれた。先ほど、この子は『トトさま、ワシに任せてください』と、力強く約束してくれた」

（赤子がモノを言えるわけがない。馬鹿バカしい）。そう思ったものの、鎌があまりにも真面目に語るので、足は頷くしかなかった。

「フヒトですね？　中臣（なかとみ）のフヒト」

「この際、ワシらは中臣を捨てようと思うが、どうだ?」

「捨てる、のですか? 兄さまが捨てると決めるのであれば、ワシは構いません。兄さまがよろしいように、なされればよい」

「そもそも、中臣は好きではなかった。小さい頃から、中臣の者たちにも蔑(さげす)まされていたことだし、守るべき姓ではない」

「新しい姓は、何となさるのですか?」

「ホゼワラにしようと思う。ホゼとは、半島に住んでいた不老長寿の神のことだと聞いたことがある。子孫が繁栄するそうだ。百済でも藤の木をホゼと言うではないか。大和では、藤はフシという。つまり不死に通じる」

「ホゼワラの文字は?」

「『藤』でよい」

「ワラは?」

「ワラは、『原』でよいだろう」

「ホゼハラのフヒト、ですね?」

「フヒトはこう書く」。そう言って、鎌は文机に向かって、厚手の新羅紙に『藤原不比等』と書いた。足は、兄の鎌が昔に返ったようで、頼もしく思えた。『藤原不比等』と書いた文字も、力強いものだった。鎌は、息子の名を書いた紙を、満足げに腕を組んで見ていた。

「不比等は、比べようがないほどの偉大な者、という気持ちを込めたつもりで名付けた。この子には、いずれ大和の宰相になってもらう。不比等が宰相になれば、大和はすばらしく大きな国になる。目をつぶれば、美しい大和が見える。ついては、ソナタに不比等を育ててもらいたい。高向玄理（たかむくのくろまろ）たちにも、学びの師になってもらってくれ」。鎌は、近ごろ珍しく、しっかりと語った。

（いよいよ鎌が政（まつりごと）に復帰できる）。その時はそう思ったが、次の日の鎌は、また哀れな老いぼれに返ってしまった。

水海から音沙汰がないまま、時だけが流れすぎていった。早く大和から脱出しないと、鎌と一族を守りきれない。足は焦り、使いの者たちを廬原に送った。楼舡を雇う当てがないので、使いの者たちは陸路で行くしかなかった。途中には、賊も多い。険しい山道や大河もある。陸路を安全に行くのは、兵士の隊でも組んで行かねばならない。だが、隊列を整えるほどの財はなかった。不安が的中したのか、使いの者たちは、ひとりも帰ってこなかった。

鎌の方は、具合が悪い日が多くなったものの、見違えるほど明確な言葉を発する日もあった。そんなある日のこと、鎌は不比等を病床に呼んだ。

「ワシの生涯でただひとつの過ちは、葛城を見くびり、葛城の卑劣な性根に気づかなかったことだ。返す返すも悔しくてならぬ。世の中には、途方もないほど卑しく浅ましい心根を持った者がいる。葛城はそういう男だったが、ワシはそれを見落とした。注意深く見れば、葛城の性根を見つけることができたはずだ。だが、愚かな者だと決めつけたあまり、その心を見ようとしなかった。ワシの目と心が歪んでいたのだ。人は、さほど分かりにくい生き物ではない。無私の心で見れば、葛城の狡猾さに気づいたはずだ。ワシが気づきさえすれば、数多の将兵を朝鮮半島に送ることはしなかった。アノ者たちの怨嗟の声が、夜ごとワシを責め立てるのだ。

不比等よ、吾が子よ。大和の国の舵取りをせよ。ワシの過ちを正せ。大勢の者たちの、声なき声を聞いてやってくれ」

幼い不比等に理解（わか）るわけがない話だったが、不思議なことに不比等は身じろぎひとつしないで、鎌の言葉に聞き入っていた。その夜、鎌はあの世に旅立った。

「不比等を政所（まつりごとどころ）に連れて行ってくれ」。それが、今わの際で、鎌が足（たいる）の手を取って頼んだ言葉だった。

この間にも大和では事態が悪化していた。自ら中大兄皇子を名乗った葛城皇子の政は横暴を極めていた。

（もはや、誰も葛城を止められない。今や廬原からの返事を待っていられない。落ちてゆく先を、はやく決めねばならない）。足は思いあまってオサガンに相談した。

「ご遠慮はいけませんね。とっくの昔にお声がかかるものだと思っていました。困っているときほど、速やかにお呼びください」

（コーサーを使う心得とはこういうことなのか）。無為に時を過ごしたことを、足は悔やんだ。

「廬原からの鳩たちは、どこかで鷲か鳶に襲われたのでしょう。尾張の空には鳶が群なすところもあります。遠くに使いすることこそ、ワレらが得意にしていることです。この度は、ワレが自分で行きます。葛城皇子の企みを伝えて、廬原臣足（いほはらのおみたり）という者に、半島への出兵を止めさせること。足さまとご家族の皆さまが廬原の国に住むように計らうこと。この二つでよろしいですね？」

「そういうことだ。ワシも一筆書こう」

「そうしてください。さて、これをどなたにお伝えすれば？」

「鷹（かしこどり）という方だ。廬原の両河内（ふたつかわち）の葦の原の館にいる」

「分かりました。留守の間も、こちらはしっかりと護らせます」

月が八度(たび)満ちて欠けたころ、オサガンが廬原の楼紅に乗って帰ってきた。

「残念ですが、ワシが着いたときには、すでに廬原の軍団が出て行った後でした。それはそれとして、廬原の国では、阿知比古さまをはじめとして、皆さまが足さまをお待ちしています。そのために、楼紅を使わせてくれました。足さま、さあ皆さまの支度を急がせてください。楼紅が待っています。廬原の国に急ぎましょう」

こうして藤原の一族は、廬原の国に落ちてゆくことになった。

さて、話を少し戻す。

新羅征伐の軍団が、次々と墨江津(すみのえのつ)から大きな軍船に乗って出ていく、という話で、大和の民は沸き立っていた。墨江津はもとより、難波宮や海を見下ろす山々にも、見物の民が押し寄せていた。軍団の主力は、都怒我(つぬが)、出雲、吉備、那の津などの津から船出していったので、墨江津から出て行った兵は少なかった。とはいえ、噂は噂を呼んで、あたかも墨江津から主力の軍団が船出したかのように、庶民は思っていた。墨江津から船出したのは、阿倍比羅夫の水軍だけだった。行く先は都怒我で、その先は粛慎(みちはせ)の国の齶田(あぎた)などの出羽の国々で、蝦夷(えみし)の兵を駆り集めるのが目的だった。

一方で、地方の豪族たちは、半島に出る将軍たちの、儲け話に乗った。然るべき数の兵を出せば、半島のこれこれの領地がもらえるという提案だった。豪族たちは、兵を出せば領地が増える。（悪い話ではない）と彼らは気楽に考えた。

将軍たちは、いずれも白人（しろいひと）か、あるいは西域の騎馬の民で、見るからに強そうであり、たくましい馬に乗って、部下の兵たちを多く従えていた。

その姿は、田舎の豪族たちにとっては、まぶしいほど美しくも見えた。この将軍たちであれば、必ずや敵を打ち負かしてくれるだろうという信頼感を持った。それは、多くの豪族たちをその気にさせる材料になった。将軍たちは、手分けをしてあちらこちらの豪族たちを訪ねて、少しずつ兵の数を増やしていった。

さて、水海（おうみ）の兄の物部朴市秦田来津（もののべのえちのはたのたくつ）の話をする。彼は、将軍ではなかった。彼は、蘇我身刺から半島に兵を送るという話を漏れ聞いていた。田来津は、中大兄皇子を訪れて、自分を将軍（いくさのきみ）にしてほしいと売り込んだが、兵を出す財があるかと尋ねられて一時は諦めた。だが、田来津は、弟の水海から聞いた廬原の国のことを思い出した。廬原は、まだ誰も知らない未知の魅力を感じさせる国だった。田来津は、中大兄皇子に、さも廬原の国に行ったことがあるがごとく美化して大袈裟に話した。楼舡という大船を数多持っていると語ったとき、中大兄皇子が大いに興味を示した。皇子は廬原の国のことなど知らなかったが、使える話だと思った。

　田来津は、自分が廬原の国の大王と親しいと虚言を吐いた。大王の名前を尋ねられた田来津は、口から出まかせに、臣足（おみたり）だと言った。

　中大兄皇子は、田来津を廬原の国に、使者として行かせることにした。百官を集めたときに、聞いたばかりの廬原臣足の名前を出したのには、そういう経緯があったのだった。

そんなわけで、田来津は、大和の使者となって部下を伴い、意気揚々と出発することができた。伊勢の安濃津から海路で尾張の知多に行った。知多の豪族たちを言いくるめて、陸路を馬で東に向かい、道々の豪族を説得して、遠淡海（とおつうみ）をへて意気揚々と斯太（しだ）の国に入った。

　斯太の国で田来津は、益津（ましづ）の意加部彦（おかべひこ）と名乗る大王に出会った。意加部彦は、冷静沈着な男だった。言葉がうまく伝わらず、意加部彦は警戒した。だが、田来津が地に書いた『水海』の文字を見て、意加部彦は両河内にいる大和の水海と会いたいのであろうと思った。両河内には従弟の鷹がいる。意加部彦は、田来津が両河内に行くことを許した。意加部彦から報せを受けて、鷹は水海を呼んだ。水海は、田来津が自分の兄だと言ったものの、田来津はさしたる役職をもらっていないはずだから、大勢の部下を連れて行軍していることを訝（いぶか）った。

ところが、思いがけないことが起こった。きらびやかな兵たちが来るという噂を耳にして、廬原の身毛古が自分の尾羽の邸に田来津を迎えた。身毛古は、退屈しのぎに田来津の一行を招いたのだった。田来津は、身毛古に半島の領地からあがる富は、莫大だと強く言った。身毛古は、この話に乗り気になったのだったが、「百済の王族の阿佐太子がこの国にいるから、話を聞いてみる」と、言った。思いもかけず、百済の王族がここにいると知って、田来津は慌てて話をすり替えて誤魔化した。廬原の国では半島の法螺話が通じないことを知って、田来津は言うべき言葉を失った。やむを得ず、田来津は出直して作戦を練り直すことにした。

見送りしてくれた弟の水海に、田来津は廬原の国が豊かな理由を根ほり葉ほり尋ねた。水海は、「ここは、海も山も物なりが良いから、豊かなんだ」と答えた。浜沿いの道を駒を並べて進んでいたときに、大きな船が浜の船台に乗っているのを田来津は見た。

「あれは？」と聞くと、「あれは楼舡（ろうちゅあん）だ。ロウチュアンは、十九隻目の大船（おおふね）だ」と、水海は肩を張って答えた。

（あれが、ロウチュアンか…）。中大兄皇子に法螺を吹いた楼舡が、本当に目の前にあった。（聞きしに勝る、大きな舡（ふね）だ）。田来津は、自分がこの大舡に乗って多くの兵を指揮することを頭に描いた。

「物なりが良いだけでは、あれほどの船を何隻も造れまい？　その財はどこから出すのだ？」

「鷹さまの伯父の阿知比古さまが、気前良く出される。だから、高句麗人（こくりょびと）の手人（てひと）が、どんどんここに集まってきている」

「あれと同じ船は、もっと造るのか？」

「それは知らんが、船台はもっとある」

「阿知比古さまとは、どこからそんな財を得ているのだ？」

「それは。ワシには分からん」

田来津は、あらためてこの国に興味を持った。

（情報をできるだけ集めて、また出直そう）。田来津は、新たな希望を心に秘めて帰り道を急いだ。

大和に戻った田来津は、方々を聞き回って廬原の国の情報を集めた。すると、昔、鷹（かしこどり）が飛鳥に来たことがあったことが分かった。鷹は、辰砂と丹を探し回ったが、手に入れることができないまま、国に帰ったということだった。田来津は、鷹に対応した賈を捜すことができた。その賈が言うには、天尊命（あまたけるのみこと）の棺を朱で塗り込めるために、鷹自身がわざわざわざ飛鳥までやってきた。大量の辰砂や丹を注文したが、自分がうっかりしていて、まだ納品していない、ということだった。(この話は使える)。田来津は手ごたえを感じた。

さらに、両河内の息長のルワンが、河内にいることも分かった。田来津はルワンを使うことも考えた。

(ルワンが廬原の出兵を、天から啓示されたという話をつくろう。ルワンの話であれば、鷹たちは断れない。ルワンの名を出して、邪魔者の阿佐太子に干渉させないようにしよう)

田来津は、蘇我身刺に若い白人の女を世話してほしいと頼んだ。色恋のことだと勘違いした身刺は、「銭次第だぞ」と、下卑た薄笑いを浮かべた。近ごろ大和に出回り始めた富本銭という銅銭をつないだ束を渡すと、身刺は数日後に若い白人の女を連れて田来津の邸に来た。碧い目と金髪が目立つ肉感的な女だった。盛り上がった胸に目を釘付けにされた田来津だったが、身刺に礼を言って帰らせた。

「プハジーさ」。名を尋ねると、女はそう名乗った。

「プハジー?　妙な名だな」

「ワシを買った高句麗の男が付けた。梟(ふくろう)という意味らしい」

「梟か?」

「夜に強いからね、梟なのさ」

「その男は？」

「ひとりで、高句麗に帰っちまった。さあするかい？」。プハジーは、服に手をかけて脱ごうとした。

「それは、後だ。ソナタに芝居をやってもらいたくて呼んだのだ」

「そういう話かい。一日？　二日？」

「とんでもない。かなり長い。ワシと一緒に旅をしてもらわねばならん」

「銭がかかるぞ」。プハジーは満更でもなさそうだった。

「銀でどうだ？」。田来津が小袋を渡すと、プハジーは袋を開けて銀粒を掌に並べた。三つあった。

「月が一度満ちて欠けるごとに、三つでどう？」

「分かった。うまくいったら、さらに十粒やろう」。プハジーは、目を輝かして喜んだ。

「よっぽど、大事な芝居らしいね。うまくできたら、十五は欲しい」。田来津は了解した。プハジーに身元を尋ねると、あっさりと答えた。

「アンタは、身刺の仲間だから話してやる。ワシは風だよ」

「風か…」

「まずいかい？」

「いや、この仕事にぴったりだ」。田来津は、風のことを良く知っていた。

（毒には毒だ。毒だからこそ出来る役だ）

「では話す。ソナタには、息長のイイトヨ媛に化けてもらう」

「お嬢さまの役かい？　一度やってみたかった」。プハジーに白く長い衣をまとわせると、ぞくぞくするほど男の気をそそった。次の日から、プハジーの教育がはじまった。初めは、息長の家のことだった。田来津は息長の家で働いていた下働きの水仕女や下僕を連れてきた。息長の家族ひとりひとりの、名前から癖、好き嫌いまで、プハジーが覚えなければならないことは、たくさんあった。プハジーは、もの覚えがよかった。自分から積極的にゾロアスターについて学び、ピトイ神殿にも行った。彼女がイイトヨ媛になりきるのに、時間はかからなかった。

　そのプハジーを伴って、田来津は、意気揚々と再び廬原の国に入った。田来津がプハジーを連れて行くと、身毛古はプハジーの容姿を見て興奮した。自ら彼らの面倒を一手に引き受けただけでなく、身毛古は毎日プハジーを連れて村の辻に立たせて民を集めた。プハジーは、廬原の民が天尊命（あまたけるのみこと）と呼んでいる武人は、日本武尊のことだ、と民に語った。廬原には日本武尊の墓がある。だが廬原の民は、墓も亡骸も悪霊から護っていない。日本武尊の御霊（みたま）を速やかに安らげよ。さもないと天の祟（たた）りを受ける、とプハジーは告げた。プハジーは、自らを大和の息長の娘だと言い、ルワンと共に朝な夕なにピトイ神殿に籠って、天に祈っていると語った。プハジーは、すっかりイイトヨ媛になりきっていた。

「天の祟りを畏れよ。丹と辰砂で、お棺を赤く塗りこめるのだ。墓の近くに大きな社をつくって、柱と戸板にも朱を塗り込めよ」

数日すると、民はプハジーを見るために集まった。プハジーが辻に立つと、民が押し寄せて鈴なりになった。プハジーは、民衆を煽った。肌が透けて見えるような、薄手の白い長衣を風になびかせてプハジーが台に立つと、男たちが歓声を上げげた。プハジーを追いかけて、何度も顔を出す民もいて、辻があふれた。プハジーが語ったことは、瞬く間に廬原の国中に広まった。

噂が噂を呼んで、村の長たちもプハジーを見に来るようになった。民の心を掴んだことを実感したプハジーは、丹や辰砂のことに話を移していった。

「ソナタたちは、丹や辰砂は手に入らないと思っている。だがそれは間違いだ。皆の心がけ次第で、辰砂はいくらでも手に入る。天を畏れよ。天尊命の墓を浄めるのだ。朱の社をつくれ。日ごと夜ごと天に祈れ。天尊命の御霊を安んじめよ。口先ではだめだ。心から誓うのだ。皆が心を合わせよ。心から誓うのでなければ、天は皆を許さない。今、朝鮮半島の王が、天の御心に逆らっている。大和は朝鮮半島を成敗する天の兵を募っている。数多の国々が天の兵を出している。廬原よ、急げ。早々に楼船と兵と水夫（かこ）を出すのだ、さすれば、大和は廬原と盟を結び、有り余るほどの丹も辰砂も、欲しいだけ持たせてくれる。天の求める聖なる戦いに行くのだ」

民は、プハジーの説教に酔って、大和に楼舡と兵を送るように、村の首長と鷹に迫った。鷹も、自分が多量の丹（に）を手に入れることができなかったことを後ろめたく思っていたので、民の声に逆らわなかった。両河内の息長の家にも、プハジーはたびたび出入りした。ルワンと自分が切っても切れない敬愛の絆で結ばれているという虚言（うそばなし）をでっち上げたプハジーは、息長の家の者たちの心を掴んだ。プハジーに洗脳された息長の人々も、半島への出兵を鷹に要求した。

田来津の方も、のんびり待っていたわけではなかった。彼は、身毛古を唆すことに集中した。身毛古の妻のタンラが産まれた耽羅（たんら）は、百済に行く途中にある島で、タンラのように美しい女たちがいる天の宮の国だと話して、身毛古の冒険心を煽った。身毛古は、田来津の作り話に胸を躍らせた。自分が耽羅島の王になる夢に溺れ、群衆の先頭に立って、阿知比古と鷹に出兵を強要するようになった。プハジーに煽られた民の勢いは、鷹にも止められないほど強くなっていた。

（もはや、民を止めることはできない）。鷹は阿知比古に、出兵の許しを求めざるを得なかった。阿佐太子も同席したその席で阿知比古は語った。

「やむを得ないだろう。楼舡も兵も出さざるを得まい。安倍の金のお山が助けてくれるだろう。だが、鷹よ、ソナタは行ってはならん。カニョコリを行かせるのだ。カニョコリは、タンラの息子だ。タンラというのは、半島の南の島だそうだ。役に立つことがあるかもしれん」

噂を聞いて、安倍にいる大天（おおあま）が協力を申し出てきた。阿知比古は、テベレさまに大天の吉凶を天に伺ってもらった。

「天は大天さまに、『今は行ってはならない。待つのだ。ところで、大天の名は畏れ多い。オオアマを大きな海に変えよ。天の僕（しもべ）となり、時を待て』と命じておられます」と、天の啓示を告げた。

「分かりました。今より、大海（おおあま）となります」と、大海は天啓に応えた。

田来津は、考えていたよりも速やかに事が進んだことに満足していた。廬原の国の村々で、若者たちが兵や水夫（かこ）として集められた。隣の珠流河の国にも声がかかって、千人を超える若者たちが、武装して廬原の軍に入った。兵士を満載した二十隻の楼舡が、廬原のあちらこちらの浜辺から漕ぎ出して、西を目指した。

その数日後、オサガンが廬原の国に着いたのだった。

その二十一　飛鳥から難波へ

あまりにも突然のことで、飛鳥の都は上を下への大騒ぎになった。中大兄皇子が、いきなり都を遷（うつ）すと言い出した。新しい都は難波だという。

「息長の軽皇子（かるのみこ）も賛成された。速やかに都を遷すのだ」

この一言で、都じゅうが蜂の巣をつついたような大混乱に陥ったのだった。

「なぜ？今？　唐突に？」。思わず質問した官吏たちを、中大兄皇子は一喝した。

「何故だと問うのか？　けしからん。そんなことも分からんのか。朝鮮半島に出ていく軍団の身にもなってみろ。船出を見送り、凱旋を祝ってやらねば気の毒だ。そう思わんのか？　墨江津がある難波宮に朝堂を移して、アノ者たちを元気づけるのだ」。だが、官吏たちの反応は鈍かった。

（出陣と凱旋の将兵たちを、手を振って鼓舞するワシの姿は、民にはさぞ神々しく映るであろう。ワシの勇姿を、大和の民に見せたい気持ちを忖度できないとは、揃いもそろって情けない。嘆かわしい馬鹿どもだ）

中大兄皇子が怒れば怒るほど、官吏たちは慌てふためくだけだった。遷都のために、誰が何をせねばならないのか？　自分がなすべきことも考えられずに、ただただうろうろとして時を過ごすだけだったから、混乱は日ごとに増していった。

（鎌と足がいないだけで、このありさまだ。遷都の指図ひとつできる者がいないとは情けない）。業を煮やした中大兄皇子は、貴族や官吏を飛鳥に残したまま、身ひとつでさっさと難波の宮に移ってしまった。側近の太夫（まえつぎみ）や官吏（つかさびと）たちは、取る物も取りあえず皇子を追った。難波宮には、貴族たちが住めるような邸はなかった。彼らは、やむを得ず自分の家の舎人（とねり）に急ごしらえの苫屋をつくることを命じて、ひとまず飛鳥に帰っていった。中大兄皇子は、墨江津に仮の宮殿をつくることを宣言し、地割の案を出すように命じたが、誰からも良い案は出てこなかった。

（馬鹿者めが！　揃いもそろって能無しだ）。憤れば憤るほど、官吏たちは怯（おび）えて狼狽（うろた）えた。

仕方なく、中大兄皇子は宮をつくる場所を自分で決め、そこを中心につくる主な施設の場所についても自分で決めた。宮から船着き場に向かう道を広く取り、船着き場の周りには多くの屯倉（みやけ）と兵の宿舎をつくる土地を確保させた。すべてのことを、自ら指図しなければならなかった。中大兄が苦々しく思っていたとき、山の手にたくさんの天幕が張られている、という報告を受けた。彼がいぶかって見に行くと、青空の下に丸い形をした天幕の群があった。皇子が訪れると、供ぞろいの多さに驚いて、ひとりの女が天幕から出てきた。女は、阿倍比羅夫の妻だと挨拶した。

「これらの天幕はパオといいます。ワシら、阿倍の一族の者たちが、ここで暮らしています」

「パオ？　パオというのか。ソナタたちが、これをつくったのか？」

「おっしゃるとおりです。ワシたちがつくりました」

「見れば、ソナタたちは、年よりと女子供だけのようだ。このように多くの天幕をつくるのは、さぞ大変だったのであろうな」

「ご心配頂いて、ありがとうございます。でも、パオを組み立てるのは、いと易いことです。ワシたちの力でも、ひとときほどで組み立てられます。ご先祖さまが使っていたものですが、まさかここで役立つとは思っていませんでした」

「まことに重宝なものだな」

「ワシの夫の阿倍比羅夫は、兵を集めるために粛慎の国に行きました。ほとんどの男衆は、夫が連れていってしまいましたから、残った者だけで暮らしてゆかねばなりません」

「そうであるか」

（西域の者たちは、生きるための知恵を持っている）

「大兄皇子さま、この高台からは、墨江津に出入りする船という船がすべて見えます。夫の船団が帰ってくるのを、ワシらは出迎えてやることができます。舟からも、この高台に並ぶ白いパオを見れば、ワシらが出迎えているのが、よく見えるはずです」と、女が言った。

「確かに、船からも、このパオの群は、よく見えることだろう」

（この女たちでさえ、墨江津の値打ちが分かっている。それなのに、宮の者たちは、なぜ分からんのだ）。人材が足りない。皇子は、幅広く人材を探すように命を出していたが、未だにこれといった者はいない。たまに、皇子が求めるような者が現れたが、すべて西域の者たちだった。例えば、秦人や鴨人である。高向玄理をはじめ、秦の者たちは優秀だったが、中大兄皇子は、彼らを登用しなかった。乙巳の変の後、苦労して白人と西域の者たちを少しずつ除いてきたのに、秦人や鴨人を登用すれば、これまでの努力が水の泡と消える。韓人や漢人を登用したこともあったが、小ずるくて、自分の利によって動く者が多くて任せられなかった。

（この場は、やはり高向玄理を呼びよせるしかないようだ）。そういうわけで、玄理をはじめとして、唐から帰ってきた者たちが難波に来ることになった。皇子は、難波の都づくりを考えるように命じた。彼らは、いと易く良い案をつくった。中大兄皇子は、僧旻に現場の指揮を任せた。玄理と請安には、朝堂の仕組みや冠位などのことを考えさせた。他にも、彼らにやらさせることは、山ほどあった。

犬上御田耜が、官吏を育てる責任者になった。玄理たちは、期待に応えて実に良い仕事をした。御田耜は玄理たちを守る仕組みをつくるべきだと進言した。玄理たちが物事を決めているように見えると、豪族たちは玄理たちを潰しにかかる。悪くすれば殺されるかもしれない。つまり、誰が決めているのか分かりにくい仕組みをつくれ、というのが御田耜の考えだった。実際には、中大兄皇子が直接命じて玄理たちが考えるのだが、それでは指示命令の流れが、豪族たちに分かってしまう。政（まつりごと）の方針に係わることを集団で考えているように見せることと、その集団の長に大物の貴族を置く。豪族たちは誰が決めているのか見えにくくなる。形の上だけだが、政を差配しているように見せるのにふさわしい者は誰か？　中大兄皇子は人選を工夫した。本当に愚かな者ではだめだし、才走っている者も向いていない。兵を持たない大物が良い。そこで選ばれたのが、阿部内麻呂（あべのうちまろ）だった。

内麻呂は、己の意思を主張しない。中大兄皇子が内麻呂を無視して、玄理たちに直々に指示を出しても、不平を言うような男ではなく、自分の立場をわきまえている。内麻呂の娘は、息長の主（あるじ）の田村王に嫁ぎ、息長家の大物の茅渟王（ちぬおう）とも親しかった。（息長の女たちを味方につければ、自分の立場は安泰になる）。内麻呂を左大臣（ひだりのおとど）に任じると、中大兄皇子が目指す政（まつりごと）の形が見えてきた。

ある日、新羅から使節の一団が訪れて、武烈王となった金春秋からの贈り物を持ってきた。贈り物は、『時（とき）』を報せる『漏刻（ろうこく）』という水時計だった。

（金春秋め。新羅が進んでいることを見せつけたいのか。悔しいが、これを使えば、『時』が分かる。つまり、ワシは時を思うがままに支配できる。この漏刻とやらを万民（よろずのたみ）に見せて、漏刻が告げる時が正しくて絶対であることを周知させよう。ワシが『時』を制することになる。時を制する者は、政（まつりごと）を制する者だ）

そう考えた中大兄皇子は、漏刻を自分の居室のそばに備えさせて、大きな鐘楼を造らせた。朝、昼、夜と鐘楼を突いて、音を伝えるために村々にも鐘楼を置かせた。時の音の網が、大和の国中に張り巡らされた。時を告げる音は、中大兄皇子の居室の鐘楼からはじまり、飛鳥と河内と伊勢の隅々までに行き渡ることになった。万民は、この時を基準に仕事をし、暮らしを営むようになった。これらはすべて、玄理たちの進言によるものだった。

「これによって、皇子さまは、『時』を支配することになります。時を支配する者は、唐では皇帝だけになります」。犬上御田耜の言葉に、中大兄皇子の胸は躍った。

「皇帝、であるか？」。この日以来、中大兄皇子は、益々横暴で尊大になり、官吏たちを怯えさせた。

漏刻が皇子の心を捉えたという噂を知ってか知らずか、ある日、智踰（ちゆ）という僧が指南車（しなんのくるま）という箱を奉呈してきた。聞けば、この箱の中にある機械は、常に南を指すということで、どこにおいても方位が分かる、という優れものだということだった。試させると、確かにこれを使えば、常に南の方角を知ることができるというので、皇子は蘇我赤兄（そがのあかえ）に戦などで役に立つかどうか試すように命じた。数日後に、赤兄が上奏した。

「これは大変な優れものです。この指南車をたくさん作って、阿倍比羅夫たち遠征の将軍たちに持たせてやります。必ずや戦で役に立つことでしょう」。大和の軍団は、指南車を持つことになったが、戦で使われたことはなかった。この重い箱を持ち歩かなくても、将兵は日輪や自然を観察することによって、方位を知ることができたからだった。

中大兄皇子が朝鮮半島への出兵を急がせている飛鳥の宮殿に、ある日のこと、有間皇子が現れた。若さが香り立つ貴公子だったが、有間皇子が中大兄皇子を叱責する態度はすざましく、官吏たちは震え上がった。

「直ちに、出兵を止めよ。半島に行った兵を戻せ」。有間皇子は凛と言い放った。小僧だと思って適当にあしらっていた中大兄皇子に、有間皇子は腹を立てた。有間皇子は、声を強めて中大兄皇子を非難した。

「息長（おきなが）では、ソナタを世継ぎのオビトにしたことはない。大兄皇子（おおえのみこ）などの称号は、息長では使わない。ソナタが自分勝手に大兄皇子を称することは、詐称であり、息長とこの国に対する反逆である」

中大兄皇子は、痛いところを突かれて、まともな反論ができなかったものの、支離滅裂な理屈を並べて有間皇子を非難した。

「ソナタが分からないのであれば、皆に語ろう。さあ、一緒に広間に来い」。有間皇子は、中大兄皇子を豪族や貴族たちが集まっている広間に連れていった。有間皇子は、百官を前にして、張りのある声で出兵を中止せよと命じた。

「そもそも息長は、朝鮮半島への出兵など命じたことはない。ルワンさまは、たびたび天に伺った。天は、ただ、『暴挙である』とだけお告げになられた。昨夜、天は『天を愚弄するとは何事だ』と、お怒りであった。皆に命ずる。出兵をただちに止めよ！」

おう？とか、天が？とかいう声で、広間がざわついた。その時、官吏たちを両手を挙げて鎮めた者がいた。蘇我身刺（そがのむさし）だった。彼は、大声で有間皇子を詰（なじ）った。

「出まかせを言うな！　天が命じたという証拠は、どこにあるのか？　証拠があるなら出してみろ！」。有間皇子は怒った。優雅な顔をゆがめて、悪魔のような形相で身刺に向かって吠えた。

「無礼者め！　そもそも出兵をけしかけたのは、ソナタであろう。中大兄もソナタも、誰の命で出兵を企んだのだ。この国を治めているのは、息長である。息長が許していないことを、勝手に決めるな！」

これに対して、身刺はへらへらして、有間皇子をからかった。

「これはこれは、哀れな小僧さんだ。息長がこの国を治めている、だと？　ふざけたことを言うな！　この国は、中大兄皇子さまの国だ」。蘇我赤兄が、身刺に調子を合わせた。「この小僧は」と、赤兄は有馬皇子を指さして、百官に言った。「中大兄皇子さまがこの国の皇帝だということを知らないようだ。中大兄皇子さまは、時を支配しているのだ。時を支配できるのは、皇帝だけだということを知らないようだ。哀れな小僧だ」。有間皇子は、顔面を蒼白にして、百官に質した。

「ソナタたちに聞く。皆は、中大兄を皇帝だと認めたのか？」。百官は、ざわめいた。中大兄皇子が皇帝だと認めていない者もいたからだった。

「もともと、葛城が大兄皇子を詐称していることを、ソナタたちも知っているはずだ。大兄皇子を詐称した者が、今また皇帝を詐称して、半島に出陣せよと言っている。ソナタたちが止めなくてはならん。他に、誰が止めるというのだ！ さもなくば、この国に天罰が下る。勿論、ソナタたちにも天の罰は落ちる」。青年とは思えない有間皇子の迫力に、身刺たちはたじろいだ。言葉に窮した身刺は、「この小僧は、気が触れた。追い出してしまえ！」と兵たちに命じた。有間皇子は、兵に担がれるように朝堂から追い出された。それでも、皇子は諦めなかった。

翌日も、有間皇子はルワンとともに、海石榴市（つばいち）で民に呼びかけた。

「ナカノが大兄皇子を称しているが、息長は認めていない。あれは詐称だ。朝鮮半島に兵を出してはいけない！ 国が亡びる。皆で葛城皇子の愚行を止めるのだ！」。皇子は、市に集まった民に訴え続けた。ルワンもきれいな声を絞り出して、民に説いた。

「天は、ワレに命じた。出兵は暴挙であり、大和の国を亡ぼす。直ちに中止せよと告げられた。万民（よろずのたみ）よ、ソナタたち、天に逆らうことになるぞ」。だが、二人の演説は、風の者たちに遮られた。医師の装束を着た風の者が、民たちに謝った。

「皆の衆、悪いのう。ワシは、息長の医師だ。このお二人は、気が触れておられる。おかしなことばかりおっしゃっる。お気の毒な方々だ。さあさあ、お邸に戻りましょう」。その男は、有間皇子とルワンの手を取って、強引に連れ戻そうとした。別の風の者たちが、聴衆を装って口々に言った。

「さもありなん、おかしな話ばかりなさる。お疲れなのであろう。お邸でお休みになられよ」

「息長は、中大兄皇子さまに政を任しておいでになっているぞ」

「息長の軽王さまは、中大兄皇子さまを、皇帝になされたと聞いたぞ」

「皇帝だから、百済の王を助けるのだ、とおっしゃったそうだ」

「皆の衆、騙されまいぞ。有間皇子と媛さまは、茅渟王さまから勘当されたそうだ」。風の者たちは、口々に出まかせを言った。民は、風の者たちの虚言（うそばなし）をあっさりと信じた。風の言葉に乗せられて、有間皇子とルワンを胡散臭い目つきで見て、遠ざけるようになった。


翌日も、有間皇子とルワンは、海石榴の市に立って、民への訴えをつづけた。聞いている民は、数人しかいなかった。そこに隊列を組んだ兵が現れた。聴衆は蜘蛛の子を散らすように逃げ、兵は有間皇子とルワンを海石榴市から追い出した。だが、有間皇子はしぶとかった。翌日から、有間皇子は、豪族の邸を一軒ずつ訪れて中大兄皇子の暴挙を止めさせるように説得した。だが、豪族たちは、二人を相手にしなかった。蘇我蝦夷と入鹿の親子が殺されて以来、西域人の盟は跡形もなく消えて無くなってしまった。風の者たちは、豪族の部下たちの兵たちの中に入り込んでいた。彼らは、兵たちを洗脳していた。兵たちのなかには、主人の豪族たちが中大兄皇子に逆らうことに、内心で反発する者が出てきた。それが態度に出ることもあって、豪族たちは、部下たちが中大兄皇子に心酔していることに気づいていた。このときも、うっかり有間皇子の話に乗れば、豪族たちは自分の部下に密告されるか、あるいは暗殺されるかもしれないという恐怖を感じていたのだった。

そして、再び事件が起こった。蘇我赤兄（そがのあかえ）の兵が、海石榴市（つばいち）で演説をしている有間皇子を捕縛した。兵は、そのまま皇子を墨江津から船に乗せて、どこかに連れ去ってしまった。事は、それだけでは済まなかった。兵たちは、ルワンさえも捕縛し、中大兄皇子のもとに連行した。

中大兄皇子は、縄に縛られたルワンの美しい肢体を見て、欲情を抑えられなくなった。縄目が食い込んでいる白い肢体にそそられて、皇子は力づくでルワンを凌辱した。ことが済んでも、中大兄皇子はルワンを邸に幽閉して、夜ごと弄（もてあそ）んだ。

その二十二　これが戦か？

さて、倭の国の筑紫に話を移す。

陽咩（やめ）の館では、博麻（はかま）が薩夜麻（さちやま）に朝鮮半島への出兵を勧めていた。薩夜麻は、朝鮮半島で得るものは少ないと判断していた。だが、博麻は利は大きいと言った。博麻は、大和との連合が利益をもたらすと考えていた。博麻にとって、大和の魅力は、鎌と足の頭脳だった。彼は、鎌と足の兄弟が大和の朝堂から追い払われたことを知らなかった。

薩夜麻の方は、いつぞや郭務悰が語ったことが気になっていた。郭務悰の誘いに乗るつもりはなかったが、唐が大和を外交の視野に入れていることを不思議に思っていた。

（唐にとって、内陸の小国の大和なんぞ、歯牙にもかけないはずだが。何かあるのだろうか？）。薩夜麻が思案していたところに、大和の朝鮮半島征伐の誘いが投げられた。博麻は、その誘いに乗ることを強く勧めている。それも筑紫の大伴久目大王（おおとものくめのおおきみ）ではなく、倭人連合の王を目指す薩夜麻に勧めているのだった。

（ここはひとつ、誘いに乗ってみるとするか。大和の力を識るよい機会になるだろう。

郭務悰の話も、満更すべてがいい加減だということでもあるまい）
半島で何かが起こるのだろうということは、薩夜麻も感じていた。それが、何かを自ら調べに行きたい気持ちもあった。

筑紫は、倭人地域の中心に位置している。各地の産物が筑紫に集まりやすく、筑紫に大きな市ができれば潤う。半島に出兵するのは、大和の兵ではなく、地方の豪族たちだと聞いている。彼らと親しくなり、筑紫の市に招き入れることができれば、筑紫を拡大できるだろう。

「筑紫の若者たちを鍛える、よい機会だと思います」と、博麻が力強く言った。

「筑紫の花郎（ふぁらん）の団をつくるのだな。頼もしいかぎりだ」。そう言って、薩夜麻は博麻の考えを受け入れた。結局、薩夜麻は周りの倭人たちに呼びかけて、大きな船団をつくった。

朝鮮半島に話を移す。

先に出兵した日本軍は、総大将の上毛野稚子（かみつけののわかこ）の下に、あの物部朴市秦造田来津（もののべのえちのはたつくりのたくつ）も千人隊長のひとりとして従軍していた。田来津は、同僚の狭井檳榔（さいのあじまき）とともに、数年前に百済の王子の豊璋（ぶんぐじゃん）を百済に送り届けたことがあった。このたびは、そのときの経験を買われて従軍したのだった。その時に田来津たちが送った王子は、実は豊璋ではなく糾解だった。だが本物の豊璋を知る者がいなかった。そのために、豊璋を帰国させたことになった。田来津は、そのときの経験を周囲にひけからして、自分の存在感を高めようとしていた。

彼が、朝鮮半島の南端の富山浦(ぷざんぽ)に上陸したとき、他の日本の軍船も、それぞれその近くの津に上陸して、海東の南の津々浦々は、日本の軍船で埋め尽くされた。田来津は経験をひけらかしているうちに、自分でもそう思い込んで、自信過剰になっていた。彼は、上陸するや否や、同僚の河辺百枝(かわべのももえ)たちを差し置いて、自分の部隊だけで北に進軍してしまった。田来津の伝令からそのことを聞いた大将軍の上毛野稚子は、「先は長いのだ。功を焦ってどうする。愚か者め。ソナタの主人に日々の報告を絶やすな、と伝えよ」。稚子は、田来津が中入りしすぎることを案じて、厳しく命じた。

上毛野稚子は、予定されていた日本軍の将兵が、半島の南の津から上陸を果たしたことを確認したうえで、陸の兵を率いて韓人(からびと)の土地を北に向かった。上陸して五日たったが、味方の百済の残兵はおろか、新羅軍も現れなかった。

その日、日本軍は森のなかの道を北に向かって行軍していた。森はさほど深くなかったが、道は少しずつ狭くなっていた。

(何かおかしい)。稚子は、胸騒ぎを覚えて、いったん全軍の進軍を止めた。

(新羅兵はおろか、里の者もだれひとり姿を見せない。先行しているはずの秦の田来津からの伝令も、三日前から来ていない)。稚子は、斥候の兵士の数を増やして行く手の先の先まで探索させたが、人影は見えなかった。それどころか、約束してあったはずの百済復興軍の兵もまだ来ていない。道筋も見当がつかなかった。上毛野稚子は、自分の軍に配属されていた今来(いまき)の百済人の兵士を集めて斥候隊をつくらせて、熊津城への道を案内させた。

彼は「急いではならん」「慎重に進め」「斥候を多く出せ」「周囲を警戒しろ」などと全軍に指示を出した。「日が暮れる前に早めに宿営せよ」「本陣への報告を欠かすな」と指示することも忘れなかった。

(それにしても、田来津はどこに行ったのだ? 行く手を示す布切れひとつさえない。何かおかしい)。先行する部隊は、行く手先々の木々に自軍の進路を示す布切れを結んで、この道を進んでいることを示す約束になっていた。だが、それがひとつもない。

稚子の不安が高まっていたとき、行く手に小さな砦らしきものがあることを斥候の兵が知らせてきた。稚子は、大斥候隊を二つ出して、その城の様子を探らせた。

「敵兵と遭遇しても殺してはならん。捕縛せよ。色々と聞き出すことがある」と、命じた。大斥候隊とは、ふだんの斥候の五倍の人数で構成する部隊で、威力偵察つまり、敵と遭遇した場合、闘うことも許されている戦闘用の斥候部隊のことだった。大斥候隊の報告では、その砦には誰もおらず、周りの里の家々があるものの、人影はまったくない、ということだった。

（益々おかしい）。稚子は、いったん進軍を止めて、将軍や部隊長たちを集めて軍議した。彼らも皆、薄気味が悪いと言い、迷いがあることが見て取れた。

（将軍たちを迷わせてはならない。まずは、ワシ自身の迷いを消そう）

軍議の結果、彼らは、大斥候隊の数を増やして、四方を探ることになった。だが、再び背筋が凍ることが起こった。大斥候隊は、一隊も帰ってこなかったのだった。斥候隊は報告を絶やさないために、そんなに遠くまで行くはずがなかった。

（一隊も帰らないとは、悪魔のしわざか？）。稚子は、さらに大斥候隊の数を二倍にした。すると次の日、一隊だけが帰ってきた。隊長の狭井の何某によると、途中、敵兵らしき一隊の姿を見た。これを捕えるべく追ったのだが、いつまでたっても追いつかず森の中を彷徨わされてしまった。いったん、兵を止めて休憩したところ、後方の三人の兵の姿がないことに気づいた。彼らを捜すべく、来た道を戻ろうとしたが、方向を見失った。幸い、兵の中に飛び抜けて優れた方向感覚を持っている兵がいたので、何とか来た道を辿ることができたが、あの兵がいなければ、戻ることはできなかった、という報告だった。

（これはまずい。敵はワレラを撹乱している）。上毛野稚子は、再び軍議を催した。これまでにいなくなった将兵の数は、すでに二千人に達していることが分かった。一万五千人のうちの二千人が戦闘をする前に、煙のように消えてしまったのだった。軍議に出席した将軍たちは、怯えていた。

（敵の姿が見えないことが不気味だ。いったい敵は誰なのだ？）

中大兄皇子の命令では、百済の残兵たちが案内してくれる。彼らと一緒に新羅の軍と戦って百済の国の再興をさせよ、だった。だが、未だに敵である新羅だけでなく、百済の旧臣たちも姿は見えない。

見えない敵の影を追って、片時も休まず緊張していることが、日増しに重圧になって稚子をはじめ、すべての日本軍の将兵の心を乱していった。彼らの心は疑いで満ちあふれ、風の唸りにも怯えることがあった。

一方、安曇比羅夫（あづみのひらふ）が率いる水軍は、伽倻（かや）の富山浦（ぷざんぽ）で阿倍比羅夫と廬原臣足の軍を待っていた。彼らが来る前に、上毛野稚子の補佐をする巨勢神前訳語（こせのかむさきのおさ）の部隊が遅れて到着した。訳語（おさ）は、百済の木浦に上陸して北に進軍することになった。訳語とは言葉を訳す人という意味だったから、その地の言葉には堪能だった。だが、その能力を活かす場面はなかった。彼らも他の日本軍と同じように、日を追うごとに少しずつ兵の数を減らし、気がつくと五百人を超える将兵が姿を消していた。兵たちは、行軍しながらも後方ばかり気にするようになって、前に進む気力がなくなっていた。

安曇比羅夫が率いる将兵は、阿倍比羅夫(あべのひらふ)の到着が遅いことに苛立っていた。だが、阿倍比羅夫の船団がどこにいるのか分かっていないので、督促のしようもなかった。その阿倍比羅夫も苦労していた。齶田(あぎた)で補充する予定の粛慎(みしはせひと)人の兵が集まらなかったのだ。渟代(ぬしろ)の津で集めた兵が数百。齶田ではたった数十人、北に上って後方羊蹄(しりべし)の国にも行ったが、成果はほとんどなかった。やむを得ず都怒賀から出雲に下って兵を集めたが、それも上手くいかず、兵の数は全軍で四百人しかいなかった。将軍が率いる数としては、あまりにも少なかったが、いつまでも安曇比羅夫を待たせるわけにもいかない。阿倍比羅夫は、やむを得ず富山浦に向かった。

一方、筑紫軍である。博麻がいる先発隊が、朝鮮半島の南端の木浦(もっぽ)で、筑紫からの中軍が到着するのを待っているところに、土地の倭人が情報を持ってきてくれた。同じ倭人の筑紫軍だから教えるのだと言った。

実は、この辺りにいた新羅の兵士が、津々浦々で大量の戟(げき)や網とともに枷(かせ)を作らせて、船に満載して出航していったということだった。戟は、鉾の先に直角に刈(か)という刃を付ける武器で、手前に引いて相手を切り裂く。ところが、新羅の軍団が土地の鍛冶屋に作らせた戟は、刈の刃の代わりに手鉤（てかぎ）をつけたものだった。枷については、首枷（くびかせ）と手枷（てかせ）を大量に作らせたという。一枚の首枷が、三人の首をはめるように作った。枷はすべて木で作るので作りやすかった。土地の者たちは競って作り、新羅軍に売り込んだ。

「ありゃ、間違いなく敵の兵士を殺すのではなく、生け捕りにして奴婢（ぬび）にしようというものだ」。土地の者はそう教えてくれた。「背筋が寒くなる話だな」と、筑紫の兵たちは肩をすくめた。

この報告は、早舟で筑紫の那（な）の津（つ）にいるはずの薩夜麻にもたらされたが、使者は間違えて、陽咩（やめ）の邑に行ってしまった。そこで密書を家令に渡したが、家令の怠慢のために届くことはなかった。別の早舟も出たが、それは風に流されて岩礁にぶつかって大破した。兵は、鎧を脱ぐ間もなく、海の藻屑となった。

この密書に書かれていたことは、この戦いで新羅が狙っているのは奴婢である。日本軍の将兵を奴隷にして売り払って、巨額の財をつくろうとしている。すでに、新羅軍は捕虜を捕えるための道具を大量に持っている。奴隷を扱う賈のタモルトの手先の暴れ者たちが、木浦の周辺の津々浦々を跋扈している。その人数は異常に多く、これから起こる海戦を待っている。オレたちは、他の将軍を説得して筑紫に帰り、大和を攻める。薩夜麻の承認を取って欲しい。あらまし、そういうことが密書に書かれていた。
もし、この報告が届けば、博麻は上毛野稚子や安曇比羅夫を口説いて、撤退させることができたかもしれない。そうすれば、半島への遠征軍は、薩夜麻の下に連合して、攻撃の矛先を大和に変えて、日本の歴史を変えていたかもしれなかった。だが、歴史が変わることはなかった。

その二十三　藤原鎌足（ほぜわらのかまたり）の誕生

さて、そのころ、足が大和に帰っていた。鎌が亡くなったので、彼は鎌の忘れ形見の不比等（ふひと）を護り育てる気持ちを込めて、鎌足と名乗ることにした。読み方も日本（やまと）の言葉で、カマタリとした。

『藤原鎌足（ほぜわらのかまたり）』の誕生である。

鎌の遺言では、不比等が成長するのを待つ予定だったが、事態は待ってくれなかった。オサガンからの報告で、ルワンも拉致されたということで、中大兄皇子の暴政が激しくなっていることを知った。このまま鎌足が廬原にいれば、大和が衰退してしまう。オサガンは、鎌足が隠れるために最適なところを飛鳥のなかに見つけた、と知らせてきた。早く大和に戻る方がよい。鎌足はそう判断して、不比等を連れて大和に戻ったのだった。鎌足が大和に行くと言うと、大海は鎌足たちを護るために、同行を希望した。大海は、部下を二手に分け、一手は廬原の安倍に残してきた。

大和に着いた鎌足と大海の一行は、飛鳥の御蓋山の山中に居を構えた。この山は森が深く大勢が棲むのに適しているだけでなく、霊山として名高いため猟師さえ足を踏み入れない。隠れ家としては格好だった。この森に一歩足を踏み入れた幼い不比等は、体中が震えるのを感じ、震えを止めることができず、入り口で立ち尽くしていた。草壁皇子が、不比等の肩をやさしく叩いて言った。

「ここは、ソナタたち一族の聖地なのであろう。この森の霊という霊が集まって、幼いソナタを待っていたようだ。ワシにも、霊の気が昂っているのを感じる。この地を探し得たということは、ソナタたちホゼワラの一族の、これからの繁栄が約束されたのであろう」

（天のお告げだ）。鎌足は、草壁王子の口を借りて、天が告げているのだと悟った。（天よ、感謝いたします。いずれ、このお山のふもとにお社をつくります。今は、十分な財がありません。不比等が大和の宰相になった暁には、大きなお社を建ててお祀りします）。

鎌足は心の中で、天に誓った。


さて、オサガンは、仲間の総力を挙げて、ルワンの行方を追っていた。ルワンは、中大兄皇子の邸のなかで厳重に監視されていることが分かった。これまでに、ルワンを救い出すために送ったコーサーの者たちは、ことごとく殺されてしまった。容易に近づけないことが分かったし、その後の警備はさらに厳重になった。

そして月が八度満ちて欠けたとき、有間皇子の行方を追っていたオサガンの手の者が帰ってきて、有間皇子がすでに殺害されていたことを鎌足に報せた。墨江津（すみのえのつ）から船に乗せて連れていかれた有間皇子は、紀伊の藤白坂で殺害されたということだった。


「ご遺骸は、ごみのように海に投げ捨てられたそうです」

「誰が？　そのような惨いことを」

「風の者のなかの白い人だったそうです。同じ白い人だったので、皇子は気を許していたように見えた、と土地の者は言いました」

「またしても風であろう」

「かくなる上は、ルワンさまにもさらなる危害が及ぶことになりましょう。急ぎ、お助けせねばなりません」。オサガンは、彼の傘下の総力を挙げて、ルワンを救出すると言った。

「風と相打ちになるぞ」

「構いません。アノ者たちを抹殺しなければ、この国に安寧はもたらせません。この世の闇を祓わねばなりません」

「勝算は？」と聞いたが、（あるのか？）という言葉を、鎌足は呑み込んだ。

「コーサーと傀儡だけでは風に敵いません。さらに仲間を集めています。今の大和の世を嘆く者は、とても多いのです。大海さまにも助けて頂きました」

「大海が？」

「大海さまは、部下の天山のアバール人に命じられました。アバール人は、古より、夢で通信する術を持っています。大海さまは、総力を挙げて風の者たちと闘うことを、数多の仲間に通信することを命じられたのです。『天山に夢を飛ばせ。アバール人の裔の者たちに、黒の世界との戦いがはじまった、と伝えよ』。天山とは西域の聖なるお山です」

「アバール人？」

「白呪術と幻術に長けている術師たちです。天山のアバール人が、日本の国々のすべての白の世界の者たちに、オサガンを助けよ、オサガンと共に戦え、と指示をしてくれました。呪術には、正義の世界の白と邪悪の世界の黒があります。ルワンさまは、ワレら白の世界の象徴です。何としても救い出さねば、世界は黒の闇だけになります。黒呪術を操る国の者たちと対決します」

「武力だけでは、風の者に勝てないということか？」

「武力と呪術です」

「黒の世界との争いに決着を付ける、ということか。ソナタたちに、何としても勝ってもらわねばならん。ところで、ワシにできることを言ってくれ」

「楼舡を一隻用意してください。ルワンさまを救出した後に、故郷(ふるさと)の廬原の国にお連れしなければなりません」

それから、数日がたった。物部水海(もののべのおうみ)が、宇陀の隠れ家にルワンさまをお運びした、と鎌足に報せてきた。鎌足は、慌てて隠れ家に駆けつけたが、入り口に寝かされているルワンさまを一目見て、思わず顔をそむけた。それほど、ルワンさまは無残だった。衣服は破れ、肌にも残虐な仕打ちを受けた痕があちこちに見られた。さんざん弄ばれたことが体中に見て取れた。髪は乾いて逆立ち、目は宙を彷徨って漂い、口からは涎(よだれ)とも血ともみられる液をたらしている。

（何としたことだ…）。あまりの無残なさまに、鎌足の胸は震えた。

「ルワンさまをお護りできなかった、ワレラが悪かったのです。返す返すも無念でなりません」。異様な服装の男が唸った。

「アバールの術師です」と、水海が小声で囁いた。

「オサガンは？」

「黒呪術師（くろのじゅじゅつし）と刺し違えて、先ほど息絶えました」

「風の者たちは？」

「残念ながら、二人ばかり逃しました。根絶やしにできなかったことが悔しいかぎりです」

「こちらの者たちは？」

「残った者はわずかです。多くの仲間たちを失いました」

「犠牲になった者たちの弔いの前に、まずルワンさまのお命を…。水海よ、手伝ってくれ。楼紅は安濃津に用意してある。ルワンさまを急ぎ、楼紅にお乗せして廬原に運ぼう」と、鎌足は言った。

「駄目だ。今、ルワンさまを動かせば、お命がもたない。仲間の医術師を呼んだ。ここで待つ方がよい」と、アバール人が言った。

「ここを護る者はいるのか?」

「四人くらいです。助けを呼びたいが、仲間以外は信用できないので、ワレラでお護りするしかないのです」

「四人か…。いかにも少ない」と、鎌足が口にしたときに、アバール人の術師が、「静かに!」と言って手で皆を制した。

「静かに!　遠くだが、駒の音が聞こえる。十騎を超えている。駒の音が柔らかい。相当な乗り手たちだ。騎馬の民か?」と術師が言った。敵か?　味方か?　皆は、息をひそめた。しばらくすると、隠れ家の前で、駒の音が止まった。

「三騎だけだ。おかしい、数が減っている」と術師がいぶかった。皆は、腰の剣に手をかけて固唾を呑んだ。

入ってきたのは、縁(へり)が波打つ笠を被った男だった。素早く床に横たわっているルワンさまを見つけると、男は後ろを向いて何か言った。次に入ってきた若者を見て、水海が安堵の息を吐いた。

「草壁(せびょく)王子さま」。他の者も、剣から手を離して、ほっと体の力を抜いた。草壁王子につづいて、大海も入ってきた。

「ルワンさまは?」。大海は、会釈もそこそこに鎌足に尋ねた。

「見てのとおりです。医術師が来たら、楼舡にお移しします」

「三十騎の者たちが、辺りを固めています。ご安心を」

「ありがたい」。鎌足は礼を述べた。掌（てのひら）は汗でびっしょりだった。草壁王子が指示して、手早く作らせた床を馬が曳いてきた。「これは橇（そり）という。獣の皮の匂いがするが、この床でお休み頂く」。そこに、アバール人の医術師が到着した。若い白人の女で、吸い込まれるように碧い目が光っている。女はルワンさまの症状を診て言った。「これは惨（むご）い。神の気を浴びなければ治らない。とても強い神の気を浴びなくては…」

「この辺りは危険すぎる。両河内（ふたつかわち）の葦（よし）の原の館まで連れていきたいが、どうだろうか？十日の旅だ」と、鎌足は女の医師に尋ねた。

「それは無理だ。凌辱された傷がとても深い。身体と心の底まで腐らせている。お命が尽きかけている。ミトラの神でさえお助けできないほどに」

「ミトラの神はどこに？」

「安濃津の南に、ミトラの神が降りてくる森がある。だが、動かせば、お命が危うい…」

そのころ、伽倻（かや）の海では、廬原の船団が富山浦（ぷざんぽ）に近づいていた。率いる将軍（いくさのきみ）は、カニョコリだった。瀬戸内からの船と兵も合流して、三十隻の楼舡と四百隻の小型の船が、一万人近い兵と水夫（かこ）を乗せていた。「大将軍（おおいなるいくさのきみ）の廬原臣足さま」。周りの者たちは、カニョコリをそう呼んだ。大将軍と呼ばれて、カニョコリは天にも昇るほど有頂天になっていた。

七日前のことだった。船団が熟田津（にぎたつ）に着いたときに、安曇比羅夫からの使者がカニョコリを待っていた。使者は、カニョコリを大将軍とあがめて言った。全軍を二手に分けてもらいたい。一軍は瀬戸の海を出たら東に回って、出雲に行って阿倍比羅夫の軍に合流されたい。本隊は、朝鮮半島の南端の富山浦の沖で日本水軍と合流してもらう。揃って、半島を西に進み、泗沘（さび）の都の沖から熊津江（こまなるがん）に入る。唐の水軍が味方になって、ワレラを待っている。唐の水軍と合流して、百済の復興軍の将たちを救出するという作戦を、使者が伝えた。

「廬原臣足さま。将軍（いくさのきみ）さま、ご返事は諾でよろしいでしょうか?」。跪いている使者に、「諾である。承ったと、安曇比羅夫さまに伝えてくれ」と、カニョコリは胸をそらせて言った。カニョコリは、おだてられて心が躍り、使者が去った後でも、興奮が覚めなかった。喜びのあまり、カニョコリは、重大な誤りを犯してしまった。彼は、使者の証明となる木札をよく確かめなかったし、なぜ唐の水軍が味方になったのかを問いただすことを忘れて、半数の部隊を出雲に向かわせてしまった。

その二十四　運命の日

富山浦で長く滞陣していた安曇比羅夫のもとに、前月死去した阿倍内麻呂の後をついだ左大臣巨勢徳陀古（こせのとくだこ）の使者が来た。髪は黒いが、白人（しろいひと）だった。使者は、会うや否や安曇比羅夫を責めた。

「なぜ、こんなところに留まっているのだ？　時と財を無駄に垂れ流しているだけではないのか？　速やかに兵を陸に上げて攻撃せよ」。使者は鼻の先でせせら笑って、安曇比羅夫を馬鹿にした。安曇比羅夫は、怒りを隠さなかった。

「そんなことは、分かっている。だが、そもそも盧原臣足とか言うヤツを待てというのが、そっちの指示だったではないか？」

「それはそうだ。だが、何もしないで待てというわけではない。臣足が来るまでに、この辺りの倭人たちを、成敗しておけばよいではないか？　何もしないで滞陣していることを責めているのだ。だいたい、ここに留まっているだけでは、無駄な財を垂れ流すだけだろう」

安曇比羅夫と将軍だけでなく、隊長たちも使者を囲んで、声を荒げた。

「ふざけるな！　この辺りの衆は、賊ではない」

「誰が賊なのか知っているのか？　唐と新羅の他に敵がいるのか？」

「財と言ったが、財はワシらの自前だ。テメエらが少しでも出したか？」。そのとき、使者がとんでもないことを言いだした。

「唐は敵ではないぞ」

「何？　唐が敵ではない？」

「敵は新羅だけだ」

「本当か？　出鱈目を言うと許さんぞ」

「であれば、唐が敵でないのなら、中大兄皇子に一筆書かせろ！　それが来るまでは、ここから動かんぞ。財が尽きたら、軍を解散する。分かったか？」

「よいのか？　悪口雑言を吐いても。中大兄皇子さまと左大臣さまを敵に回すぞ」。使者は口の端に、皮肉な笑いを浮かべて言い切った。

「巨勢の左大臣は何の権限で口を出すのだ？　総司令官になったとでもいうのか？」。使者は、首を横に振った。

「では、なぜ口を挟むのだ？」。その後も皆に責められて、使者は、気まずそうにして帰っていった。

皆が使者と激しく口論していた時、使者の部下のひとりが、蘇我赤兄を連れ出して、二人だけで話し合っていたことに気づいたものは誰もいなかった。

巨勢徳陀古（こせのとくだこ）は、もともと中大兄皇子の百済救援に大賛成していた幹部の官吏のひとりだった。おそらくは中大兄皇子に指示されて使者を送ってきたのであろう、と安曇比羅夫は思った。次の日、安曇比羅夫は軍議を開いて、唐は敵ではないという左大臣の言葉を伝えた。敵が新羅だけであれば、朝鮮半島の東に回って新羅の斯蘆（さろ）の都を襲うべきだという意見が出た。もっともな意見だった。

「だいたい阿倍比羅夫がいつまでも来ていないが、まさかアヤツは、出雲から単独で斯蘆を攻めているのではあるまいな？」

「抜け駆けして、戦利品を独り占めするつもりかもしれない」

「アヤツだけで、新羅に勝てるわけはあるまい。それくらい分かっているだろう」。軍議は、阿倍比羅夫のことに話題が集中した。

「まあまあ」と安曇比羅夫は皆を鎮めた。「皆の衆が言うのはもっともだ。だが、廬原臣足とかいう将軍が来ることになっている。合流して西岸沿いに北に向かえ、というのが元々の命令だ」。軍議は、廬原の臣足を待つことを確認して終わったが、深刻な問題が提起されていた。どの船でも、食料が足りなくなっていたのだった。将軍たちは己の兵たちを上陸させて、近在の邑々（むらむら）で食料を強奪した。だが、邑々の蓄えも尽きかけていた。食料を得るために、日本軍の兵たちは、内陸深くにまで行くようになった。だが、いつまでたっても、彼らは帰ってこなかった。

（何かおかしい。気味が悪い）。安曇比羅夫にとって、背筋が寒い思いがつづいた。

そんなときに、将軍のひとりの間人大蓋（まひとのおおふた）が、報告に来た。兵が手に持っている箱のなかに入っていたのは、あの巨勢徳陀古の使者の首だった。

「あいつの態度がぎこちなかった。おかしいと思って、小早舟の部隊に後を付けさせたのだ。何が起こったか分かるか？　アヤツは、事もあろうに、新羅（しるら）の斯盧（さろ）に舟を向けたのだ」

大蓋の兵たちが付けていくと、使者の一行は斯盧の都の大きな邸に入っていった。聞き込みをすると、そこはタモルトという大きな賈の邸だと分かった。使者の一行は、翌日、下僕たちに何台もの荷駄の車を曳かせて船に運んだ。大蓋の兵たちはその船を尾行して、斯盧の津を離れたところで、使者の船を襲って使者の首をとり、荷駄を奪った。荷駄には金の細工物や絹などの貴重な品々が入っていた。「おそらく、タモルトから巨勢徳陀古か誰かへの貢ぎ物であろう」と間人大蓋は語った。

「あの使者は、蘇我身刺(そがのむさし)の手の者だった」

「何だと？身刺の？　巨勢徳陀古の使いではなかったのか？」

「兵が言うには、アノ者たちは、邸に入るときに、身刺さまの舎人だと告げていたそうだ。間違いなかろう」

「そのタモルトという者は、どういう者だ？」

「タモルトのことは、斯蘆の都では知らない者はいないほどの、財産家だそうだ。とてつもない大きな賈(こ)で、新羅の朝廷の財もタモルトが管理しているらしい」

「賈であれば、様々な品を取り扱っているのであろうが、タモルトとやらは、何を商っているのだ？」

「タモルトが主に扱っているのは、ノビというものらしい」

「ノビ？」

「ノビだというが、オレらにはさっぱり分からん」。安曇比羅夫は、今来人(いまきびと)の隊長に、ノビのことを尋ねた。

「ノビですか？　ノビとは奴婢(ぬひ)、つまりヌーリーと唐人が呼ぶ者たちのことです」。隊長は、水で奴隷と書いた。

「唐の言葉で、奴隷です」

「奴隷？　生口のことだ。タモルトとは、奴隷を売り買いする賈だということか？」

今来の韓人の隊長は、「タモルト？　タモルトですか？　タモルトは、半島でも有名な奴隷を商う賈です」と、言った。暗い沈黙が辺りに漂った。

（奴隷を商う賈に、巨勢徳陀古の使者と偽ってまで、蘇我身刺が使いを送ったのは何故なのか？）。比羅夫の心の中を見透かしたように、間人大蓋が耳元で比羅夫に囁いた。

「タモルトと組んでいるのは、身刺か？　あるいは？」

「そのあるいは？であろう」

「中大兄皇子？」

「だとすれば、ワシらを半島に送った目的は、いったい何なのだ？」

「裁兵であろうか？」

「ツァイピン？　裁兵とは捨て駒であろう。裁兵にする理由がないではないか？」。比羅夫は首をかしげた。

「中大兄皇子は、国のために動く者ではない。己の利益だけを追う」

「となると、まさか？」

「そのまさかでないことを祈るだけだ」

「生口（いきくち）などにされてたまるか！　軍を解散して国へ帰ろう」

「そうしたいのは山々だが、上毛野稚子たちが、すでに半島を北に向かって進軍している。仲間を置き去りにするわけにはいかん」

「廬原君臣とやらが着くまでの間に、上毛野たちを引き揚げさせよう。アノ者たちを連れて、揃って国に帰る方がよい」

「帰ったら、中大兄皇子をどうする？」

「始末するだけだ」

「後は？」

「息長の軽皇子（かるのみこ）でもタカライカシ媛でもいいではないか。息長を国主（くにのあるじ）して、ワレラが支えればよい。ワレが以前から考えていたことだ」

「よし、分かった。早々に、上毛野に使者を送ろう」。だが、運命は日本軍の将兵に冷たかった。


翌朝早々、カニョコリの廬原臣足の船団が富山浦に到着した。安曇比羅夫たちは、撤退の根回しをする機会を失った。やむを得ず、安曇比羅夫たちは、カニョコリたちと、これからの作戦の確認をしなければならなくなった。軍議の席は、カニョコリの勢いが盛んで、とても軍を解散するなどと提案できる雰囲気ではなかった。安曇比羅夫と間人大蓋は、撤退を諦めざるを得なかった。こうして軍議は終わった。

「こうなれば、逆に敵兵を絡めとって、タモルトとかいう賈に売りつけるだけだ。存外、稼げるかもしれんぞ」。間人大蓋は、わざと元気よく言って、安曇比羅夫の不安を払った。そんな折、薩夜麻が率いる筑紫の倭人と阿倍比羅夫からも、数日の内には富山浦に到着するという伝令の小早舟が来た。阿倍比羅夫の船団がちっぽけなことを知らない日本軍の将兵は、これで勝ちは決まったとばかり沸き立った。

安曇比羅夫に会ったカニョコリは、安曇比羅夫が使者など送ってこなかったことを知った。だが、とてもそんなことは言えず、ごまかし通した。次の日の軍議で、廬原臣足を名乗っていたカニョコリが、総大将に選ばれた。さすがのカニョコリも、不安で胸がいっぱいになったが、威勢よく総大将を演じざるをえなかった。

その夜、蘇我赤兄（そがのあかえ）が三輪根麻呂（みわのねまろ）と河辺百枝（かわべのももえ）をひそかに自分の船に招いて、巨勢徳陀古（こせのとくだこ）の使者の部下から聞いた話を二人に伝えた。その男は、『これからの戦に加わらず、戦を切り上げて帰国せよ』と中大兄皇子が命じたということだった。

（本当だろうか？）。三人はこの話を信じるべきかどうか迷って、互いに顔を見合わせた。長い議論の挙句、三人は富山浦（ぶざんぽ）の沖に留まることにした。

翌朝の軍議で、蘇我赤兄は東の斯盧（さろ）の津から新羅の水軍が出てくれば、日本の水軍は後ろを衝かれることになる。それに備えるために、自分は根麻呂と百枝の軍と共に、ここ富山浦に留まって新羅の水軍に備えると言い張った。

安曇比羅夫は、「東から来ると言っても数日かかる。すぐに後ろを衝かれる怖れはない。大船を一隻残しておけばよい」と主張した。双方の意見が対立したために、将たちは水軍総大将のカニョコリの指示を求めた。赤兄たちにどす黒い奸計があるとは露知らず、カニョコリは迂闊にも赤兄たちに富山浦の沖に留まって、新羅の水軍に備えることを命じてしまった。

そして、運命の六六三年八月二十七日の朝が明けた。

内陸深く進んでいた日本軍の状況は、これまでとはまったく違っていた。この日、上毛野稚子（かみつけののわかこ）を総大将とする陸兵の軍は、敵の大軍に攻められていた。これまでは敵の姿が見えず、深入りしては兵が消えてしまうという戦らしい戦をしないまま、将兵を失ってきた上毛野の部隊だった。戦闘が起こることを予想していなかった日本軍の先陣の将兵は、沼地の前方から突如現れた敵の攻撃に、浮足立ってしまった。

敵は、唐の熊津道総官の孫仁師を総大将とした唐と新羅の連合軍で、雲霞のごとき大軍を率いて、前方を塞いでいた。先陣の上毛野稚子の兵は、唐・新羅の連合軍に向かって空が暗くなるほどの矢を射かけたが、矢は前にある沼地をわたる風に押し戻されて敵に届かなかった。矢が尽きたころ、敵は沼地を回って押し寄せてきて、近づいてから一斉に矢を射かけた。敵の圧倒的な矢の攻撃を受けて、日本軍は、逃げ出した。逃げ惑って沼に足をとられて身動きできなくなった兵も多くいた。敵は、用意してあった小舟を沼に漕ぎ出して、彼らを戟（げき）で引っかけ、魚を捕るように網で絡めて兵を捕っていった。小舟には手枷（てかせ）が積んであり、捕えられた者たちは、手際よく手枷をはめられていった。小舟がいっぱいになると、捕虜たちは岸に上げられ、三人ずつ並べられて、首枷（くびかせ）をはめられた。小舟はまた沼の対岸に戻って、漁をするかのように兵を捕ることに熱中した。

一方、海の方も、混乱を余儀なくされていた。

カニョコリの先頭船団が、熊津江の入り口の伎伐浦（きぼるぽ）に近づいたところで、深い霧が船団を覆い尽くした。船師（ふなし）たちが、前に進むことを怖れるほど、霧は濃かった。カニョコリは、後方の船に知らせないまま、自分の楼舡の船師に投錨を命じた。船師は、カニョコリを睨みつけた。「錨を入れる前に、海の深さを調べる」。ぶっきらぼうに怒鳴った。そんなことも分からないのか？と言わんばかりの態度だった。「こんなド素人に、命を預けるとは情けない」。船師は、ぶつぶつと呟いて、百済人の水先の行師（あんじ）に水の深さを尋ねた。行師は、両手を十回大きく左右に広げた。

「十尋（とひろ）だ」と、船師は水夫（かこ）に伝えた。

（何とか底まで届くだろう）と船師は判断した。船師が、投錨しようとしたのを、カニョコリの叔父の廬原浄足（いほはらのきよたり）が船師の手を抑えて止めた。

「待て、潮はどうなっている？」

「見てのとおりです」と、百済人の水先の行師は横を向いて、そっけなく答えた。浄足は、水先の行師の態度に不審なものを感じた。

「錨をやめろ」と、浄足はカニョコリに向かって怒鳴った。船の航行を監督している入江の波豆麻（はずま）も、カニョコリに忠告した。

「船を止めると、後ろから来る船が衝突してしまうぞ！　錨を投げるな！」

カニョコリは、狼狽えながら投錨の中止を命じたが、皆がカニョコリたちの方に目を向けている間に、水先の行師が勝手に錨を海に投げ込んでしまった。

この下の海の深いところでは、強い潮が西に向かって流れていた。錨は海の底に届いたが、錨の綱が強い潮に流されて、カニョコリの楼舡は勢いよく左の後ろに走った。その勢いで、錨を縛っている綱が切れて、カニョコリの船が、風と潮に翻弄され、右や左に走って周りの楼舡に衝突した。ぶつけられた楼舡は、船体に大きな穴を開けた。海水が入って、沈みはじめた船に、後から来た楼舡が突っ込んできた。カニョコリが率いていた船団は、制御できずに大混乱に陥った。次の船団を率いていた阿倍比羅夫は、まさかそのようなことが前方で起こっているとは知らなかった。彼は、味方が敵の船団と遭遇して戦がはじまったのだと勘違いした。そのとき、霧が晴れはじめた。

阿倍比羅夫が見たのは、第一軍の楼舡が味方同士で衝突して破損したり、舵を壊して彷徨ったりしている姿だった。船は、潮に運ばれて一気に走って浅瀬に乗り上げたり、岩礁にぶつかって大破したりしていた。楼舡も例外ではなかった。

阿倍比羅夫は、海の中の目に見えない潮が、とてつもなく強いことを直感した。見知らぬ海を何度も経験している阿倍比羅夫は、落ち着いていた。彼は、南に吹く強い風を利用することにした。彼は、自分の船団を大きく左に旋回させた。船団は大きな弧を描いて西に進むと、南の風を捉えて元の位置に戻ることができた。比羅夫は、いったん南に行って船団の体制を整え直しているうちに、潮目が変わるだろうと予測していた。だが、そこには、唐の大船団が待ち構えていた。

阿倍比羅夫の船団の隊長のなかには、唐は味方だと聞いた者もいた。彼らは、戦闘態勢を取らなかった。比羅夫が戦闘を命じたときはすでに遅く、唐の大船団は左右に分かれて展開して、比羅夫の船団を包み込んだ。友軍だと勘違いして接舷を試みた日本軍の船に、唐軍の兵士が雪崩れ込んできた。

日輪が頭上にきたころ、潮目が北に変わった。阿倍比羅夫につづいていた日本の船団は、強い潮に運ばれて、白村江の河口に吸い込まれていった。

白村江の川上の方には、劉仁軌が率いる唐の本隊の船団が、隊列を整えて待ち受けていた。日本軍のなかには、友軍だと勘違いした者もいた。

「百済の船団だ。百済の船団がワレラと合流するために、泗沘の津から下ってきたぞ」。ひとりが叫ぶと、大勢が気勢を上げた。ところが、向こうの船団が近づくと、歓喜は恐怖に変わった。その船団から、一斉に火矢が飛んできた。

「唐だ」「敵だ」「新羅だ」。日本軍の兵が呻く声を、強い風が運んだ。日本の水軍の将兵は、慌てて弓をとったが、向かい風が矢を吹き飛ばした。唐軍からは、追い風に乗って、絶え間なく火矢が飛んでくる。それを受けた日本の軍船では、兵たちが火消しに追われたが、強風が炎を煽った。見る見るうちに、船は燃え上がって川底に乗り上げて横倒しになる。唐の船団は隊列を崩さず動かなかった。火矢だけを絶え間なく飛ばしてくる。止まっている船から飛ばすので、火矢は正確に日本軍の船を捉えた。日本の水軍は混乱していたので分からなかったが、唐の火矢は小舟を狙い、楼舡には向けられなかった。唐は、明らかに楼舡を分捕ろうとしていた。

火矢を避けようとする楼舡をはじめ、日本の船は浅瀬に乗り上げて動けなくなった。さらに、時として激しく吹き上げる風に運ばれて、白村江の岸辺の岩の壁に叩きつけられて沈んでいく船もいた。日本の小早舟の編隊が、唐水軍の後ろに回り込もうとしたが、強い風と、慣れない潮の流れに邪魔されて、思うとおりに進めなかった。進退窮まっている小早舟の兵は、新羅水軍の船から繰り出す戟や長柄に引っかけられて、次々と捕まっていく。燃え上がって沈んだ船から川に飛び込んだ日本の兵たちも、魚のように捕えられた。

捕まった兵たちは、三人一組にされて、手枷（てかせ）と一枚の首枷（くびかせ）をはめられ、舟板のうえに魚のように転がされた。よく見ると、新羅の船には、戟や長柄を持っているならず者たちが群がっていた。甲板が浮子（うきこ）、つまり捕虜になった日本の将兵でいっぱいになると、ならず者たちは彼らを陸に上げた。陸では、数珠つなぎにされた日本の将兵を、ならず者たちが、鞭を唸らせて歩かせていた。彼らの動きは、手慣れたもので、流れ作業のように無駄なくさばいていった。

捕虜である浮子になった日本水軍の兵たちは、この戦が殺し合いではなく、浮子を捕えるためであることを実感した。万を超える日本軍の将兵が、無言で川岸を歩かされていた。新羅のならず者たちは、浮子の頭数を、家畜のように数えていた。その様子を唐の楼舡の上から、腕を組み、ほくそ笑んで見ている男がいた。新羅の賈のタモルトだった。

日輪が西に傾いたころ、明け方からの大騒動が嘘だったように、白村江のほとりの伎伐浦の一帯に、静けさが戻った。日本になった大和の国が、初めて海外で経験した大海戦は、うらめしく惨（みじ）めな敗北となって幕を下ろした。

白村江の背後の山々に、奴婢（のび）の血の涙のように、赤い日輪が沈んでいった。

その二十五　翹岐（ぎょうき）と行基（ぎょうき）

その日、白村江から遥か東の伊勢の森の宮に、ミトラの神の降臨を祈る人々がいた。彼らは、息も絶え絶えになって横たわっているルワンを囲んでいた。ミトラの神に必死の声で祈っているのは、アバール人の碧い目の医術師の女だった。

ルワンはピクリとも動かなかった。突然、アバール人の女が、高い声を上げた。

「アッ！　ショルティーが」。そう言って、女は天井の一角を指さした。皆も、一斉にそこを見た。かすかに煙のようなものが見えた。

「ショルティー…。パルティアの精霊だ」と、大海が呟いた。女は目を剥いて、わなわなと口を震わせて怯えた。皆は、何が何だか訳が分からず、アバール人の女と煙を交互に見比べた。すると、煙らしきものが、女の口に入っていったように見えた。女は目を閉じて、眠ったようになった。すると、女の口からルワンの声が出てきた。

「ありがとう、皆さん。私は、ミトラさまのところに行きます。皆さん、さようなら。オオアマさま、後をお願い。鸞（らん）よ、出でて…」

煙のようなものが、女の口から出てきた。ルワンの身体の上を、ゆっくりと彷徨ってから、天井の上に消えた。大きな音が聞こえた。大海が荒々しく戸を開けて外に出ると。空に重い鐘の音が響いていた。

「何であろう？　大鐘のように重い鐘の音が聞こえる」。草壁王子も表に出た。

「この辺りにも、漏刻（ろうこく）の鐘があったであろうか？」。吾に返ったアバール人の女が、胸の高鳴りを隠さずに、声を上げた。

「あれは鸞（らん）です。時を告げる漏刻の鐘ではありません。鸞が啼いているのです」

女も外に出て、しばし天を見上げて祈った。

「ランだと？」と、鎌足が尋ねた。

「鸞は、天の国だけにいる鳳（おおとり）です。地を安らかに治める者が決まったときに、鸞が鐘ます」

のように啼いて、地上に報せます。サオシュヤントさまが決まったことを、鸞が報せてい

「サオシュヤント？」

アバール人の女が答えた。

「パルティアの救世主です。おそらくは、ルワンさまの魂が、サオシュヤントを招いたのでしょう。ああ、見てください。あそこです。ルワンさまが、天に昇っていかれます。ショルティーがルワンさまの魂を、天に導いています」。ルワンさまが、天に昇っていかれます。アバール人の女の碧い目の視線の先を、皆も目で追った。何も見えなかったが、綿のような光が、天に昇っていくようでもあった。

鐘のような音が、一段と激しく大きく鳴り、緩やかに弱くなり、やがて消えた。皆は、ルワンの亡骸の周りで祈りをささげて、天を見上げた。アバール人の女が空を見上げたまま告げた。

「ルワンさまは、お名前のとおり、たった今、魂となりました」

鎌足は、喉の渇きを感じた。外に出て森の外れの川に行くと、幼い足どりで不比等が付いてきた。二人は、川の水で顔を洗い口をすすいだ。顔を上げると、青い空に真っ白い雲

がむくむくと湧き上がっている。鸞の鐘の音が止んだ空は、静かだった。

「それにしても、今日の暑さは変ですね。蒸し暑いような、ねっとりした」

離れていたところで水を浴びている男が、近くに来て話しかけてきた。竹筒に汲んだ水を、つるつる頭にかけている。どこか見覚えがある顔が、そこにあった。

「これはこれは、どなたかと思えば、足(タイル)さまではありませんか。ご無沙汰しております」

「はて、どなただったか？」

「翹岐(ぎょうき)ですよ。同じギョウキですが、今は字を変えて『行基』になっています」

「そうだ、翹岐だ。息災のようで何よりだ。確か、百済に帰る前に逃げたと聞いたが…」

「おっしゃるとおりです、筑紫で」

「まことだったのか？」

「まことでした。欺き、騙すこと。勝つこと。それだけに命を懸ける。そんな毎日を送るために生まれてきたのかと思うと…」

「情けなくなった？」

「そういうことです。糾解(かうけ)も誘ったのですが、彼は百済の王族の暮らしを捨てられなかったのです。気の毒に、今はどうなったやら…」

「それにしても、その様子は？　僧にでもなったのか？」

「はい、法相宗の僧になりました。足の向くままの気ままな毎日です。足さまは何でここに？」

「この森のなかに、この世の困厄から、民を護る天の使いが降りるところがあると聞いてな…」

「よくご存じで。ワシもときどきここに来ます。ミトラの神の声を求めるのです」

「法相の僕が、ゾロアスターとは。面白いことだ」

「求めるものに、相違はありません」

「そこまで、心を鍛えているということだな。あの翹岐が…」

「お恥ずかしい。佛の世界の入り口も、まだ霧の中です。ところで、鎌さまは？」

「あっちに行った」。そう言って、鎌足は空を指さした。

「そうですか。あの鎌さまが、お隠れになったのですか。それにしても、この暑さでは、半島に行った兵たちも、さぞ苦しんでいることでしょうな」

「まことに、気の毒なことだ」

「ワシは、哀れな兵たちのために、日々祈っています。ワシら百済の者たちが、出兵の原因をつくったのではないかと…」

「元はと言えば、ワシと兄貴が、つまらんことを考えたことから、葛城の悪心に火をつけてしまった」

「中大兄皇子になった葛城皇子のことですね。悪心を持つ者にとって、きっかけはどこにでもあります。鎌さまと足さまの責任ではありません。ところで、タイルさまは…」

「ワシか？　ワシは今は、藤原鎌足（ほぜわらのかまたり）と名乗っている」

「そうですか。鎌足さまですか…」

「ワシら兄弟は、のし上がりたかった。この世をつくり直したかった。ただそれだけのために、西域の民をはじめ、多くの民を踏み台にしてしまった」

「百済人のためでは？」

「悪いが、ソナタたちのためではなかった。ソナタたち百済人を利用したにすぎない」

「では、誰のために？」

「はて？　言われてみれば不思議だ。自分のためではなかったような気がする。だが、いったい誰のためだったのだろうか？」

「先の先だけを追って、走っておられたのでしょうな。後ろを見ることなく」

「考えたこともなかったが、そうであったのだろう。若いとは、そういうことなのだろうか？　今、ワシは御蓋山（みかさのやま）のふもとに暮らしている。いずれ、そこに社（やしろ）をつくる。半島に行かされた将と兵のなかには異国に骨を埋める者もいるだろう。ワシは彼らを供養したいのだ。兄貴は日々悔んでいた。多くの異なる民を、無理やりひとつの民にまとめようとしたのは、大きな間違いであった。様々な民の血が深く混じれば、いずれは新しいひとつの血になる。それが神の力だ。それに気づかなかったことが、過ちの源だった、と病の床でも繰り返し言っていた。その兄貴の鎌のためにも、社を建ててやらねばならない。ここで会ったのも、何かの縁だ。社は法相にしよう。ソナタの社にしてもいい」

「それはありがたい。落ち着くところができます。ところで、あのお子は？」。行基は、川原で水と遊んでいる不比等のことを尋ねた。

「兄貴の子だ。藤原不比等という」

「ホゼワラのフヒトさま？　滅多に拝めない顔相をお持ちですね。この世のなかの、すべての民が、あのお子のお世話になる。そういうお顔です」

「法相の坊主が世辞を言うのか？」

「何の。世辞ではありません。先ほど、天の啓示もありました。大鐘のように、鸞が啼いたのを、耳にされませんでしたか？」

「あれは、違う。世を救う方は、別にいることが分かった」

「そうでしたか？　では、不比等さまは、その方を支える定めなのかもしれません」

「そうなってくれれば嬉しいことだ。天にいる兄貴の鎌も、さぞ喜ぶことだろう。お社は、あの子がつくることになる」。そう言い残して、鎌足は腰を上げた。鎌足は、ルワンの身体を清める水を竹の桶に汲んで、不比等を連れてルワンが眠るところに戻って行った。

行基は、ひとりになって、もう一度水を浴びた。その時、西の空から、大勢の人の悲鳴が聞こえてきたように思った。耳を澄まして、辺りを見回したが、ゆったりと流れる川の潺（せせらぎ）しか耳に聞こえるものはなかった。

「空耳だったのか?」。一陣の風が吹いて、森の木々を大きく揺らした。あのざわめきが、絶叫のように聞こえた。

「森が暴れているのか？　泣いているようでもあったが…」

晴れた空から突然、大粒の雨が降ってきた。雨の音が木々の絶叫と交じり合い、行基の頭と耳を打って止まることがなかった。

第二部　おわり

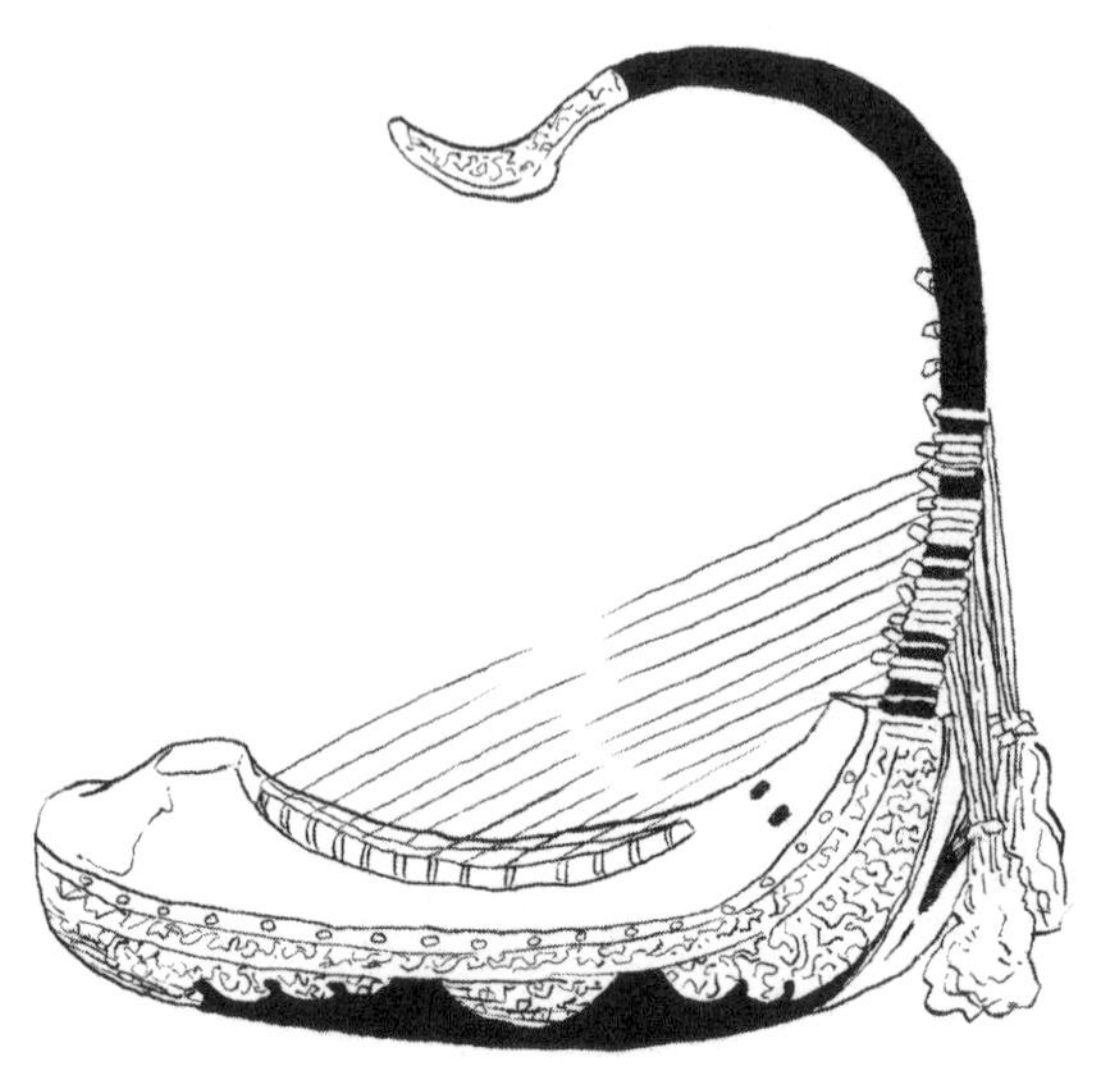

鳳首箜篌（ほうしゅくご）は古代東アジアで
使われたハープや箏（こと）に似た弦楽器

第三部　私の古代史

日本の古代史研究は、日本書紀の呪縛に縛られている。

こう書くと、こいつは『幻想的願望充足症候群（シンドローム）』を患（わずら）っている。それもかなり重症だ、という一言で片付けられるのが落ちだ。世の中で常識になっていることに異論を唱えると、変人か馬鹿だと思われる。私はいたずらに馬齢を重ねているだけだから、阿呆呼ばわりされ、誹（そし）りを受けても気にしない。開き直った老人ほど始末が悪い者はいない。この古代史は、そういう老人が考えている自説にすぎない。

元々、古事記が国内向けに作られたのに対して、日本書紀は、外交文書だったから、漢文で書かれた。唐に対して、日本は神の国だから手を出してはいけない、という警告を与えるために編纂された。

精いっぱい背伸びして、恰も凄い国のように見せるのだから、日本書紀に事実と異なる記事が満載されていて当然だ。とはいえ、私は日本書紀を全否定しているわけではない。日本書紀の記述だけを拠りどころにしている、近代の歴史学の姿勢に抵抗するだけだ。古代の歴史の通説に、しっくり馴染めない事例を述べたい。

『称号を頂戴！』

五人の倭王が、東晋・宋・南斉・梁に遣使して、オネダリしたのは、宋などが授与する称号だった。五人の名前を、六朝時代の史書は、讃（さん）、珍（ちん）、済（せい）、興（こう）、武（ぶ）と記録している。

宋書の夷蛮伝東夷の条倭国伝などによると、宋が武王に授与した称号は、おそろしく長い。

『使持節都督倭新羅任那加羅秦韓慕韓六国諸軍事安東大将軍倭王』というのがそれだ。使持節という地位がどの程度高いものなのか、私は研究していない。もし、それが大和朝廷のミコトモチ程度だったら、左程高い地位ではない。ミコトモチには、官人、司などの文字が当てられている。地方の政務を司った官僚、あるいは朝廷からの公報を伝達する使者を意味した。もし、ミコトモチと似たような地位であれば、称号が長いわりに貫禄はない。この辞令の対象地域は、朝鮮半島の五カ国と自分の国の倭国の、合計六カ国となっている。史書のどこにも、大和（やまと）を思わせることは書かれていない。にもかかわらず、学者の方々は、この倭国というのは大和だと決め、通説にしている。倭はヤマトではなかったことを、明らかにしたくない理由があるのであろうか？

宋などの史書にも、『倭の五王』と明記してある。なぜ、そのとおり素直に読めないのだろうか？　倭が大和であり、大和が五世紀にすでに巨大国際国家だった。そういう建て付けにしないと、学者さんたちの気が収まらないのであろう。さらに、五王を天皇家の家系に組み込むのが通説だ。武王は雄略天皇で間違いない。讃は仁徳天皇か？　いやいや応神天皇だ、などと議論が沸騰している。広辞苑にさえ掲載されている大通説だ。日本書紀だって書いていないことが、堂々たる大通説になる。

さて、日本列島には、どういう人たちが住んでいたのだろうか？　日本書紀でも、朝鮮半島の王朝との関係を述べている。だが、教科書は、日本列島には数多くの民族が暮らしていたとは書いていないのではないか。白人やツングース系の人々が、歴史の中枢にいたことにも触れていない。勿論、千四百年を経て、混血を繰り返すことによって多民族だった日本在住者が、単一民族になっていったプロセスには触れていない。日ユ同祖論という考えがある。ユダヤ十二支族のうちの十支族が行方不明になり、日本に来て、日本民族と混血したという説だ。この説の信憑性については、ＤＮＡ鑑定をすれば分かるのではないか？

さて、日本は単一民族国家だから、神聖な国だと主張する人がいる。皇国史観なのか？　私にはよく分からない。単一民族が万世一系につながり、神聖と優生の意識をつくるのか？　だから天皇家は万世一系でなければならず、日本人が単一民族でなければならないのか？　私が調べた限り、万世一系説には無理がある。継体天皇をはじめ、新たな王朝を開いた天皇は少なくない。それはそれとして、万世一系でなくても、天皇さんの値打ちは下がらない。家系図はどうあれ、天皇さんへの尊崇は変わらない。


話を変える。

大和の国を大きくするためには、かなりの財力が必要だったはずだ。その源は、辰砂だったのではないか？　広辞苑で辰砂を引くと、朱砂・丹砂・丹朱。深紅色の六方晶系の鉱物と書いてある。要は、邪から護る朱色の塗料である。死者を弔うために欠かせないものだ。呪術が盛んなころだったから、相当な需要量があったと思う。

さらに大きな財をもたらしたのは、交易の市だ。飛鳥には纏向（まきむく）があり、海石榴市（つばいち）に引き継がれた。市があれば、海外からも豪商が集まる。現在、纏向遺跡から、遠い各地の産物が出てくるのは、交易によるものだと思う。『賈（こ）』と呼ばれていた商人は、交易の市の利益を大和にもたらした、と私は考えている。

乙巳(いっし)の変に話を進めたい。それが、蘇我入鹿を征伐する目的で実行されたのではなく、民族間の抗争によるものだと、私は考えている。単なるクーデターである乙巳の変に、大義名分をくっつけて大化改新に仕立て上げた鎌足は、歴史に残る切れ者だ。彼は、唐の侵攻から大和を護るために、律令による中央集権を進め、富国強兵を目指した。これに理解を示さない蘇我入鹿親子を誅伐した。それが通説だ。

だが、そのころの大和は、唐から目を付けられるほど大国ではなかったはずだし、距離的にも唐から遠かった。鎌足は、その後の歴史のなかで、影が薄くなっていく。乙巳の変の勝ち組に抗争があったと思う。私はそう考えて、鎌足の功績を、葛城皇子が横取りしたことにした。

大化改新から、およそ千二百二十年の後に明治維新が起こった。これも、黒船来航に端を発したクーデターだ。大化改新と明治維新。この二つのことは実によく似ている。何があるのだろう。

クーデターの後の、新生大和朝廷の力は、まだ飛鳥・河内・伊勢・熊野・山科・大津など、限られたところ以上には及んでいなかった。唐がその気になれば、日本になった大和は軽く一蹴されてしまう。だが、歴史は面白い。新羅が、唐を朝鮮半島から追い出してしまう。新羅と唐との関係が一気に冷え込み、渤海湾を挟んで緊張関係が生まれた。日本が出る幕はなかった。このことで、日本書紀の編纂を急ぐ必要がなくなった。

編纂者の藤原不比等（ふじわらのふひと）には、時間ができた。彼は、日本書紀の辻褄を合わせて、完璧にすることに力を注いだ。日本書紀は前述のごとく、日本という国を偉大に見せるためのものだ。そのために、地方豪族の偉大な功績を大和の天皇の功績に置き換えた。彼らが活躍した時代を変えて、天皇家の家系図の中に並べ直した。辻褄合わせにミスは許されなかった。

この物語の、男大迹大王（をほどのおけ）が継体天皇になり、誉田別が応神天皇と仁徳天皇になったのがよい例だ。このようにしてつくられた大和王朝の天皇の家系には、卓越した実力派の天皇たちが並ぶことになった。歴史は勝者がつくることは常識だが、日本書紀ほど見事につくられた例は、あまり見られない。

日本書紀は、麁鹿火（あらかび）の父親を物部麻佐良（もののべのまさら）という下級貴族にした。おそらく、物部麻佐良という人は、麁鹿火の父親ではないものの、実在した人物であろう。日本書紀特有のトリックだが、一部の事実を見せて、全体の事実として展開する、という手法がよく使われる。もうひとつ。大伴金村という大豪族が北九州にいた。書紀は、彼を大和の将軍だとして、磐井の乱のときに登場させた。おそらく、大伴金村は磐井の乱で、物部麁鹿火に味方した豪族だろう。この人を大和の将軍につくりかえたのも、日本書紀のテクニックだ。

さて、朝鮮半島の国々と、隋・唐との関係に目を転じたい。

そもそも朝鮮半島の新羅や百済は、隋・唐に対して従順を繕（つくろ）うことを旨としている。隋や唐から非難されると、釈明を重ねて、非難の矛先を他の国に向けた。それは、しばしば倭国に向けられた。漢の時代の楽浪郡のような、出先機関を失っていた大唐（もろこし）は、日本との直接の外交がない。ヤマトという国も、倭という国も知らないので海東人が言うままに理解した。このことは、後々まで、豊臣秀吉や明治から昭和に至る外交に反映されることになり、さらに今日に及ぶ。

四世紀後半になると、東満州つまり朝鮮半島の付け根辺りの靺鞨（まるがる）の民の土地に、高句麗（こくりょ）の稀代の英雄、高談徳（こたむどっく）が生まれた。彼は、国岡上広開土境平安好太王（広開土王（クワンゲットデワン））の号を与えられ、永楽大王となった。かれは、鮮卑族が北京辺りを中心としてつくった燕と戦って勝利し、遼東と帯方の二国を燕から奪い、高句麗を巨大国家にした。高句麗の最盛期をつくった。彼が従えていたのは、主にツングース系の扶余族とマルガル族（日本では靺鞨・中国では勿吉）の遊牧騎馬民族だった。

もともと朝鮮半島の民族は単一ではなく、高句麗と百済には扶余系の民が多く、新羅はスキタイ系が支配していた。朝鮮半島南部の伽羅（韓）・伽倻・安羅の地域は、北九州と並んで、南方から渡ってきた海洋民族の倭人のクニだった。彼らは、漢の楽浪郡の官吏からウェイノムと呼ばれ、倭人という漢字を当てられていた。ウェイノムとは、狡猾で野蛮で体格の小さい人という蔑称だった。倭人のクニの数は、朝鮮半島だけでも三十とも六十とも言われる。これに、北九州の倭人も加えると、そのクニの数は、さらに増える。彼らは、倭人つまりウェイノムとして一括りにされた。倭人が住むところは、倭国と呼ばれたが、行政区域ではなかった。

横道にそれる。第二部の物語のなかで、西域人と書いた人々のことだ。ロシアのヴォルガ河上流周辺や黒海周辺（今のスタン国家・ルーマニア・ブルガリアなど）や、ペルシャ（今のイラク・イランなど）辺りや後のモンゴル・甘粛・新疆方面に住んでいた民を、物語ではまとめて、西域人（さいいきびと）あるいは胡人（こびと）、と一括りにした。彼らは集団をつくって、度々日本列島にやってきて住んだ。そんな馬鹿なことはない、と決めつけるのが通説に詳しい方々であろう。西域人の集団は、間違いなく日本に来ていた。

ひとつの事例が、正倉院の御物（ぎょぶつ）だ。御物の数は、およそ九千点。加えて、染織品の断片などが大量に存在しているそうだ。御物のなかに、西域のものが少なくないことを、重く受け止めたい。私は、これだけ大量の御物が、すべて海外から持ち込まれたとは思っていない。おそらく、日本で作られたものも多い。西域の様式を守り、胡人の暮らしを偲んで同じ物を作ったのだろう。

日本で作られず、持ち込まれた御物の数も少なくない。それを日本に持ってきた人たちが存在していたと考えるのは、ごく自然である。だが、通説は違う。

『当時の人間が、そんなに遠いところから来たとは考えにくい。おまけに家族と共に集団で来たとか、馬や家畜を連れて来たなどというのは、笑止千万』

そう言う人たちは、御物の流入経路を、朝鮮半島だけだと限定する。もちろん、半島経由の御物も多くある。それを否定するわけではない。だが、御物を運んで、日本列島の東北部沿岸に辿り着いた人々も相当数いたと考える方が自然だと、私は考える。

かの江上波夫先生の騎馬民族征服説でさえ、冷たく無視されていることを思えば、通説の壁はとても高い。だが、馬も持たなかった縄文時代の民でさえ、何千キロという旅をしていたことが、最近分かってきた。縄文の人々は、黒曜石、翡翠、漆や朱などを運んで遠い土地で物々交換していた。縄文の人々が交流した距離の長さを考えれば、馬も武力も財もあった古墳時代の人々が、何年も何十年もかけて、波斯(ぺるしゃ)、コーカサス、ヴォルガ河流域やアナドルゥなどのユーラシアのあちらこちらから、長い旅をしてきたことは、少しも不思議ではない。もっと言えば、正倉院の御物は、日本に持ち込まれた西域の物品の一部にすぎない。火災や破壊などによって滅失した品の方が、はるかに多かったはずだ。

御物ではないが、斑鳩(いかるが)の藤の木古墳から出土した宝冠も説得力がある。

それを初めて見た時に、私は、それが聖徳太子に准(なぞら)えられた西域人の父親の王冠だろうと直感した。博物館の説明書きを読むと、アフガニスタン辺りの王冠だと思われる、と書いてある。「やはりそうだったか」と、私は得心した。そのころ、アフガニスタン北部のトハリスタン辺りに湧くように現れたのは、暴れん坊騎馬民族のエフタルだった。エフタルに追われた民は、たくさんいた。アフガニスタン北部の、シバルガンにいた大月氏(ばくとりあ)の王族の一家が長い旅をして、最後は斑鳩まで辿り着いて、飛鳥朝廷に重用された、というのは、もちろん通説ではない。私が作った仮説にすぎない。

藤ノ木古墳を見てみると、このクラスの、中の上サイズのお墓に埋葬されたということは、その一族が、よそ者にもかかわらず、準王族レベルの地位を与えられていたことを想像させる。藤ノ木古墳は聖徳太子に准えた、バクトリアの君主の親族だった人物の墓であろう、と私は思う。

聖徳太子伝説は、多種多様の民族が混住していた日本列島の民に、共通の価値観と倫理観を教えるために、とても有効なツールだ。数名の聖人と天才的名君をひとりの人間に投影してつくられたのが、聖徳太子だったように思う。

ところで、聖徳太子は、一族に危険が及ぶことを察知して近親の蜂子皇子(はちこのおうじ)を逃がした。蜂子皇子は山形県庄内地方の羽黒山に逃げた。そこに籠って、疫病祈祷などで民衆の信頼を得ている。江戸時代に描かれたという、蜂子皇子の肖像画が残っているが、どう見ても黒人系の顔だ。

疑問を感じる通説を、もうひとつ。御物(ぎょぶつ)のコレクションは、聖武天皇と奥さんの光明皇后の希望によるものだということは、衆知のとおりだ。

まず、聖武天皇の幼名に注目したい。ペルシャ語で、大王を『オビト』と言った。そのオビトの幼名を付けられたのが、聖武天皇だった。聖武天皇は、自分が胡人(こびと)の末裔であることを知らされていた。聖武天皇の行動には、胡人に憧れていた、と思わせることがある。宮殿を出て、あちこち行列を組んで周遊したことも、遊牧民である胡人の暮らしに憧れがあったように私は思う。正倉院の御物となった胡人の生活用具の収集にも、憧れが窺われる。聖武天皇の胡人への憧れは、光明皇后と孝謙天皇に引き継がれた。

聖武天皇と光明皇后の愛娘のアベは、即位して孝謙天皇になった。孝謙天皇は弓削道鏡（ゆげのどうきょう）と男女の仲を疑われて、歴史に汚名を遺すことになる。道鏡は、河内国（かわちのくに）若江郡の生まれだが、私は、この男は西域人の末裔だったと思っている。二人が、人目を忍んで密会していた理由（わけ）は、男と女のことではなかった。二人は、藤原一族による政（まつりごと）から、西域人の運命共同体メンバーに主導権を奪回したかったのだと私は考える。密会は、策を練るためだったのであろう。気の毒にも、二人の企みは、和気清麻呂（わけのきよまろ）たちに阻止されて実現しなかった。孝謙天皇は、胡人の幻を追う夢を諦めざるを得ず、重祚して称徳天皇になる。

称徳天皇を最後に、胡人系の天皇は現れず、西域の胡人（こびと）が政を差配することはなかった。その他に、歴史に現れる西域人らしき人物は、サカ族系の坂上田村麻呂（さかのうえのたむらまろ）だ。平将門と藤原純友も西域人系の匂いがする。坂上田村麻呂については、後で述べたい。

白人とツングース語系民族が、日本列島に持ち込んだものは、御物だけではなかった。彼らは、ザルトゥシュトラ、つまりゾロアスター教やキリスト教の分派のネストリウスと道教などの宗教も持ってきた。道教や仏教もすでに、四世紀には日本列島に持ち込まれていた。

火渡りや火祭りは、ゾロアスター教の名残であろう。火が数多（あまた）の宗教行事で使われるのは、火が我々の心を鎮めたり、湧き立たせたりするからであろう。ゾロアスターの火と水に対する崇拝は、日本人のなかに生き続けている。火と水の三角形を組み合わせたのが、六芒星だ。日本には、カゴメ紋として残っている。京都の鞍馬寺にある世界の中心点は、この形で示されている。余談だが、京都太秦の木島（このしま）神社の三角鳥居もゾロアスターの火と水を象徴していると私は想像している。両国の三囲（みめぐり）神社（三井家別邸）の三角石鳥居には、原形が木島神社だと明記してある。

ペルシャなどの中央アジアの民が、日本列島に来るに至ったルートについても考えてみたい。中央アジアから、満州北東部までは、草原の北側のシルクロードに沿って東へ東へと進んだのだろう。中国の東北、いわゆる満州北東部の海岸に辿り着いて、日本海を渡り、日本列島の東北から北陸の沿岸に着いた。このルートは、満州の覇権争いに影響されて、変わることになる。満州の沿岸は、靺鞨（まるがる）に支配されていた時があった。靺鞨の部族の統制は緩かったので、ユーラシアの騎馬民族にとっては、北朝鮮の羅津（らじん）をはじめとして満州北東部の湊が、日本列島への船出の湊になった。秋から冬にかけて、潮が北東満州から、山形や秋田の出羽から敦賀になった都怒我に向かって流れていたのであろう。その後、靺鞨が一枚岩になって、渤海国になった六九八年以降、このルートはロックされてしまい、誰も使うことができなくなった。

私は、第二部の物語に、大天という突厥（テュリュク）族系の阿史那氏の可汗を登場させた。大天をオオアマと読ませて、大海人皇子に准えた。壬申の乱のための布石だが、壬申の乱を紐解いていくためには、調べなければならないことが多い。私の体力・気力が残っていれば、いずれ挑戦したいテーマだ。

話題を変えたい。

乙巳の変の前から、朝鮮半島などからヤマトに入植して来た民衆は、『渡来人』あるいは、『今来（新とも書く）の人』と呼ばれて、排斥された。彼らのなかには、抗争の犠牲者にされたり、奴隷同然に扱われたりした者もいた。官人とか手人などの技能がある者は、奴隷であっても、交換価値が高かった。奈良時代になると、渡来人たちは、さらに遠くに追い払われることになる。

一例を挙げたい。畿内から関東に至る各地に住んでいた、千七百九十九名の朝鮮半島出身の渡来人たちが、大和の国の支配下に入った埼玉県の日高市に集団入植させられ、開墾することを強いられた。この人たちは、高麗王若光（こまのこきしじゃっこう）の指揮の下で黙々と世代をつなぎ、心の拠（よ）りどころの高麗（こま）神社を護って、今に続いている。記録にある七一六年から実に千三百年以上、この人たちは耐えてきたのだ。過ぎし日々の彼らの苦しさを想って切なくなるときがある。だが、日本の各地にいるそういう人たちが、今の日本をつくり上げてきたことを思うと、何とも嬉しくなる。

若光（じゃっこう）について述べたい。日本中にある白鬚神社（しらひげじんじゃ）は、彼を祀（まつ）っていると私は思っている。私の苫屋（とまや）の近くにもある。白髭神社は、中部から関東に多いように思う。若光は、高句麗人（ごくりょびと）の翁（おきな）にふさわしい白い髭の持ち主だったと言われている。高句麗人だけではない。朝鮮半島から漂泊（ひょうはく）してきた今来（いまき）の人々は、邪魔者扱いされた。彼らは、朝廷が命じるままに、若光に従って黙々と埼玉の未開の土地に向かった。残った者たちは、地元に白鬚神社を建てて若光と同胞の無事を祈ったに違いない。

千七百九十九人の中には、駿河にいた者もいた。若光（じゃっこう）自身も清水にいた、と私は思いたい。千三百年を超える長い年月、艱難辛苦を乗り越えて、ぶれずに代をつないできた朝鮮半島系の渡来人の子孫は、今でも日高市の辺りに暮らしている。そこは、何とも長閑な村だ。ここをつくった人たちのたくましさに、私は限りない敬意をはらう。

高麗神社の背後の高台から、高麗の人々が手塩にかけてつくりあげた山河を眺めたとき、私は、そこに古代の日本の原風景を見る思いがした。

もうひとつ、私が同じような印象を持った古代の原風景がある。山形県酒田市の鄙にある飛鳥村だ。ひっそりとしたその村に入ると空気が変わる。整然とした村の佇まいが、凛とした空気をつくっていて、他を寄せ付けない雰囲気がある。村には、飛鳥神社というお社がある。千二百年前に、大和国飛鳥坐神社から勧請分祀したと記してある。だが、大和は後付けであろうと、私は想像している。この村の人々の出自は調べていないが、ペルシャのサカ族の末裔ではないか、と私は勝手に思っている。月氏は、『サカシ』と読む。私はサカ氏の一族が、ここを『サカタ』と名付けたという想像をした。『タ』というのは、ペルシャ語で、『土地』とか『村』とかの意味を持っている。従って、サカタは、『サカ族の土地』となる。

酒田市飛鳥村には、その時代を想わせる何かがある。得も知れない張り詰めた空気が、里を覆っているのを感じる。酒田市がサカ族と無関係だとしても、そうした想像をさせる村の空気には独特なものがある。日本列島の各地には、私が知らない原風景がたくさんあるだろう。私たちが、心から寛ぐ、ということは、そういうところの空気に浸ったときかもしれない。

第二部の物語では、戦の君（将軍）にさせられた西域人を登場させた。上毛野稚子、安曇比羅夫、日本武尊や吉備津彦ほかである。時代が下るので、物語には登場させなかったが、坂上田村麻呂は蝦夷を征伐した。蝦夷の先祖は、シベリア遊牧騎馬民族とツングースの、烏桓系の濊族の末裔である粛慎族と、アイヌやツボケの民の混血の民だったと私は思う。坂上田村麻呂は、ツングースの大月氏が朝鮮半島に渡った帰化人の東漢氏の末裔だったのではないか。彼の先祖は、粛慎族の蝦夷とは、血はつながってはいないものの、同じ時代に出羽に漂着して、ご近所付き合いをした仲だったと思う。坂上田村麻呂は、そのことに気づいていたからこそ、阿弖流為と母礼たちに率いられた蝦夷を殺さず、饗宴を催して降伏させた。彼は、阿弖流為と母礼の助命を朝廷に嘆願した。しかしながら、大和朝廷は阿弖流為たちを刑場に送った。阿弖流為たちを認めれば、坂上田村麻呂を頂点にして、西域の民の世界が復活してしまうことを朝廷は怖れた。

坂上田村麻呂の心情を想うと哀れだ。運命共同体の復活に、朝廷が恐怖を感じていたことを知らず、坂上田村麻呂は、阿弖流為たちの信頼を裏切るしか、道はなかったのだった。あまりにも哀しい。

完

おわりに

令和二年七月十九日。わが家の蝉が本格的に鳴き始めた。豪雨に負けず、蝉は今年も元気で地下で生きていた。嬉しいかぎりだ。だが蝉の合唱に囲まれても、夏という解放感を感じない。世間が新型コロナ禍で暗い緊張感に覆われているからだ。

コロナのおかげで家から出ることが少なくなり、私は国と国民との関係を考えることが多い。先月は、夢うつつのなかで両親のことを想った。

父の兄弟が、ともに慶應義塾大学医学部の学生だったとき、二・二六事件が起こった。雪降る中を行軍する兵士の様子を、原宿の家から、兄弟は固唾を呑んで見ていたという。その後日本の国は、戦争に狂奔し、内地でも空襲、艦砲射撃、原爆に進んだ。母は私を懐に入れて、空襲から逃げ惑い、父の実家の山形県羽黒町に疎開した。

一般的に、私の世代は幸運期にあり、親の世代は辛苦期だった。両親の世代は、国家総動員につながる国威発揚の犠牲になった。生命も財産も尊厳も家も家族も、国家は国民からすべてを奪った。それが国家権力だった。

私の父親の実家は、まさにその国家権力の犠牲になった。今では、私の従兄の当主の龍男さんが、まさに艱難辛苦の人生のなかで、立派に家を再興されている。龍男さんは、私が尊敬する人だ。

新型コロナ禍は国難である。だが、日本の国家は、この国難から国民を救おうという強い信念があるのだろうか？　と首をかしげることが何度かあった。日本の政治家と官僚の心の底にある本音を聞いてみたい。

保守派の私が、なぜそう思うのだろうか？　戦時中の大本営参謀が言ったと記録されている言葉が、私の脳裏から離れないからだ。「五千人も殺せば、この作戦は成功します」。殺されるのは敵ではない。日本の国民である。五千人の国民の命よりも、自分がつくった作戦の方が大切。この記録が正しいのであれば、とんでもなく思い上がった参謀の本音だ。

本書のテーマのひとつに、私は奴隷を選んだ。奴隷制度ほどおぞましいものはない。だが、奴隷は過去のことではない。今なおアフリカなど一部の国には存在している。

国が無くなれば、人は存在できない。人がいなければ国は成り立たない。だから、人民は国民と呼ばれる。国と人民は、車の両輪であるはずだ。国と人民の両方をバランスよく護ってくれる政治。すなわちバランス政治を求めてやまないのは、私だけではないはずだ。

実力がない政治家や役人は、片翼の政治をする。バランス政治は、相当な実力を備えている為政者が、高い民度を持った国民に支えられてこそ実現する。

片翼政治であれば、実力がない政治家や官僚でもできる。片翼政治は、いずれ国か国民のどちらか、あるいは両方を墜落させる。今の世界には、はっきり片翼と分かる政治体制が多すぎる。あそこと、あそこと、あそこの国だと、誰にでも指摘できるが、まさか日本ではない、ですよね？

私は若いころ、会社の厚意で欧州に駐在する機会を頂いた。そのときに最も強く感じたことは、自分が日本国民だということだった。

当時は、アメリカとソ連の冷戦の時代だった。パスポートを持たなければ、人間としての尊厳を担保してもらうことができない。欧州にいる間に、私は危ない目にも遭ったし、非日常のことも経験した。もし、日本という国がなくなったとしたら、私と家族はどうなるのか？という思いをしたことも一度ならずあった。

国民が慕い、敬い、尽くす気持ちを持てる国、それこそが人が求める国だ。コロナ禍の今こそ、すべての国民がそのことを考える時ではないだろうか？

この物語は、あくまでも千四百年前のバーチャル・リアリティーにすぎない。私の道楽にお付き合い頂き読んでくださった方には、心から御礼申し上げたい。最後に、私の浅学を補って頂いた株式会社静岡新聞社出版部の皆さまに感謝申し上げたい。本当にありがとうございました。

令和二年秋

村上　光（くあう）

主な参考文献

たくさんの書籍・資料を参考にさせて頂きました。
主なものだけを列記します。（順不同・敬称略）

「『韓国史の延長』古代日本史」　文定昌　柏文堂
「百済と百済王」　くだらの会アカデミー
「韓国史」　李成茂・李熙真 著／平木寛・中村葉子訳　日本評論社
「歴史を運んだ船」　茂在寅男　東海大学出版会
「古代日本の航海術」　〃　小学館ライブラリー
「航海術」　〃　小学館創造選書
「本当は怖ろしい万葉集」　小林惠子　祥伝社黄金文庫
「二つの顔の大王」　〃　文藝春秋
「聖徳太子の正体」　〃　〃
「舞い降りた天皇」　加治将一　祥伝社文庫
「白村江」　鈴木　治　学生社

「ユーラシア東西交渉史論攷」　〃　国書刊行会
「継体天皇と朝鮮半島の謎」　水谷千秋　文春新書
「枕詞の秘密」　李寧熙　文春文庫
「もう一つの万葉集」　〃　文藝春秋 BOOKS
「天武と持統」　〃　文春文庫
「人麻呂の暗号」　藤村由加　新潮文庫
「日本語のルーツは古代朝鮮語だった」　朴炳植　HBJ出版局
「日本語の正体」　金容雲　三五館
「倭の正体」　姜吉云　三五館
「扶桑国王蘇我一族の真実」　渡辺豊和　新人物往来社
「縄文夢通信」　〃　徳間書店
「日本古代史と朝鮮」　金達寿　講談社学術文庫
「古代朝鮮語と日本語」　金思燁　講談社
「ユーラシアの風　新羅へ」　古代オリエント博物館・MIHO MUSEUM
「白村江敗戦と上代特殊仮名遣い」　藤井游惟　東京図書出版会
「白村江の真実 新羅王・金春秋の策略」　中村修也　吉川弘文館

「静清地域における６・７世紀の古墳（一）」杉山　満　清見潟第19号清水郷土史研究会
「シルクロードの古代都市」加藤九祚　岩波新書
「白村江　東アジアの動乱と日本」鬼頭清明　教育社歴史新書
「白村江　古代東アジア大戦の謎」遠山美都男　講談社現代新書
「日本古代語と朝鮮語」大野晋 編　毎日新聞社
「騎馬民族国家」江上波夫　中公新書
「葛城と古代国家」門脇禎二　講談社学術文庫
「古代の謎は『海路』で解ける」長野正孝　ＰＨＰ新書
「古代の日本と伽耶」田中俊明　山川出版社
「大王と地方豪族」篠川　賢　山川出版社
「飛鳥の宮と寺」黒崎　直　山川出版社
「笠山秘話」細川　甫　笹山愛神会刊
「飛鳥─水の王朝」千田　稔　中公新書
「古代飛鳥を歩く」〃　〃
「古代出雲王国の謎」武光　誠　ＰＨＰ文庫
「古代豪族」青木和夫　講談社学術文庫

「聖徳太子」　梅原　猛　集英社文庫
「日本の深層　縄文・蝦夷文化を探る」　〃　〃
「葬られた王朝　古代出雲の謎を解く」　〃　新潮文庫
「倭人と韓人」　上垣外憲一　講談社学術文庫
「古代史の窓」　森　浩一　新潮文庫
「語っておきたい古代史」　〃　〃
「倭の五王の謎」　安本美典　講談社現代新書
「倭国の時代」　岡田英弘　ちくま文庫
「歴代天皇事典」　高森明勅　ＰＨＰ文庫
「継体天皇の謎」　関　裕二　〃
「消された王権・物部氏の謎」　〃　〃
「鬼の帝　聖武天皇の謎」　〃　〃
「大化改新の謎」　〃　〃
「古代史で読みとく　桃太郎伝説の謎」　〃　祥伝社黄金文庫
「飛鳥の木簡」　市　大樹　中公新書
「古代蝦夷の英雄時代」　工藤雅樹　新日本新書

「失われた九州王朝」 古田武彦 朝日文庫
「やさしく語る『古事記』」 柴田利雄 ベストセラーズ
「古事記は神話ではない」 桜井光堂 秋田書店
「古代史を彩った人々」 豊田有恒 講談社文庫
「長屋王横死事件」 〃 〃
「騎馬民族の源流」 〃 徳間文庫
「古事記と日本書紀」 坂本勝監修 青春出版社
「古代韓国の歴史と英雄」 康熙奉 実業之日本社
「幻の伽耶と古代日本」 文藝春秋編
「聖徳太子と日本人」 大山誠一 角川ソフィア文庫
「アラム語」 飯島　紀 国際語学社
「古代ペルシャ語」 山中　元 国際語学社
「清水市史」 清水市史編さん委員会編 吉川弘文館
「白村江の戦」 油井猛治

村上　光　むらかみくぁう

1943年 沼津市千本で生まれ、山形県東田川郡泉村で出生届。いい加減な人生を両親・恩人各位と妻に支えられて、現在齢77歳。趣味なし、スポーツだめ。
職あり賞罰なし。

小説　ハ・ク・ス・キ・ノ・エ

*

令和2年11月24日　初版発行

著者・発行者／村上 光（くぁう）

装丁・デザイン・装画／塚田雄太

発売元／静岡新聞社

〒422-8033　静岡市駿河区登呂3-1-1

電話　054-284-1666

印刷・製本／藤原印刷

*

ISBN978-4-7838-8015-8 C0093
定価はカバーに表示してあります
乱丁・落丁本はお取り替えします